U0506209

王国益散文选

Selected Wang Guoyi's Essays

王国益 著

人民文学出版社

图书在版编目（CIP）数据

王国益散文选／王国益著. --北京：人民文学出版社，2024
ISBN 978-7-02-018695-2

Ⅰ.①王… Ⅱ.①王… Ⅲ.①散文集-中国-当代 Ⅳ.①I267

中国国家版本馆 CIP 数据核字（2024）第 109896 号

责任编辑　王　蔚
装帧设计　黄云香
责任印制　宋佳月

出版发行　人民文学出版社
社　　址　北京市朝内大街 166 号
邮政编码　100705

印　　刷　北京盛通印刷股份有限公司
经　　销　全国新华书店等

字　　数　240 千字
开　　本　890 毫米×1290 毫米　1/32
印　　张　10.25　插页 2
印　　数　1—13000
版　　次　2024 年 9 月北京第 1 版
印　　次　2024 年 9 月第 1 次印刷

书　　号　978-7-02-018695-2
定　　价　63.00 元

如有印装质量问题,请与本社图书销售中心调换。电话:010-65233595

作者照

作者简介：

王国益，1952年生。经济管理在职研究生，曾在省级机
关任职。浙江省作家协会会员，浙江省杂文学会副会长。
曾多次在全国和省级刊物发表散文、论文作品。其作品
《西溪寻梦》获首届全国散文大赛二等奖，《积道山之蕴》
获第四届"芙蓉杯"全国文学大赛散文一等奖，长篇散
文《风雨潮头读浙商》获首届"中国散文诗歌作家神州行"
佳作奖。

只有恒心可以使你达到目的，只有博学可以使你明辨是非。

——席勒

目　录

西溪寻梦

西溪且留下

夺天造化

人世间总有很多梦，我新近的一次梦做在西溪。

钱塘江畔的西溪湿地，是水之国，绿之国，庵之国，更是梦之国。在那片幻境般的湿地上，诞生了不计其数的故事，隐现着数不尽的美妙佳梦。

我第一次去西溪湿地是陪外地客人，乘船转了几条水巷，上岸看了一两个景点，就匆匆而返，这可算不上游西溪。要了解西溪，游有所获，须沉下心来慢慢游，细细品。

西溪湿地是天然绿洲，是一方净土，是世外桃源。真正让我走进西溪，品味西溪，读懂西溪，是从中国湿地博物馆开始的。

一个春意盎然的日子，我踏着草青，扶着春风，乘着彩云，一路心歌，走向坐落于杭州西隅的湿地博物馆。这座博物馆，远远望去，就像一个天外来物镶嵌在西溪湿地之中，造型奇异独特，神秘优美，令人遐想。它躲开了城市的喧嚣，远离了人们的追逐，藏之深深，坐之悄悄，隐之幽幽，图了个悠闲与清净。这也许是设计师的匠心独运吧！

博物馆很大，分上下四层，有五个大展厅。全馆浩详地陈列和记载着湿地形成的各种元素与因由，内容翔实，图文并茂，栩栩如生。我荡步馆中，细细地研读着那些卓有文采的文字，就像步入了一个色彩缤纷的世界。

湿地是介于陆地与水际之间的沼泽带，表层常年积水或长有植物，有海滨、湖泊、沼泽等五种形态，因而仪态万千、异彩纷呈，以其独特而别致的地形地貌，形成了绰约多姿的水乡泽国。

人类祖先在上万年前就与湿地结下了不解之缘。他们在与大自然艰苦卓绝的斗争中，寻找栖身之地，探索生存规律，在不断地寻觅中顿悟、觉醒，最后择水而居，与湿地为伴。

阅尽世界文明，大凡倚丽水而发，择湿地而辉。我曾逢机缘，在一个阳光绚丽的日子，瞭望过克里特岛海滨湿地，那里走出了古希腊文明；在一个霞光万道的傍晚，我涉足尼罗河岸，那里孕育了古埃及的辉煌；在一个馥郁的深秋，我还曾来到恒河之滨，那里诞生了古印度的灿烂。我庆幸生活在令人神往的西溪之畔，那里发现了长达五千年的良渚文明。

没有水，没有湿地，就没有人类的文明。湿地与人类休戚与共，息息相关，是人类的"生命之根"。

钱塘西溪湿地起之于秦汉，兴旺于明清，衰弱于民国，重兴于当代。清代沈晴川在为《南漳子》一书所作序文中云：

> 古之南漳湖，当天目万山下流之冲，潴为巨泽，蛟蜃之所出没。逮东汉灵帝熹平元年（172年），余杭令陈公浑开南上下两湖以蓄淫潦，捍之以横塘，泄之以斗门，水之来也，势缓而

力分，南漳湖之受水亦益少。水渐杀，土渐出，伏而为滩，突而为洲，民乃得依之居，河渚自此名焉。

西溪湿地经历代改造装点，已形成了别具一格的世稀美景。值得称道的是二十一世纪初，地方政府睿智卓识，投入重金，集万人大军，经六年奋战，对沉寂百年之西溪进行挖掘整理，揭开其神秘之面纱。如此，西溪湿地夹杂着历史的尘埃，犹如一颗经时光冲刷的明珠，重新闪烁着炫目的光彩，真可谓夺天之造。

如今，西溪湿地已今非昔比，焕然如新。当你漫步于阡陌之径，扑面而来的是和煦的春风，金粼的春光；满眼的嫩绿，绕人的花香；溢地的泥芳，灵动的水荡。其色，水绿相间混一体；其容，兼葭垂柳露亭庵；其气，鳞塘款款含远韵；其意，溪流曲曲蕴精神。且把西溪比西湖，情趣风雅大不同。西湖以柔媚而胜，西溪以幽寂而赢；西湖是歌舞升平之地，西溪为隐士隐居之乡；西湖谓灼灼宫廷之昭君，西溪乃河渚浣纱之西施。西湖人为，淡妆浓抹；西溪天然，不假雕饰；西湖为诗，西溪是歌。此乃：西湖恋西溪，龙驹两头系；西溪且留下，羞煞艳西子；尔为琢雕美，吾独野幽仪；两珠齐竞辉，千秋各东西。

帝王眷恋

一梦醒来，已到夏至。

盛夏时节，骄阳似火，西溪是闷热的。但她总有丝丝神韵召唤着我，让我亲昵这片繁茂欲滴的水乡之绿，让我深吸这胜于九寨沟之美的灵气，让我拥抱这尽显帝王之余韵的宝地。我怀着一种向往与憧憬，与沈桂富、潘霄剑、金磊几位友人二次走进了西溪。

古之西溪，方圆百里，广袤无垠。东起松木场沿山河畔，南浸老、小和山，西临古镇留下，北依三墩方山，那里苍松翠柏，万木丛生，芦苇浩渺，山渚相连，人烟稀少，泽国水乡。

我从西子湖畔出发，沿着由古栈道改造成的西溪路，去追寻南宋皇帝高宗留下的足迹。

南宋建炎元年（1127 年），康王赵构盛年龙椅刚坐。此时正值北宋衰落，北方女真族日渐强盛，步步进逼中原。公元 1129 年，赵构被金兵追杀，弃安徽入浙江，经瓶窑逃至临安西溪，在留下金鱼井林家蓬村，正遇农耕中的林庭雷五兄弟。

高宗求救："吾乃当今皇上赵构，后有贼匪追击，请予护掩。"

"请皇上入西溪芦渚，无危也"，林氏兄弟深领其意。

金兵至，林氏兄弟反指方向骗过，赵构因而得救。金兵追击扑空，返回后将林氏五兄弟全部杀害。事后宋高宗敕封林氏五兄弟为五方土谷神，立祠祭祀。

往事千年，人世沧桑。我辗转反复，费尽心思找到林氏唯一的后代林阿华老先生。老人家告诉我，林氏五方土谷神庙屡遭劫难，一迁再迁，如今各处东西，有的移址而建，有的飘落他乡，早已今不如昔，原庙遗址上只留一棵巍然屹立的百年枫杨。我驻足于饱经风霜的大树旁，别有一番滋味涌心头：树虽老、枝还茂，身虽断、骨犹存，年历久、根愈深，命多舛、姿乃劲。苍苍古树仿佛在诉说百年的历史与不幸。

我随林老先生移步于沈家山五方土谷神庙，该庙为当地百姓筹资所建。庙宇虽简陋，仍不失一种英武豪气。我想，这既是中华民族古代忠君爱国思想的放射，也是赵构与西溪的一份情缘！正是这份情缘，南宋皇城方建立于江南之临安，钱塘江畔才迎来光辉灿烂的时代，吴越大地才显现进士状元之璀璨，今日杭城才得以再聚人气，锦上添彩。

难怪明代商僧大善有诗赞口：

> 五方山社几村烟，
> 万姓祈禳大有年。
> 南宋同功埋剑甲，
> 西溪分福祀山川。
> 家家社酒歌尧日，
> 处处春耕喜舜田。
> 欲问英雄昔日事，
> 请看元夜闹灯筵。

西溪一难，高宗对西溪留下了深深的眷恋。之后，高宗多次光临西溪，见"其地灵厚，欲都之"。后又观凤凰山南之地，临江靠山，平坦开阔，钱江横流，浩浩荡荡，气势无穷，更适宜建宫殿，但心中又舍不去西溪山雄水秀，气象不凡的五岳朝宗之势。难以割舍间，便发出惊世一叹：

"西溪且留下！"

从此西溪有了新册封，西溪村姑变佳人，西溪盈满了风韵，西溪鹤声四起、誉满九州。

闲云潭影日悠悠，物换星移几度秋。宋朝远了，明朝走了，清朝来了。刚刚平定西藩叛乱不久的康熙，豪情满怀、意气风发下江南。来到杭州，看厌了江南景，吃腻了奇珍肴，玩够了西湖水，欲寻乡间野趣逍遥游，便唤来侍臣高士奇询问。经高氏推荐说服，康熙应允游览高氏经营多年的西溪别业，并要其单独陪往。人们不禁要问，陪驾的为何仅仅是一位随官？这还须从往事说起。

当年，康熙正值弱冠之年，欲请朝中大臣书写巨匾以示祝祷，但征询朝中诸臣，竟无人敢书。

康熙大怒："三日后无人书就，当斩。"

太师回府闷闷不乐，门客高士奇知晓后说："太师放心，匾额吾去书写，定让皇上遂意。"

三日后，皇上端坐龙椅，文武大臣心持疑虑，等待高士奇登场。高氏来到大殿作揖礼毕，拿起巨笔，挥毫泼墨，行云流水，即刻挥就"天子重英豪"的巨匾。那字迹清劲挺拔、气势豪逸、入木三分。众臣纷纷赞许，皇上也连连称是：

"好字，好字！"

"'豪'字头上何为少一点？"皇上且问高士奇。

高氏答曰："皇上少一点，草民亦少一点。"

机灵的康熙明了其意："封你南书房行走（清代秘书）。"

高氏甚喜，抓起斗笔，朝匾额一扬，笔落"点"到，巨匾完成，皇上惊喜。事后命翰林院对高氏进行考核，高氏荣登榜首，供职翰林院。

高士奇钱塘人士，从小聪颖过人，但幼年丧父，科举一再落第，靠卖字画为生，后被太师聘为门客。征匾一事使他一举成名，平步青云，逐渐成为朝中呼风唤雨的人物。

公元1689年，高士奇随帝南巡，马至西溪。西溪山庄风景殊丽，竹林深秀，景色宜人，康熙不禁"登楼延赏，临沼清吟"，作《题西溪山庄》诗一首：

> 花源路几重，
> 柴桑皆沃土。
> 烟翠竹窗幽，
> 雪香梅苔古。

并欣然书写"竹窗"二字赐予高氏。高氏将御题"竹窗"两字装匾悬挂，御吟之诗雕镂于石上，遂成西溪一大景观。

当人们游毕山庄之景，定将为高氏的才学和故事所吸引，为山庄门面小、内院雄的隐身建筑而惊讶，也为庭院精致而优雅的布局而倾心，更为西溪百姓勤劳而灵巧的手艺而敬佩。

西溪不仅是帝王的眷恋地，还是将相的诞生地。游罢西溪东，游劲万莫减。西溪胜景在东畔，游罢百景向西看，湿地灵气潜洪园，不游西陬不算来。在五常大道的东河畔，有古色古香的洪园，有余韵尚存的洪府，有飞檐翘角的洪祠。

那里古祠雄视，正气浩荡；河漾舒坦，视野开阔；紫烟袅袅，鹬鹭戏水；葫藐横肆，藕菱飘香；夏色撩人，天地悠长，让人产生一种崇敬而又迷人之感。

我徜徉于文化沉淀非常丰厚的洪园，穿过历史尘烟，仿佛看见洪氏祖先向我们款款道来。

洪氏是个百年望族，兴盛近千年。南宋初年，先祖洪皓进士出身，因上书谏阻迁都，反被宋高宗赏识。公元1129年，以假礼部尚书出使金国，被金廷扣留，历尽艰辛，九死一生，完节而归，是一位苏武式的民族英雄。这大概是祖上积德荫及，洪皓三子洪适、洪迈与洪遵均登相位，这一现象在中国政治史上极为罕见。

两百多年后，明朝洪氏又迎来了第二次荣耀。明成化年间（1465—1487年），西溪五常街道断桥头，诞生了一个重兴钱塘洪氏的婴儿——洪钟。洪钟少年丧父，家境贫困，母亲姚氏艰难地挑起持家育儿的重担。为助儿子成才，母亲悉心呵护，十多年风雨无阻，陪洪钟摆渡过河，护送上学。

她对年少洪钟说："汝父在时，见汝聪明过人，每喜语人曰'人皆积金以遗子孙，吾惟教子以一经耳'，汝能记之乎？"

母亲的教诲在幼小童心中打下了深深的烙印。

洪钟立志发奋苦读，誓欲耀祖光宗，每有懈怠，以母励之，一生执着，后终成大器，登上相位。

洪钟从一介平民到一品大员，走出了人生风采，重现了洪氏的腾达，传承了望族精神，并写下了令人交口称誉的《命子作》：

汝父慕清白，

遗无金满籝。

望汝成大贤，

惟教以一经。

经书宜博学，

无惮历艰辛。

才以博而坚，

业由勤而精。

这种精神，多少年来，始终鼓舞着后人奋勇向前。

还有洪氏家训，如今仍悬挂于祠堂正中，如闪光的金子、长夜的明灯，久久地照耀和影响着洪氏族人。

继宋朝之后，明代洪氏又诞生了三位尚书级、四位宰相级官员，故有"宋朝父子三宰相，明纪祖孙五尚书"之赞誉。

洪钟晚年退隐西溪，重建洪园，修造"思母桥"，以资谢母恩。还在蒋村一带组织乡民赛龙舟、学武艺、建书院，教贫困子女刻苦读书，承传了洪氏先世的书香遗风。

我信步于洪家庭院，轻轻地踩踏着洪园小路，久久地闻熏着古祠幽香，孜孜地聆听着"皇帝诏曰"，细细地研读着洪氏家训。耳边涌起《长生殿》的缭绕余音，听见了洪母的谆谆之训，感悟到了五常百姓的殷殷期待……

文人情怀

人生有奇梦，梦梦情相连。西溪酝大梦，个个皆出彩。

中国的文人对西溪总有一种特殊的情感，这种情感代代相延，这是西溪的幸运，文人的福道。

钱塘有"三西"，西湖、西泠、西溪。其中，最有特色与野趣的是西溪。

西溪以自然质朴为美，有野、雅、幽、静之特点。野，即天然、野趣；雅，即文雅、高洁；幽，即冷幽、清远；静，即宁静、闲适。此特色正与中国文人的清高、洒脱、野性和避世的情愫悠悠相连。在我眼里，西溪是梅苑，万花敢向雪中出，一梅独先天下春，美景观不完；西溪是词园，秋风秋雨连秋色，一叶飘零霜漫天，骊曲填不完；西溪是梦乡，水湄之中有佳人，痴迷邀我已三生，佳梦做不完。"千顷蒹葭十里洲，溪居宜月更宜秋"，西溪啊！时时处处隐托着文人墨客之情怀。

西溪以野闻名，以水扬名，以词润名，以庵藏名。"虽无弱水三千里，不是仙人不到来"。那里仙气环绕，庵庙众多，素有"三十六庵，七十二茅棚"之说。

茭芦庵是西溪名庵，院内供奉着观世音等众多神佛。文人雅士常来挥毫泼墨，切磋诗艺，庵内曾留下了苏轼、鲜于枢、康熙等诸多名人的真迹。一个小小的庵院却包藏着中华文化特有的书法与诗词的广袤内涵，让它自豪地独立于华夏范围内的其他庵院。

西溪的幽静、孤傲，应数秋雪庵。秋雪庵坐落于湿地的孤岛之上。她历史悠久、人文荟萃、名声响亮。仲秋时节，湿地管委会遣手摇船一只，吾与国槐、程睿先生专程前往。划摇橹船的是一位中年村妇，世代居住西溪，溪情了如指掌。她身材苗条、性格开朗，黑黝黝的脸上洋溢着灿烂的笑容。

我们游荡在西溪水乡，船只划开了一道道漪涟，丝丝缕缕的水韵散发出久久的芳馨。船娘们的歌声，树上的鸟鸣声，橹桨的吃水声，声声悦耳，令人置处于一个遥美的梦乡。

船过梅竹山庄，又越西溪梅墅，在河荡中七弯八拐，就到了秋雪庵码头。我们疾步登岸，抬眼远望，独具江南风格的建筑埋掩在芦苇荡中。

秋雪庵建于南宋淳熙初年（1174 年为淳熙元年），明崇祯七年（1634 年）荒废，山当地沈应朝两兄弟出资重建。庵四周因芦苇环绕，秋天芦花浩荡，似雪漫天，明朝大书法家陈继儒取唐人诗句"秋雪蒙钓船"意境，题名为"秋雪庵"。

我从东门进入，映入眼帘的是四合院式的庵堂，坐北朝南，两进组合。一进为正殿"灵峰下院"，东侧"报本堂"，西侧"圆修堂"，一围石墙将茫茫水泽隔离庵外。二进为后院，正北是"溪山最胜堂"，"两浙词人祠堂"位西，"弹指楼"居东。

弹指楼可谓江南名楼。其柱上悬挂着清代大词人厉鹗"说剑风生座，题诗月满楼"的诗句。

楼，形不太高，但有仙气。一年一度的"听芦节"让此楼高朋满座，座无虚席；楼，名不太大，但有霸气，溪龙绕身过，词人守其门。庵院、"最胜"两烘托，一窗揽千景。

弹指楼是观芦花雪景最佳地，农历十月中旬为最佳日。我第三次登楼，正值飞雪时节。那天正午，来时还艳阳高照，一时辰后却是乌云涌动，疾风骤起，卷起芦花满天雪，势如白沙滚滚来。

我凝神远望，只见芦苇丛中株株大树夹杂其间，犹如将军点兵，运筹帷幄千里外，神机妙算；忽而似孙武布阵，一马平川运阵势，神兵天降；忽而似诸葛掐算，空穴来风无生有，浊浪排空；忽而似天女散花，腾云驾雾挥手去，絮漫天穹，真似一派江南北国之胜景，勾魂摄魄，令观者心动神移。

秋雪庵是幸运的。有缘让观音点化，深居"百亩木排田"，春与蒹葭为邻，夏与鸟蛙为友，秋与雪神为伴，冬与船娘互语，飞起芦雪天寒彻，庵与苍天同凉热。秋雪庵，乃西溪之魂也。

半部西溪史，一部宋代词。两浙词人祠堂是秋雪庵的浓彩重墨。清末书法家王西神书写的"草堂之灵"匾额高高悬挂，令人顿生崇敬之情。祠内供奉着历代两浙词人先贤的群体牌位，以张志和为首的历代名家，一千零四十四位词人镌刻于紫铜色的红木上，深深地承载着历代文人的光环，使她骄傲地成为中国词人流连忘返之胜地。

我迈着沉重的步子，走进这座既不富丽又不雄伟的祠堂，心里无端地涌起一种深深的感叹：自古以来，有多少文人骚客、帝王将相，风尘仆仆、千里迢迢地来到这瀛洲小岛，为的是一睹秋雪庵之神韵，一观秋芦雪之浩渺，一探圣贤君臣之幽情，一了魂牵梦绕之挂念。

范仲淹有云：谁道西溪小，西溪出大才。参知两丞相，曾向此间来。

曾记否？荀子虽然落势于兰陵之郡令，仍忘不了来西溪读史著书；王安石虽然仕途春风得意，仍忘不了来西溪养性修心；文天祥虽然被奸臣陷害免职，仍忘不了来西溪抒发豪情；李清照虽陷忧患穷困"最难将息"，仍忘不了来西溪吟哦放歌；康有为虽想弃却红尘与世隔绝，仍忘不了壮时的澎湃激情；孙中山十几次起义屡遭失败，仍忘不了来此重燃鸿鹄志；郁达夫虽然身居申城加入"左联"，仍忘不了来西溪煮酒赋诗……他们去了又回来，书不尽西溪的恋情，道不够心中的缠绵，抒不完远方的寄托，写不绝美好的诗篇。

我拜别祠堂，告别先贤，心中感慨万千。真想携来西溪一片彩云，编织一个故事，为南漳湖畔再添一个美丽的佳梦；真想端来西溪一片鳞湖，书写一幅行书，与茭芦庵珍藏的历代书法相媲美；真想借来西溪一片芦苇，扎成一把巨帚，扫却历史的尘埃，让先贤之光大放异彩。

食客天国

西溪是词园，是梦乡，也是食客如痴如醉的地方。那里河网交错，水路纵横，塘池星罗棋布，渔农产品应有尽有。由此做成的美味佳肴，千年流传。

相传，一统中国的大帝秦始皇爱吃鱼，却又很怕鱼刺，不少御厨名庖由此丧命。一次，秦始皇巡游到钱塘西溪，请名厨为其烹调鱼肴。厨师想噩运将要来临，于是将满肚子怨气发泄在案板上，用刀狠剁鱼身，未料到，鱼刺却从鱼茸中穿出。此时传来"上膳啰"的呼喊，厨师急中生智，拔掉鱼刺，将鱼茸捏成团放入锅中，烧成了一道味美色鲜的鱼丸菜。这碗鱼丸汤，似出水芙蓉一般，色泽白如玉，鲜嫩赛豆腐，香味四溢，未待跑堂端出，始皇就已闻香起身，几欲步入厨房，真可谓此时已忘朕是帝，垂涎欲滴叽咕肠。鱼丸汤上桌后，始皇尝之，龙颜大悦，重赏了厨师，并钦赐"余鱼丸"之名。自此，西溪鱼丸名声大振。

秦始皇的嗜好给了我一种启示：一代君王亦是凡人之胎，也有常人的七情六欲，也有属于自己的偏好，也会为此孜孜追求。只不过，伟人、名人的嗜好与偏好具有扩散性，会影响社会及他人；具有引领性，会让人追逐和仿效；还具有持续性，会让历史记载和留声。

两千多年过去，秦始皇的鱼丸情一直隐留在历代帝王心中。乾隆对此更是青睐有加。有一年，乾隆皇帝南巡，一路轻舟泛歌，就曾到过西溪御皇池。当时，御皇池边柿树成林、硕果累累。看着鲜熟的柿子铺天盖地，皇上忍不住即刻起身上岸。

岂料刚离船，一颗硕大的柿子果就完好无损地掉落眼前。随从甚奇："皇上洪福，柿子迎驾啊！"

乾隆皇帝乐开了花，边尝柿子边开金口："赐柿树千年寿辰，再栽柿树四千。"

皇上希冀西溪柿子似兰溪俞梁山的大红柿，满山红遍。西溪也不负所望，当年乾隆赐栽之树，有不少至今还健活于洪钟别业曲水之旁。

辛卯年（2011 年）晚秋，我应西溪庆漾先生之邀，与家人兴致勃勃地前往柿林尝鲜。曲水旁，我凝视着那棵三百年的柿树，半爿树墩虽已腐烂，另半爿仍顽强地生长着，且红柿已挂满树梢。我思忖，要不是历史的风云漫卷，古时柿树成林、遮天盖地、红果累累的景象定当延续至今。而今人徜徉在乾隆眼中的盛景之中，也必然是别有一番风味在心头的。

"长江绕郭知鱼美，好竹连山觉笋香"，这是苏东坡对西溪竹肴的赞美。苏东坡不但是个大文豪，也是一位知味善赏的美食家，烹饪技艺高超，亲手创造过许多佳肴。他自称老饕，曾作《老饕赋》，其中"盖聚物之夭美，以养吾之老饕"的名句，千百年来，一直在世间流传。东坡在杭任职，常到西溪烹饪竹肴。在他的细细究研下，"油焖笋""东坡肉""农家三绝"，一道道西溪风味，风行于杭城内外，至今长盛不衰。

湿地还是南宋宫廷的贡品地，鸡鸭、鳖蟹、竹笋、柿子和西溪米酒等都被钦定为皇家御膳材料。西溪特色风味以选料优、制作精、重原味、爽人口、鲜无比，名传中外。

帝王公侯尝新鲜，民间布衣沓至来。各路美食家、饕餮食客慕名而趋，蜂拥而至。水下河鲜、树上鲜果、农家米酒皆在客食之列。昔日的御膳，今成民宴，众人皆可在西溪尽尝特色，尽品珍馐。

人们品肴、品汤、品酒、品风味，品上瘾头、品来意境、品足风骚，品出了三种境界：

一为饥不择食之境：饥肠辘辘步子疾，眼盯美食叫不已。快吃快咽又快上，风卷残云恋桌席；

二为细品慢嚼之境：盘中佳肴香馨飘，撩起味觉细慢嚼。尝荤尝素又尝汤，品尽美味心难了；

三为微醺半醉之境：野幽佳味配好酒，西溪米酒为朋友。一杯一壶又一坛，喝得水乡天地悠。

人们对美食趋之若鹜，也使蒋村酒楼、西溪庄园、西溪宾馆、喜来登度假酒店、河渚特吃一条街，以及一年一度的杭城美食节人气旺盛，喧闹非凡。

薄暮降临。当天目山送走最后一缕晚霞，夜色悄悄笼上了西溪。我与同行者安坐于古亭溪畔，静听湿地虫唱鸟鸣，静观月下五彩流云，回味东坡居士所创特色风味。斟一壶美酒，品西溪佳肴，吟几句古诗，或有古乐助兴，或有歌女弹唱，追昔抚今，好不快哉！

隐世桃源

梦一二次西溪是不够的，西溪要做连环梦，夜断昼续梦相连，越梦越觉得意无穷，越梦越觉得西溪是真正的世外桃源。尤其是西溪的冬雪天，别有一番景色。那游人缘西而行，银装素裹疑无路，庵暗雪明又一村的佳境；那水乡泽国韵味，一曲溪流一曲烟，不羡人间万户侯的意境；那渔夫挺立船头，一撒渔网盖天半，河渚鱼儿进网中的画面；那热情淳朴民风，莫笑农家腊酒浑，丰年留客足鸡豚的场景，可不是世外桃源之重现？如此佳景，如此悠闲，如此宁静，真是踏破铁鞋无觅处，访遍华夏景无双。这也许正是文人隐士众向所往的缘故。

西溪有幸隐隐士，祠庙无辜历遭难。在数不清的西溪隐士中，厉鹗与杭世骏的名字最响亮，最耀眼。我读过《非常之道非常之人》一书，对其中记述的隐士甚为仰慕。厉杭二公虽未述及，但对他俩的敬佩之情亦是久久难泯。

在寒冷的冬季，我特地谒拜了厉杭二公祠。厉杭二公是放弃功名归隐西溪的君子，是看破红尘回归自然的隐士。虽年龄不同，但有共同的经历；虽出身不同，但有共同的志向；虽遭遇不同，但有相同的命运。

厉鹗，生于康熙三十一年（1692年），年轻时的诗名已传遍京师。他二十九岁乡试中举，在荐应博学鸿词考试时，误将论说写在前，因此名落孙山。按他的才学，实可以举人身份向吏部铨叙为知县官，可他超然物外，无心恋官，成不了唐寅，就学仿徐霞客，像他们那样做喜欢之事，爱钦敬之人，干仰慕之业，尔后归隐西溪专心著书。晚年，厉鹗陷入了妻室离叛，生活拮据，时受布施的困境。但他始终不渝，专攻诗词，呕心沥血，自辟蹊径，独领风骚，成为清诗史上浙派一支的创始人，引领江浙吟坛三十余年。厉鹗的一隐，隐硬了风骨，隐足了豪情，隐壮了气节，隐出了一代著名诗人。

与厉鹗齐名的隐士还有杭世骏（1695—1773 年）。他生性耿直，心胸坦荡。乾隆年间做过翰林院编修，官至正七品。后因上书时务策，提出"满汉畛域不可太分"策论，得罪乾隆，革职回乡。

在我看来，杭公的小小谏议，可说是无关轻重。但是，在漫长的封建王朝历史上，过于尊严的皇权，过于发达的智谋，过于讲究的君主，过于卑微的臣民，使得杭公如蚁被大象重重踩踩。杭世骏想，既然改变不了时局，那就改变自己的命运吧。比比岳飞，看看于谦，想想张苍水，我的命运总比"西湖三杰"要好。于是，他收拾铺盖，打点行装，告别僚友，满怀愁楚，愤然离京，回到故乡西溪潜心著述、藏书，把自己的生命融入酷爱的事业，终生践行了"政中作文文中官，不求达显著名篇。百年之后人看我，浩瀚书卷有遗篇"的治学准则。

一代隐士走了，又一代隐士步履蹒跚地走来。他们抖抖精神，抬头南望，如雁觅巢，思绪茫茫。弹掉人世间的惆怅，摆脱尘事中的羁绊，收起前半生的幻想，涤除种种不实之辞，迈出卸担后的步子，朝着世人淡淡一笑，义无反顾地走向西溪。如此的隐士还有冯梦祯、章次白等人。

在厉杭二公祠，我怀着仰慕之心回味着他们的人生。从厉杭多舛的命运中，我体悟到先贤们忧国忧民之情操，体悟到他们为延续中华文化沥血呕心的精神，体悟到他们在命运低谷演绎出的生命的最强音。他们隐居，不隐情；归隐，不归心；弃官，不弃民。处清雅之地，仍怀忧世之思；居贫寒之舍，仍奋发著书作词；隐幽野之处，仍心系社稷，为后人留下了不灭的精神。这或许就是中国知识分子的使命吧！

人生似露一晃过，短暂且又风雨多。在人世间总会遇到各种曲折和困难，不幸与不测，不平与不公，不仁与不义，坏人与小人。一个不屈之人，真正之人，要有忧国忧民的情怀，要有道济天下的智慧与信念。

先贤老子说过："大隐隐于朝，中隐隐于市，小隐隐于野。"这是归隐者的三种境界。大隐者，内心恬淡，借世隐形，超凡脱俗，处事不惊，功名利禄看得轻。他们有不蹈烦恼海，怎铸智慧人；身在云端处，方阅天下清的胸襟，过着一种静心知足的生活。诸如曾文正公等，身处喧嚣的时政之中，却能大智若愚，淡然处之，达到物我两忘之心境。

"功遂身退，天之道也"。越国谋臣范蠡是中国古代谋臣的楷模。他文武双全，"忠以治国，勇以克敌，智以深策，商以致富"，前半生谋国，后半世从商，三聚钱财三次散，终成商圣，是一位中隐隐于市的先人。他们该进则必进，是退不留身；功名浮云过，淡泊世无争。中隐者，明辨是非，借境隐匿，品德高尚，安身立命，活得悠然自得。

小隐者，愤世嫉俗，与世无争，怡然悠闲，明哲保身。他们与自然为伴，隐于山水，过着闲云野鹤般的生活。此隐者，陶渊明、嵇康之人也。这可谓：独善亦是路，世人难谓非。小隐入樊丘，桃源几可寻？

西溪是个归隐地。湖荡棋布，似如瑶池，离城咫尺，闹中取静。那里去过大隐者，留过中隐士，更住过小隐君。西溪就像慈祥的母亲，接纳了一茬又一茬的归隐者。无论你历经何种遭遇，身处何种境地，持有何种心态，怀着何种意念，西溪都将敞开胸怀，诚挚纳接，将你暖暖安顿，给予细心关怀。住得久就住，住不久再来，不嫌不弃，不愠不火，不气不馁，处之泰然。让你找到归属，让你觅得归处，让你遇见心中的桃源。

古韵西溪告诉天下人，顺之应思危，逆中需明志；心胸宜开阔，行事须坦然；富贵当施舍，达则济天下；为文张正义，为人要行善。为国慈民者，方能气尊雄浑，韵贵隽永，蕴意深远……

夕阳西下，红霞染天，回眸西溪，佳梦迭起。我荡舟于河渚之中，心胸如此地从容淡然。

2011 年 12 月

本文原载于 2012 年 1 月 5 日《浙江日报》第 12 版。

风雨潮头读浙商

经历过苦难的人，方懂得幸福之珍贵。遭受过欺凌的民族，才知晓复兴之迫切。二十世纪是中华民族灾难深重之世纪，也是中华民族走向伟大复兴之世纪。

世纪末，一位有着钢铁般意志的老人"在中国的南海边画了一个圈"，将万里疆海连成一片。从此，千里江山龙腾虎跃，万顷海域掀起狂飙。中华要复兴，国人要福祉，百年耻辱要洗去。近半个世纪的奋斗和拼搏，铸就了一个繁荣富强的大国，成就了一代智慧的经济新人，造就了一个个美丽的财富神话，诞生了一支支雄劲的文化商旅。

浪起瓯江

中国东南沿海奔流着一条永不止息的瓯江，它发源于浙闽边境的洞宫山，流经永嘉、鹿城，注入东海。千百年来，它以自己的甘甜乳汁浇灌着瓯江大地，哺育着一代又一代的温州人。

温州之地，气候温暖湿润，土地肥沃，山川秀丽，人口稠密。昔日此地偏于一隅，交通不便，出入艰难，故形成了一些特殊的习俗，涩异的方言，喜鲜的饮食，独有的文化，和温州人特具的性格。

读浙商，品浙商，不得不读温州人。

汉唐以来，瓯江两岸人多地少，粮食难以自给。南宋温州知州吴咏说，温州农业"总一岁之收，不抵浙西一邑之赋"。据《温州市志》记载，全市耕地二百六十万亩，人口六百九十二万，人均耕地仅有零点三亩，此况遍及浙江全境。一方水土养一方人，人地矛盾突出，迫使人们挖空心思寻找出路。一些人靠耕种生存，一些人以打鱼为生，一些人流离国外。

自然条件贫乏，人们又想过上好日子，怎么办？捕鱼、农耕不是唯一出路，走科举只能成就少数精英，搞刺绣仅适合女性……温州人犯愁了。大家可以你争我夺、蝇营狗苟，也可以自甘潦倒、忍饥挨饿，还可以听天由命、埋首终身。

可是，温州人不愿如此。他们资源匮乏，心中又有不甘；缺少文化，又想一争高下；没有网络，又欲经商全国。他们踌躇满志，难以淡定，于是，目光盯上了经商办厂。

温州及浙江人经商办厂历史悠久。古人云："越人善贾。"浙江人历来以经商著称。越国名臣范蠡功成身退，弃官从商，积资巨万，三散千金，被誉为一代商圣，给浙人以深刻之启迪。

南宋，是浙江人意气风发、豪情绽放的年代。宋都迁杭，政治文化中心南移，带来了江南一带的繁荣兴盛，诞生了永嘉、金华、永康三大学派。它们倡导功利，反对虚谈，为浙江人奠定了重实际、讲实利、求实效的思想文化基础。浙人深受其影响，从商、经商、兴商风气一直很浓。

　　明末清初，宁波人"重富贵而羞贫贱"，出现了"士庶并营有无"的现象，涌现出费纶志、鲍咸昌、严信厚、虞洽卿等一批"经商大王"，抒写了中国工商史上的百年辉煌。与此同代，龙游人"多行贾四方，其居家土著者，不过十之三四耳"。他们在金衢盆地起家，逐鹿中原，远征边关，漂洋出海，以"遍地龙游"的气势，在浙中西南部崛起，形成了堪称"国家级"的龙游大商帮。

　　近代，杭州叶葵初、绍兴吴鼎昌、海盐张元济等人的出现，创造了文人经商、学者转商、弃官从商的佳话；以湖州南浔刘镛、邢庚星、邱茂泰等人为代表，缔造了"四象""八牛""七十二金狗"之荣耀。历史已牢牢地记住了浙商辉煌的一页，而时代却使浙江人的后代一度远离了经商。

　　沉睡的雄狮终将觉醒，长卧的蛟龙定要飞腾。历史走进二十世纪五十年代，温州及浙江人仍然隐承着越人经商好贾之特质，永不泯灭地做着绮丽的致富之梦。

　　时任永嘉县县委副书记的李云河敏锐地觉察到，农村要富裕，田要包到户。他在中国首个推行"包产到户责任制"，结果被打成右派，开除党籍，撤销职务，下放劳动，人生遭遇沉重打击。

　　但是，曲折怎能平抑温州人心中的向往？七十年代，温州人大胆地从田野里走出，挑着补鞋机等工具，给城里人补鞋、理发。有的前店后厂地偷偷摸摸做起了生意。南存辉、胡成中就是当年的补鞋匠和缝衣师，后来分别成了正泰和德力西集团的掌门人。

　　改革春风吹遍神州大地，南北闯荡的温州人经历了"割资本主义尾巴""心存忧虑办企业"等阶段，从起初的小作坊、小公司、小企业，到今朝的大手笔、大集团、大事业，创造了让国人耳目一新的温州模式，从"姓资姓社"的争论，到"先生孩子，后取名"而一锤定音，并与"苏南模式""珠三角模式"一起，被誉为中国市场经济的"三大模式"。其中，创造了温州模式的温州人更是以其诚信、低调、务实的特点独领风骚。

青年时代，我曾在温州一带做过事，曾耳闻目睹温州的风土人情，耳濡目染那里的精神文化。温州人勃郁的豪情，独特的精神风貌，以及温州模式的时扬时抑，都令我难以忘怀。

温州人，被人们称为中国的犹太人。有人说，他们的头发是空心的，他们的脾气很古怪，他们的行动很偏激，他们的胆子特别大。而我说，他们的脑袋特聪明，他们的个性特鲜明，他们的理念很创新，他们的处事有魄力。

温州人思想敏锐，眼光独到；作风凌厉，敢作敢为；宁当鸡头，不做凤尾。哪里有市场，哪里就有温州人。一台风扇吹全省，一颗纽扣撒全国，一只火机亮五洲，一双皮鞋跑世界……一时间，温州人干得风光又自信。

但是，温州人也有劣根性。他们反应灵敏，但缺少专注。时至当下，温州之地的跨国大集团屈指可数；他们思想犀利，但急功近利。直至今日，福布斯全球财富榜上的温州籍商人寥若晨星。

正是这一劣根性，温州模式走过了曲折艰辛的路程。一些短视的温州人欲一夜致富，不惜制造假冒伪劣。但忽悠一部分人，忽悠不了所有人。柳市低压电器被国家通报，万双皮鞋在广场焚烧。温州人在羞辱中反省，规范制度、端正经营、重树诚信，温州产品又以全新的面貌在市场上重新登临。

温州经济蓬勃发展，永嘉纽扣、乐清电器、瑞安汽摩配、鹿城皮鞋、打火机等市场蒸蒸日上、欣欣向荣。"中国鞋都"之誉已在全国打响，区域发展也从楠溪江时代向东海时代挺进。

瓯江两岸的企业火了，江心的航船正了，江中之浪又缓缓涌起。

潮涌钱塘

解放思想的浪潮，越过峰峦起伏、重重叠叠的括苍山，慢慢地向浙中、浙北推进。

八十年代初，我调到省城工作，常到金华义乌一带考察，耳边不时传来这样一个故事：

一个阳光明媚的春天，义乌农妇冯爱倩摇着拨浪鼓为贫寒之家寻找出路，悄悄摆起小摊，但是遭到了禁止。她鼓起勇气在义乌县政府门口堵住谢高华书记论理："为何不许百姓摆摊？为何不许做买卖？"两人争论了半天。谢书记难以说服她，就许诺说："你摆吧，工商不查你。"

随后，政府顶着压力很快做出"四个允许"的大胆决策，让义乌百姓有了经商的自由。冯怎么也没想到，谢书记、县政府会如此体恤民情。从此后，义乌百姓再也不要为摆摊经商而提心吊胆，再也不要为农副产品买卖担忧。

多少年，就凭这么一"摆"，摆出浙赣线上小商品的大流通，摆出义乌千百万个富裕家庭，摆出浙中一带经济大繁荣，摆出震惊寰球的义乌小商品城。

当我带着赴浙实践上百位北大博士再次来到义乌时，深深地被这里日夜喧嚣的闹气所感染，被这里川流不息的人气所吸引，为这里车水马龙的商气而振奋。

我静立于小商品大厦门口，久久地回想着义乌的发展历程。往昔义乌北门破旧不堪，从前福田村一片荒芜，眼下却发生了陵谷沧桑之变化，小商品集散如魔方变幻，似几何级数攀升，由原来十几个摊位发展到近六万个商铺，由几个卖货郎发展到十六万经销商，商品由几件几种猛增到了四十多万种，成交额由几万元攀升到了数百亿，其规模，其气势，其人气，其壮观，令世人叹为观止！

在温州和义乌人冲破阻力，甩开膀子大干之时，浙北还悄悄地流传着一种呓语："浙北汉子思想保守，观念陈旧，闯劲不足，难成大事。"这让浙北人深感郁闷。

然而，杭州湾滩涂上的那位铁匠出身的鲁冠球对此不屑一顾。他不信邪，不畏难，对大伙儿掷地有声地说："怨天尤人没有出路，消极悲观走向死路。天上不会掉下馅饼，地上没有免费午餐。"

在风云变幻的年代，他就变卖家当，将资金投进公社农机修配厂，把命运押在企业上。他豪言："奋斗十年添个零！""七十年代，万向集团员工最高年薪要达一万元，八十年代十万，九十年代一百万，到了2000年，要达到一千万！"如今，这一切均已一一实现。鲁冠球是民营企业的"常青树"，外地民工的"菩提树"，当地政府的"摇钱树"。他从一个打铁匠成长为中国著名企业家，企业办到美国，产品打进通用，成了浙商的优秀代表。

谁都不知晓，在鲁冠球已创出一番事业之时，尚在不惑之年的宗庆后还处在苦苦地探索与挣扎之中。许多人一到四十岁就把梦想寄托于下一代，而宗庆后在被命运遗弃大半生后，仍紧紧地抓住机遇给予的一丝希望。他承包的校办企业又小又穷，几个人搭伙蒸饭还受气。而他有了人生寄托后，信心百倍，以夸父追日的速度弥补剩下的时光。他"总想做点事，想出人头地"，要成为杭州的"李嘉诚"。经过二十多年的创业，宗庆后大器晚成，梦想成真，终以八百亿财富荣登一届"中国首富榜"，这里面包含着多少的曲折和艰辛，需要多少的勇气和智慧！

面对娃哈哈旧址，我凝神遥想。在这儿，宗庆后率领几个退休教师做着一个梦，要把江南水乡之水做透、做妙、做精、做绝，把江南水乡之水汇聚成潮，涌向全省，涌向全国，涌向世界！就在这儿，我透过陈旧的院墙，恍如看到了昔日弃官经商，做得又大又强的陶朱公；看到了四十踏入空门，悟心悟道的弘一法师；看到了四十多岁才做县官，不为强暴所屈服的海瑞。他们都是大器晚成，史有名声。

人啊，人，是一个探寻不完的梦！不在岁数大，不在起点低，不在自身穷，在于一颗恒久的心。

谁能想到，成功者之背后遮蔽着无数的失败者。在千百万经商办厂大军中，他们注册了，倒闭，倒闭了又注册；闯荡了，回乡，回乡了又去闯。一辈又一辈，默默地接受无情失败的嘲讽；一代又一代，寂寂地承受大浪淘沙。有谁知道究竟淘汰了多少人，有谁知道他们付出了多少艰辛，又有谁知道光鲜后面，献出了多少昂贵的人生？

萧山道远集团董事长裴德道个人资产几十亿，事业做得很大，不仅开创了个人买飞机的先河，在地震中，他也带头捐款上千万。但遗憾的是，斯人刚刚年过五十便黯然离世，因此被称为"悲情枭雄"。其悲剧还在于，仅凭威望和勇气管理企业，缺少现代企业的制度理念，缺乏团队辅助，在遇到发展瓶颈时，不能平稳转身，因而倒在了重重压力之下。

这样的人还有王均瑶等。他们不会不知道仅凭个人的能力难以管理一个大企业；他们不会不知道没有一个强壮的身体就难以支撑；他们不会不知道不接受新理念，不转型升级就难以生存。

廉颇老矣，蔺相如也已筋疲力尽。多年的闯荡，首代浙商渐渐退出历史舞台。后继有人否？二代浙商在哪里？

"我来了"，马云迈着矫健的步伐走出杭州师院。老师们逗趣地说，"马云是个外星人"。外星人怎么啦，外星人也要到地球上闯荡。论文化，马云是个学士；论年龄，天命之年尚未到；论资历，创业不过十来年。怎么他有如此的能耐，如此的潇洒，如此大的气场？短短几年三级跳，一个文科生"跃向葱茏四百旋"，从低平台一步跳上高平台，闯出了偌大的一番天地，难道他真是外星人？不，他来自马寅初的故乡，来自大学外语系，是一个聪明而有个性的人。

他说："今天很残酷，明天更残酷，后天很美好。绝大部分人死在明天，只有那些真正的英雄才能见到后天的太阳。"

韧劲与创新是马云最大的本领。庚寅年（2010年），马云个人资产近百亿，被《财富》杂志评为全球科技界最聪明的五十人之一。阿里巴巴帝国正在向全球快速推进。

用血性开头，以豪迈延续。近半个世纪，浙商在中央和地方政府引导下开了个漂亮的头。他们豪气入肠，七分酿成了胆量，剩下的三分啸成了智慧；他们帷幄一运，铸就了大半个钱塘。方今，散居全国各地的"浙江村""温州城""义乌街"似山花烂漫，姹紫嫣红，如火如荼，遍布中华。他们吸取宁波帮、龙游帮天才商人的智慧，使浙江人骨子里如有神助的创富欲望在新世纪得到集体喷发，使昔日的辉煌经过数十年的沉寂再次重现，使浙商在改革的风云中横空出世。

我荣幸生活在这片土地上，见证了浙商的兴盛。这是一片"老板之乡"的神奇之地，是"草莽英雄"诞生的地方。这里藏龙卧虎、能人辈出、卓尔不群。徐冠巨、冯根生、楼忠福、宋卫平、李如成、黄巧灵、丁磊、沈国军、陈天桥、周晓光等风云浙商如钱塘大潮、猛虎排阵、倒海翻江、波澜壮阔、气势如虹。

此正谓，尝胆卧薪富愈强，端木陶朱为商榜；千年三兴香火续（"三兴"指宁波商帮、龙游商帮和现代浙商），辉煌又涌我钱塘。

湖畔点金

钱塘自古繁华，临安历朝盛兴。杭州向来就是浙江政治、文化和商业中心。此地，思想活跃、学派林立、百家争鸣，涌现过一批政治家、思想家，多次发生过政治和思想上的大论辩。陈亮对朱熹"王霸与义利"的辩论等，至今留下了深刻的印记。

当今，钱塘学术再次盛兴，风云浙商岁岁开锣，各路名商汇聚湖畔，智慧局长巧斗"央嘴"，西湖论剑点石成金，杭城又成传播浙商经验、共谋浙商大计的大学堂。企业家们在高高的讲台上，畅述着自己的奋斗与成功,学者们在分辨离析中为浙商指点迷津,官员们为浙商导航引路,营造宽松的环境。我多次静静地聆听浙商的艰辛创业史,细细地品味浙商的奋斗人生与独特人格。

他们吃苦耐劳、百折不挠。"离离原上草,一岁一枯荣。野火烧不尽,春风吹又生",就是浙商性格象征。

浙江商人如同山坡上的百节草,一落泥土就生根,一有阳光就灿烂。他们山海谋生食之不足,木雕石刻辛劳求存,磨剪子、戗菜刀走街串巷,修皮鞋、打白铁风餐露宿,弹棉花、做美容不辞辛劳,收鸡毛、捡狗屎不嫌不弃,没有什么不干,没有地方不去。

二十世纪八十年代,他们爬火车、睡地板,做人家不愿做的事;九十年代,他们走关东、闯西南,做人家不敢做的事;千禧年,他们跨大洋、越千山,做人家做不了的事;世纪初,他们转观念、再升级,做人家想不到的事。

为创业,他们想出千方百计,道出千言万语,闯过千山万水,忍受千辛万苦,应对千变万化,回报千恩万谢。吃尽了人间之苦,受尽了人生之难,嚼吞了离别之酸,尝遍了商场之痛。他们历经磨难,不屈不挠;巧渡调控,抵御寒潮;想方设法,闯过危机;走过低谷,企稳回升。九九八十一难,终成正果。

他们敢为人先、自胜自强。浙商,天生一副叛逆骨,敢说敢干,敢打敢拼。此乃江南山水之造就,先贤文化之哺育。楚国大夫屈原宁为国死,不愿苟生;文天祥"人生自古谁无死,留取丹心照汗青";民国鲁迅"横眉冷对千夫指",以杂文做匕首,抨击时政……先人文化一代又一代地影响着浙商,浙商也从中吸取精华,传承衣钵,绽放光辉。他们顶着诡异的政治气候，硬是在石缝中顽强地生存，在曲折中奋力地追逐，在誓约中艰难地成长。

原海盐衬衫总厂厂长步鑫生是中国首个打破"铁饭碗"的先行者，首个在企业实行"联产计酬制"的创新者，首个受到当时国内高层肯定的改革者和风云人物。"吃螃蟹"是要付出代价的。步鑫生可好吗？他很孤独、很寂寞，但也很平静、很超然，国人是不会忘记他的。

他们精诚合作、抱团互帮。浙江人在家乡可能不一定团结互帮，一出乡关就变了，变得大气，变得团结，变得纯粹，变得有素养。这也许是"男儿立志出乡关，业不成名誓不还"诗句的激励，也许是"在家靠父母，出门靠朋友"理念的影响，这种人文情怀深切地渗透于浙商群体当中。

浙江商人抱团经商，抱团炒房，抱团解困，抱团走向全国，抱团闯荡大洋，他们是一个团结的群体，互帮的群体。

在陈金义集团陷入资金困境时，万向集团董事局主席鲁冠球就像兄长般发去传真：事至此，先了结，多少钱？来人拿！鲁冠球。

字字句句蕴含着长者风范和兄弟般的友谊。这种风范是瓢泼大雨中为人撑开的大伞，是炎热骄阳下替人遮阴的硕树，是三九严寒送上的一盆火炭，是仗义之人肩上扛着的思想头颅。大家无不为之动容。

诗人韩永学有诗赞曰：

鲁班放木鸢，

冠世立箴言。

球府镶金玉，

山歌种福田。

莲花遮二子，

藤紫盖三玄。

万向蹚新路，

十方举泰山。

在民营经济蓬勃发展的年代，我幸而兼任过浙江省企业家协会副会长，常与浙商名流接触交往，促膝谈心，深为他们讲究诚信、目光远大的品质所折服。企业家们深懂得，诚信是立足之基，诚信是品牌之魂，诚信是企业之道，缺乏诚信难以长久。正泰集团产品出口希腊，货箱破损，偶然发现产品有瑕疵，南存辉毫不犹豫在海关全部开箱检查，严把质量关。如此，企业损失近百万，但希腊客商无不为之感动。

浙江人，只有远离家乡，才能有更大的事业，才能创更大的天地。浙商天生雄鹰的性格，注定要蓝天翱翔。

在旷日持久的商战打拼中，起初，他们身无分文，脚穿布鞋，腰背布袋，告别亲人，出走乡关，充满了幻想。

后来，他们赚了小钱，手拎皮包，腰挂手机，携妻带儿，走南闯北，心中有梦想。

现在，他们发了大财，手提电脑，花费刷卡，神采飞扬，漂洋过海，胸怀大理想。

浙江商人有一个智慧的头脑，有一身特殊的本领。他们嗅觉敏锐，明察秋毫。

当别人看不清一时的经济形势时，他们洞察先机，明辨方向，主动出击，已先行尝试大胆创新；

当别人苦于企业经营成本太高时，他们另辟新天，大胆西进，拓展海外，赢得了企业持续发展；

当别人津津乐道欣赏国外新车时，他们勇于创新，自主研发，大胆实践，已开辟民企造车先河；

当别人在为"买船还是租船"争论时，他们转变思路，厉兵秣马，挖土填湾，万吨船厂屹立于东海；

当别人还在热衷于传统金融业时，他们独树一帜，领先创新，网络融资，"手机贷款"方兴未艾；

当别人还在大力发展实体经济时，他们敢于探索，不怕艰难，利用网络，虚拟经济一鸣惊人。

浙江富天集团短短几年迅速崛起，秘密何在？在于掌舵人杨卫国趋时观变、灵活善应，把全国当作一盘棋，将它一一走通。"八五"期间，他预测国家将重点发展交通、通信等领域，电缆绝缘材料将有巨大市场，他立即创建富天翔通讯材料有限公司，两年后成为邮电部指定国内最大定点企业；三峡工程上马，急需 XLPE 电缆，他引进国外生产线填补省内空白；全国高速公路快速发展，聚醌护栏成国际化趋势，他又专业生产高速公路护栏，抢占市场，一举成功。"三战三捷"，使富天规模迅速壮大。杨卫国就如草原上的猎豹，时刻紧盯猎物，精准搏杀。

浙江商人深深懂得嘴里吃一个，手上要拿一个；口袋装一个，纸上画一个；远处看一个，心中想一个。深知迟人一步，事事被动；领先一步，海阔天空。

他们与时俱学，不断提升。浙商的成功不仅因为有优良的特质，而且他们还与时俱进，不断补课充电，使自己始终站在改革开放的潮头。青田农民周建成，初始文化为初中，多次失败教训深，脱产学习进浙大，系统培训，素质提升，执掌了美特斯邦威的帅印。浙商的文化提升日新月异，学了大专读本科，最后还上 MBA。如汪力成、聂忠海、朱张金、项青松等，过去的草根成了现代商儒。学习成了浙商打开智慧大门的钥匙，学习成了浙商攀登事业高峰的台阶，学习成了浙商渡向成功彼岸的明灯。

这就像一种石头原来很普通，在它身上雕了龙，刻上皇帝的名讳，便成了玉玺。也像一颗松子落于崖壁，历经风雨，不屈不挠，成了名松。

他们勇开先河，坚韧不拔；腹有良谋，胸怀大志；不畏艰辛，永不言败。浙商拥有如此的胆识与智慧，拥有如此的壮志和豪情，是其他商人很难企及的。

浙江商人的优秀品质恰似繁星，怎也说不完。每当我听罢企业家们的演讲，总在不断地自问：浙商的精神源头在哪里？文化之根在何处？

我反复琢磨，深入细想，这大概来自这方土地上的四种文化之根。

一为"先祖文化"。浙江自古是文化之邦，河姆渡、良渚、上山三个先祖文化遗址源远流长。一万年前人类祖先早早爱上了这方土地，创造了璀璨夺目的上山、吴越等文明。越王勾践卧薪尝胆的精神，浙人刻骨铭心，脱贫致富的欲望强烈得像勾践复仇一样。

二为"土狼文化"。浙江七山一水两分田，黄土丘坡占据大半，周旋余地小，如山地里的土狼，只能栖息于树木与裸土相交之地，以短、平、快的方式求得生存。浙商的血液里蕴藏着土狼文化的根。

三为"耕牛文化"。江南耕牛忍辱负重、耐饥耐渴、百折不挠。浙商四处闯荡，常年不归，风餐露宿。白天当老板，晚上睡地板，不就是"耕牛精神"的体现吗？

四为"海鸥文化"。浙江商人通过海上通道，春季出海，冬季回家，来往于大洋之间。勇敢坚强的海鸥，冬天在西伯利亚繁殖，春夏之季到东南亚生存，年年往返、长途奔徙，香火传递，以求生存。"海鸥迁徙文化"启示了浙商。

这四种文化或许正是浙商人格素质形成的原因！

港湾思危

人生有成易自喜，不知山外有天地。应学孔孟"日三省"，天涯大路会有期。

放眼当代中国经济史，浙商可谓一艘在大海上航行日久的巨轮，当下已走到十字路口，是否应清火理气、收目眼下、港湾思危，以便前行？

那些年，我在清华大学总裁班研修，与一批年轻企业家相濡以沫，同寝共饮，常与他们开展"浙商危机"的争论。

回眸浙商创业史，"姓资姓社"的争论已经远去，而小富则安，还是做大做强的思考，仍久虑不去；金融危机一劫已经越过，而满足现状，还是转型升级的思虑，仍难下决断；人才富则企业强已成共识，而花大钱引才，还是应付当前的理念，仍远未到位；"五分天下有其四"虽是定局，而停滞不前，还是再创佳绩的思想，仍在彷徨。浙商的先发优势渐渐失去，后劲渐趋不足。环顾四周，后有追兵，旁有奇兵，险象环生，危机四伏。

浙江百分之五十的企业主来自草根，缺少文化，心志欠远，闯冒之中创了业，目下他们得到这份田地已心满意足。说存款，银行已有千百万；讲享受，汽车房子样样有；论名分，代表委员誉不少。小富即安，观念陈旧，思想不再进取，制度不再创新，企业遇瓶颈。这是一种自生性的危机，怎能让其生根？

一些民营企业顺风顺水，事业越做越大。于是，他们脑子慢慢发热，行动变得冲动；放弃主业做副业，不抓研发要转行。哪里有钱赚就向哪里往，炒股票、搞期货，放借贷、投房产，头脑发热，盲目扩张。此类机巧实在愚笨。

浙商虽已站在制造业的制高点，但没有突显产业领袖地位，其原因是资本运作能力欠缺，缺少资金支持，难以做大做强。探索资本运营规律，提升运作能力已迫在眉睫。

许多浙商，不懂外语，缺少国外经商经验，西方国家政策又时改时变。企业团队懂国际规则，能越洋谈判的人才少之又少。进军海外，困难重重。

交班紧迫，后继乏人。浙江企业家五十一岁以上的已近百分之四十。"富二代"志不在企业，不愿接班。现代企业职业经理人制度又缺乏，造成青黄不接等局面。

种种危机表明，浙商已非过去的浙商。浙商不能故步自封、沾沾自喜，不能陷于觥筹交错，不能沉醉于披红戴花，不能欢欣于莺歌燕舞。浙商要猛醒，浙商要自强，浙商要再次称雄！

起锚再航

眼前，是静悄悄的港湾。远处，是波涛汹涌的大海。

一艘刚刚休整过的航船就要整装出发。这艘船已枳聚了多年的从商经验，这艘船已羽翼丰满，如钢铁铸就。她像海燕，如雄鹰，似战舰，胸怀大格局，身负大使命，将搏击新的明天，驶向胜利的彼岸。为此，人民有寄语，祖国有期盼。

浙商啊！在远航的征途上要度势趋时，再捉机遇。

当今之世界，谁有眼光，谁就能把握机遇；谁有谋略，谁就能接受挑战；谁能务实，谁就赢得未来。古时，孙膑以减灶的方式迷惑敌方，让敌人上当；诸葛亮一生谨慎，与司马懿斗智斗勇，摆下空城计，吓退对方二十万大军，等等，都是历史上智慧之人审时度势之计谋。

浙商是一群聪明种、一帮开拓者、一批智慧人。他们先人一步办厂经商，快人一拍闯荡市场。无论是从事有特色的市场经济，还是参与国际市场竞争；无论是与国内同行谈判，还是跨行业的较量；无论是企业管理，还是品牌意识的树立，他们都是佼佼者，都是成功人。

不是吗？李书福就是这样一个人。他农民出身、脑子灵光、充满激情、坚忍执著、不怕风险、不惧挑战。他一生最大的梦想是造小汽车，尽管此路艰难，但他三番五次赴京奔走呼号，申请造车许可证："不要国家一分钱，不向银行贷一元，一切企业来自负。"然而，主管人员多次拒绝这位在众人看来近似"汽车疯子"的人，但他不灰心、不气馁，数年坚持上下奔波，锲而不舍、呕心沥血，甚至急得谢了顶。在迫不得已的情况下，只好再次实行"绕路"计划，买下一家濒临倒闭的部属小客车厂，对方用产权等折股，吉利集团投入一千多万，以"吉利波音汽车制造公司"冠名，又次"借船"出海。李书福的精神感动了上天。几年后，首辆"吉利豪情"轿车从浙江下线，实现了他多年来的造车梦想。而今，吉利集团生产的小汽车畅销亚非拉，还收购了沃尔沃汽车制造公司，再次让中国民营企业扬眉吐气、笑傲江湖。

李书福的成功告诉我们：伟人创造机遇，能人抓住机遇，庸人失去机遇。人生在世，做事不易，没有坚忍不拔的意志就会一事无成。

浙商啊！在远航的征途上要调整转型，升级发展。

无法改变风向，可以调整风帆；无法改变现实，就要转变自身。调整转型，升级发展，这是浙商唯一的出路，应有的胸怀。浙商再也不能躺在功劳簿上悠悠然，要有危机感。

你听，转型的鼓点再一次敲响，冲锋的号角又一次响遍，转型升级已刻不容缓。

你看，西部在仿效，广东在追逐，江苏在超越，前进困难重重，后退已无出路。

浙商一定要有大韬略、大格局、大使命。要做到向内提素质、树品牌、创效益，关键是提高企业内部人员的素质。

所以要练好内功，树立形象，民营企业要向内、向内、再向内！向内抓管理，讲规范、出效率，重点促进企业经营机制高效运转。

所以要重组流程，精心操作，民营企业要向下、向下、再向下！向下促转型，转观念、促升级，核心是推进企业产品市场竞争力。

所以要降低能耗，产品增值，民营企业要向上、向上、再向上！向上闯天下，走海外、占市场，要害是增加企业国际市场的份额。

所以要闯荡五洲，志存高远。民营企业要向外、向外、再向外！

浙商啊！在远航的征途上要根留浙江，海外发展。

走向海外，必然要接受国际经贸规则的约束和挑战。奥康集团总裁王振滔是位应对欧盟对中国皮鞋反倾销挑战的坚定应战者。在长达五年艰难抗辩中，其他企业担心诉讼时间长、风险高、人力财力耗费大而纷纷放弃，他却独自坚持到底。他说："这不是出风头，而是当先驱，尽行业和社会的责任。"在数年的煎熬中，他倾心钻研国际经贸法则，琢磨诉讼策略，动尽脑筋，费尽心血，矢志不渝，终于赢得官司。

这是怎样的一种精神？是对事业坚持不懈的追求，是浙商的一种胸怀，是对国家利益和声誉的坚定捍卫。

江河万里，终归大海。企业家不管做得多大，名声多响，走得多远，故乡在浙江，根须扎浙江，灵魂萦浙江，总部留浙江。至远者，非天涯，而在人心。

海外虽然美好，大洋风光无限，草根离不开土地，浙商离不开众民。要努力处理好家族管理与现代企业制度、传统工业与新兴产业、区域投资与海外发展、追求功利与回报社会等五大关系，抓理念、抓品牌；抓队伍、抓管理；抓转型、创海外，让浙江人经济在华夏大地和世界各国持续繁衍。

浙商啊！在远航的征途上要运作资本，兴业金融。

资本是企业发展的命脉，金融是当代经济的核心，此二者乃浙商未来之支撑。掌控得好，就能翻手为云，覆手为雨，气似如来。今后，浙商要想方设法利用市场法则，通过资本的科学流动，实施技巧性运作，以小变大，以无生有。如通过发行股票、兼并企业等实现价值增值、效益增长。要潜心研究上股市、搞"风投"、办银行、做证券等资本运作规律，使浙商成为创业富民的时代引路人。

浙商啊！在远航的征途上要富而节俭，贾而好儒。

一些年，我因撰写《民营企业收入分配新论》一书，赴企业调研，发现富通集团董事长王建沂不坐专车坐班车，告诫自己富而节俭。他还主持汇编《企业节约措施二十条》，打造企业之文化。集团员工形成了就餐自带瓢，"迟开早关"用空调，节约用电记得牢，低碳消费、绿色环保的良好风气。

浙商不仅有"草根精神"，还是一代"文化贾儒"。复星集团董事长郭广昌出身寒门，家境清贫，姐弟三人因交不起生产队公积金而被人瞧不起。母亲对广昌说："你长大要有出息，给父母争口气，做一个有用的人。"他初中毕业不顾父亲反对，放弃上金华师范，转读东阳中学，并立下"军令状"，不上大学誓不休，终于考进复旦又留校任教。后，他与同学辞职下海，开发医疗新产品，畅销亚非拉，控股参股多家上市公司，逐渐打造出专注中国资本运作，又具备世界眼光的投资集团。贫家学子成了上海滩的富豪、上海浙江商会会长。

美国总统访华时专门会见了郭广昌等代表。此真乃：

> 郭公鸣复旦，
> 广告唱和黄。
> 阳卦寻龙蹄，
> 昌辞觅凤翔；
> 四人围沪上，
> 一路尽青扬。
> 西月临池水，
> 东篱透曙光。

白天经商，晚上读书成浙江商人一生追求。读天下书，走天下路；善读书养才气，能忍辱养底气，敢作为养浩气。读书提品位，读书增理性，贾而好儒永无止境。浙商要长久，书本永不丢。应学《封神榜》知贤善任，鉴《红楼梦》乐极生悲，效《三国演义》运筹帷幄，研《孙子兵法》不战而胜。

浙商啊！在事业的继承上要精育后代，再兴百年。

"道德传家，十代以上""富贵传家，不过三代"，此为德、富二者传家之精髓。浙商的精神要在风雨中传承。

如何传？

一育德。百善孝为本，万事德为先；做人先修身，修身先立德；不具盖茨的品格，也应有陈光标的情怀。

二历苦。经验可以传授，企业可以再创，苦难不可复制。富二代企业主一无资历，二无声望，怎能服众？需自找苦吃，自设苦难，常将自己置于艰苦之中。大任降前必先苦，历经磨难方为雄。

三用才。企业最终的竞争是人才，要摒弃家族式管理，向现代企业制度推进。须懂得"用师者王，用友者霸，用徒者亡"的道理，度量该放大，胸怀要开阔，才能当好掌门人。

四人文。企业家应有进取心、济人心、关爱心。业小非是克扣由，人富自应宽胸怀。传化集团等始终把构建和谐企业视为主导文化，充分发挥各种组织之作用，员工收入年年增，人人心情大激奋，实现共享共赢。

五承业。承业须承志，承志先养心。父辈的事业要从头收拾，现成的饭碗要重新端正，像康熙江山重打理，慕永乐京城移北平，变继业人为创业人。

尾　声

鉴古自省，读史明今。浙商正处在历史转折点，脱胎换骨之境地，形势危如累卵，面临千钧一发，局势时不我待。浙商要有君子的风度，智者的计谋，仁者的胸怀，英雄的气概。

风雨潮头读浙商，沧海挂帆再远航。半世纪一转眼，所创业绩不稀罕；五百年仰俯间，晋商徽商我样板；一千年很短暂，怎让后辈笑我颜；不输晋商存精神，还胜徽商留品牌。

浙商留什么？浙商何贡献？千载紫杉为明证，万年神龟将书载。

此时啊，钱江大潮又滚滚而来，我耳边响起了红顶商人胡雪岩的忠告："钱可用，抓机会，看准人，谋定而后动，德立而功成。"此刻又仿佛看见陶朱公手挽美女西施迈着沉稳的步伐，在钱塘江畔的风雨中为浙商远航缓缓送行……

2011 年 3 月 18 日于杭州

本文原载于 2011 年 7 月 1 日《浙江日报》第 23 版。

百年印社何辉煌

——为西泠印社成立一百二十周年而作

◎ 四君开山

◎ 几经劫难

◎ 情致印学

◎ 社规苛严

◎ 巨擘领航

◎ 四海纳徒

◎ 孤山问道

太平洋西岸有一线名震天下的大潮，它汹涌澎湃，巨浪滔天，一泻千里。千万年来，它浪啊，浪，浪出一个个城邦与岛国，浪出一批批英雄与豪杰，浪出一片片历史天空与星辰。

四君开山

结社钱塘壮志豪，百年意气胜江涛。铁笔如借草船箭，日呼印风喜弄潮。

气势磅礴的钱塘江畔，有一个美丽的杭州城，它三面云山，一面临海，山色空蒙，亭台交错，一碧湖水潭印月，唐宋诗印孤山寻。先行者们叩天问地，寻道山水，孜孜不倦地在此求解中华文明不灭之根。

十九世纪末，中日爆发甲午战争，北洋海军全军覆没，《马关条约》耻辱签订，唤起积贫积弱中国人，一大批有志青年赴海外留学，寻求救国之道。此时，励精图治的光绪皇帝发动戊戌变法失败，中国陷入迷茫之中。

然而，在杭州孤山上有四位君子相聚人倚楼，不忧不惧，逆势而上，溯洄从之，执意而行，酝酿创设印社之事。缔结新社，非常人之举也。它需要勇气、魄力和智慧，而四君以无人能比的气概践行着前人未竟之事业。他们立足孤山，面对西湖，敬仰先贤；以茶为酒，击掌共鸣；聚集同道，声气相投；对天发誓，重振金石；结社同行，至死不悔。

也许人们疑问，四位青年创始人当年是否普通人？殊不知，四君子昔日就鹤立鸡群、与众不同，其篆刻、书画水准与眼下同行精英相比，也是非凡之人。

丁辅之，时年二十五岁，钱塘人氏。"辅之"，源于《孔子家语》："古之士者，国有道则尽忠以辅之，国无道则退身以避之。"丁氏以"辅之"为名，乃父母之托耶！丁氏为晚清著名藏书家"八千卷楼主人"丁松生之孙，年少时便研习甲骨文，嗜好诗书画印，无所不精，才华横溢，声誉甚高，乃人中之凤。

王福庵，时年二十四岁，出身书香门第，其父为清光绪三年（1877年）丁丑科进士。他痴迷金石书画，精于篆刻，初师浙派，得其精髓，融会贯通，自成一家。

因印学的喜好，孤山凝聚了各种人才。领头的不可缺，筹措的不能少，实干的随后跟。

四君中，叶为铭，时年三十七岁，徽州人氏，刻碑工匠出身，著有多部著作，篆刻也颇有秦汉之韵。且此人头脑灵活，办事干练，善于协调，乃团队中张罗人。

吴石潜，时年三十七岁，山阴籍。他头脑精明，长于计算，擅长经营，既是篆刻家，又是实业家，是四英中建社出资最多之人。

四人之组合，恰如唐僧西天取经。

人们常疑惑，钱塘如此之大，西泠印社何以创社孤山？原来，丁辅之祖上门第簪缨，家财万贯，发达后在孤山置业安家。孤山乃风水宝地，它取西湖之仙水，吸乳峰之奶汁，通北山之神韵，有七星岩之美景，又有蓬莱之仙境，有泰山之石刻，又有草堂之底蕴，于饱览湖光胜景之余，亦可一睹印石流光溢彩，名胜与人文相得益彰。

昔日，丁氏兄弟钟情孤山，赚钱经营，一家人常在城内头发巷与孤山之间轮流居住。年轻时，丁辅之与王福庵关系甚好，后来叶为铭和吴石潜几位印石爱好者因志趣相投成了闲暇好友。他们想，如此瞎玩，不如组个印社有趣。但社取何名，址放何处？疑问间，丁辅之思虑良久曰："社以地名，人因印集。孤山北通西泠桥，桥短韵致万事兴，可名西泠印社乎？社址之事，宜咨询吾父。"丁父知后答："尔等在此耍子，社址即在此，吾赠一陋室为活动之屋矣。"丁父的慷慨和大气使刚诞生的印社有了正式门庭。此正为干支甲辰1904年也。之后，印社在"蒋公祠右，竹阁之北，拓地数亩，筑屋四舍"，从此群星结伙，聚势而行，探索金学，乘势而上，孤山不再孤苦伶仃。

可是，西泠印社一出世便遇朝代更迭。1905年，清朝廷下令废除科举，孙中山创建同盟会，不断变迁的时局让人们意识到社会的动荡不安，印社应如何运作，成了题中应有之义。

对时局预测判断，四君有先见之明。吴石潜乃四君中年长者，他脑子机敏，善于分析，与诸君商议道："时局易变，世事难料，印社之事宜趁早禀报官府备案，以防万一。"同仁们附和："此言甚佳，石潜兄有远见也。"

该年岁末，他们即联名上书官府，要求将印社房舍、土地归属私人团体加以保护，并望准予结社。欣慰的是，呈文竟得到钱塘县、杭州府两级批文。杭州府认为，这些人"慕苏白余韵，仰先觉遗徽，为保存国粹，研求学问起源，事关公益，准予立案"。西泠印社首次得到官方正式认可，四君独到眼光与睿智让人深深敬佩。

西泠印社得到官府认可后，同道齐心，奋力而为。创社二年孤山南麓矗起一座仰贤亭，亭中供奉浙派印学八大家丁敬、蒋仁、黄易、奚冈、陈豫钟、陈鸿寿、赵之琛、钱松等群贤雕像，供人敬仰。并以仰贤亭为中心，建起宝印山房、石文亭、观乐楼、山川雨露图书室等新建筑。且看东有题襟馆，西藏汉老室，南为西照亭，北矗严华塔，中辟水池连，一座气象万千的文人园林横空出世。

这些印学之人皆有自身的行当，自己的家室。然而他们却把篆刻当成一种使命，为天地立心，为生民立命，为往圣继绝学，不惧忍饥挨饿，无畏百般苦涩，皓首穷经，无怨无悔。一支铁笔镌世界，半方石印藏乾坤。为此，我深深感悟：篆刻，有悲欢人世的寄托，其情愫悠悠长存；篆刻，有无限时光的印记，方方印石越磨越璀璨；篆刻，有厚重历史的沉淀，其内质是生命勃发与光艳，其影响已深深地留在历史的天空。

欣喜的是，中华人民共和国成立后，杭州市政府批准接受西泠印社为事业单位。新世纪来，中国民政部、浙江省和地方政府高度重视西泠印社的壮大发展，为其作了注册，让印社古铜色招牌镀上新时代的金色之光。

如今，站在印山之巅、钱潮浪尖，不是一代代的知府大人，不是昙花一现的巨贾富商，而是这群心志不移、目标专一、大气睿智的印学之人。

正是：

> 湖上春来开画图，
> 孤山隐隐黛如初。
> 晚风夕照送归去，
> 梦入西泠作印都。

几经劫难

百龄印社多磨难，护社众人不畏艰。三劫四难涅槃生，蓬莱逸事又添篇。

癸卯年（2023年）正月，春已来临，然冬月寒风仍未驱尽，孤山上还阴冷森森，而我们敬贤之心却和暖融融。我在李佶女士引带下与秦陶、施明亮先生兴致勃勃地拜访了印学胜地。印社之址坐北朝南，怀瑾抱瑜，景色极佳。吕先生滔滔不绝地给我们讲解：印社主体纯属江南园林建筑，其一层级可居，二层级可游，三层级可望，构成得天独厚、依山傍水之佳境。我们移步前行，悄悄地走进印社百年历史长廊……

二十世纪初，乃西泠印社多事之秋。在印社积极发展之时，一场变故从天而降，民国政府颁令要收回原属于清政府的土地公产，蒋公祠也在其中。

盛夏时节，蒋公祠浓荫遮蔽，社员们忧心忡忡，却又无可奈何，七嘴八舌地议论着如何应对这一突变。

此时，一消息从南京传来。西泠印社社员、同盟会成员底奇峰在南京逝世。他在上海经营一家"新世界"刻字铺，亦是同盟会据点。同盟会大印即出自底氏之手。他担任过孙文秘书，总统府印铸局局长。去世后，孙中山特赠一千银圆，派卫队送其灵柩回沪，并为其召开追悼会。此时，四君之一叶为铭献计："如若在蒋公祠祭奠这位印社功臣，不正当其时吗？"随后社员们有画像，有写小传，有拟悼词，举办了一场影响很大的底奇峰追悼大会，事后起草诉文呈送给政府。杭州知府正式回复印社："于研求学术，亦会敬礼先贤之意，令人感佩。准许印社在蒋公祠中祭祀底奇峰局长，经营蒋公祠费用由印社承担。"一场灾祸随之化解，大本营得以保住。

丛林何萧瑟，北风声正悲。一场变故方平，另一场灾难悄然降临，"九一八"事变后，杭州一夜间从天堂坠入地狱：六和塔被洗劫，文澜阁被占领，断桥成练兵场，焚琴煮鹤，斯文扫地，西泠印社大难临头。

丁辅之、王福庵、叶为铭等三家人避难上海。临走前，丁辅之心情沉重地对生活在孤山上的叶六九及其子叶秋生曰："护社重任嘱托你俩。护守劳酬，逐月支付，望倾心坚守，完社归主。"父子闻之，顿觉重担千斤，道："感谢四君重托，父子将赴汤蹈火，誓死相护。"为确保护社者能坚持之，向来不重名利的叶为铭也把挣钱作为头等之事。为此，四君刻印章、出印谱、勤呼吁，殚精竭智，费尽心机，只为信守与守护者一个承诺。从此，四君各奔东西，为印社生存奔走于浙沪京。他们是山水之人，生活在云雾之中，在烟波浩渺间追逐千年文化古韵。

当年，孤山宝地曾宾客云集，王国维、康有为、林语堂、鲁迅、郁达夫等常在叶秋生家茶座上纵论时事，谈笑风生。

而眼下，叶氏家人千方百计把古物埋在地下，以枯枝封绕山路，将孤山伪装成荒山野岭，叶家人在强寇之下小心翼翼地苦守八年。这八年，他们受尽屈辱，吃尽苦头，毅然坚守；这八年，他们自垦荒地，锄耕种菜，省吃俭用，最后把一个完整印社交还主人，叶秋生的名字也永远载入西泠印社史册。

创业艰难百战多，舍生取义意如何。社员们在一次次苦难中蹚涉，一次次绝望中死守，一次次传承中创新，披荆斩棘，坚忍不拔，淬火成钢。

正是：

> 守住孤山则谓成，
> 拴定意马便化龙。
> 只因铁笔流过血，
> 方能刻出绝世功。

情致印学

金石嗜好自心生，历经沧桑岂断痕。逐篆一生纵情致，滔滔刻域誓追寻。

中国印学史上的浙江八大家，一直受后人称颂。领袖人物丁敬成偶像之人。人们学古人、敬贤人、慕名人，不断在印学之路上探索、钻研、提升。

在印社古迹中，有一个奇异石室让我尊崇。它名叫"汉三老石室"，以青石为材，宝箧印经塔样式，罕见的建筑让我惊讶。打开铁栅栏门，冲眼而来是一方"汉三老碑"，它记载着汉朝三代人生辰、忌日及名讳。

1852年，浙江余姚严陵坞村一村民无意间挖出汉三老碑，后由金石学者周世熊收藏，同时制作大量拓片发放。该碑从此声名鹊起，被誉为"浙东第一石"。

1919年，该碑出现在上海古董市场，一日本商人欲出八千大洋购买，此事被时任上海知县沈宝昌和海关监督官姚煜知晓，二人星夜商议，赎下该碑。二年后，丁辅之会同社长吴昌硕募捐万余元大洋，转手购下此国家一级文物，特建石室存放。吴昌硕为石碑回归撰文纪念，冯煦题写匾额，童大年书写对联，汉三老石碑成镇社之宝。为一块石碑竟让如此多名人名家著文题字，这是印社人的何种情操？一块古石碑，慰抚江南印学之人几百年。

金石篆刻，是中华文化的活跃元素，亦是世界文明的组成部分。早在殷商时，即有早期印玺。远古文字之所以流传，皆因石刻。无论是古巴比伦的楔形文字，或古埃及太阳神庙上的象形文句，均由石刻传承。中国甲骨文及后之石刻文，先人因刀刻艰难，故文句求精，蕴意求深，字重千钧，两者在镌刻与传承中相交相依，相衬相映，互为推进，走出一条独特的汉文化之路，它是华夏文明独特基因。

随着时代风云变幻，金石篆刻自秦汉始，已金蝉脱壳，劳燕分飞，各成体系，兴旺繁荣。如青田石刻因势造型，镂雕精细，精美绝伦，巧夺天工。东阳木雕薄雕、浅雕、深雕、高雕、多层叠雕，五彩缤纷。还有黄杨木刻，形态多样，缜密圆润，古朴文雅，美如象牙之品。可谓：凉风疾雨夜萧萧，便恐江南草木凋。几千年来，从金石篆刻分离出各类雕刻品种，式样众多、繁花似锦。它们虽同祖宗，但辈分不同；虽同技艺，但师傅不同；虽同雕刻，但效用与精彩大不相同。

而印学浙派也从明代崛起、晚清鼎盛，在中国篆刻版图中占据着半壁江山。

近来，我翻阅大量史料，突然发觉印社百年辉煌其重要之因乃印人都有深深的印学情怀。

开山四君人人爱好篆刻，闲暇之日常常念记于心。王福庵虽然年纪最轻，但对印学一往情深。他生于世代书香之家，先祖乃书圣王羲之。他自幼受环境熏陶，耳濡目染，一心向学，潜心于文字训诂，金石篆籀之学。二十七岁便著成《说文部属检异》一书，为他年确立宗师地位打下基础。

王福庵受聘于京都印铸局技正后，声播艺坛，被史家誉为近代"工稳印风的代表大家"，索书求印者络绎不绝。抗战期间，汪精卫伪政府找王刻印，他说："他人之印吾皆刻之，唯汪印不刻。"展现一个真正印人的骨气。

大师传奇亦能在造就他人时迸发光芒。顿立夫原是王福庵的车夫，王氏不计其位卑，收他为徒。顿氏勤学苦练，印技速进，成福庵得力助手。1949年，王福庵被邀主持"开国大印"铸刻，告顿氏曰："师父吾因病缠身，荐你北上赴京，望你倾心而作，不负重托。"师父之荐，顿立夫百感交集，无比欣慰，执手泪眼，深深鞠躬，道："弟子定将舍命而为，不辱使命。"

最后，"中华人民共和国中央人民政府"大印顺利刻成。

百年来，王福庵印学名声逐渐风靡，除吴昌硕、赵叔孺，王氏声势最大。麋研斋弟子遍天下，京有顿立夫，沪有吴林堂，杭有韩登安，可谓集一门之盛。有诗赞曰：

> 法度精严老福庵，
> 古文奇言最能谙。
> 并时吴赵能相下，
> 鼎足金分天下三。

四君对印学情致矢志不渝。1948年，八十三岁叶为铭去世。1949年，丁辅之也已七十一岁。他抱病参加印社四十年雅集，回沪途中被送往医院。王福庵去探望，丁拉着王氏手曰："石潜、为铭二位已先我而去，龙华炮声已响，印社重担落于你身，要将印社交给共产党，唯一要求保留印社之名。"他们一生魂牵梦绕，牵挂于心的是印社，视之为亲生骨肉，重于生命。这是多么高尚的情操，这种情致乃印社百年长青之因。

人世间往往有几许机缘巧合。遥想当年，张宗祥在温州做道尹之官。一天饭后，他在五马街闲逛，有位少年在翰墨轩设摊刻字，张氏有印刻嗜好，便与少年攀谈。此一谈，二人成了至交。

此少年叫方介堪，永嘉县人。不日，张氏带方介堪到温州福庆寺拜见弘一法师。法师见方氏字印上乘，心中甚喜，曰："束发少年技艺甚深，长大定有出息。贫僧送你红木斗笔一支，诚望潜心印学，技艺再精。"方氏听罢道："谨谢法师钟爱，谆谆之言铭记于心，小辈誓将终身研磨篆印。"财富难留创业艰，名作方能传千年。方氏笃志好学，技艺大增，在典雅整饬汉玉印和细圆朱文印上饮誉印坛，还在复兴古时的鸟虫篆印上别具一格。然而，此时的他更想在篆刻上自成一家、独树一帜，因而期盼结交更多前辈和知音。

平生意气故应在，胸次诗书不可忘，新的奇遇又来临。仲夏一日，方介堪拜访书坛前辈曾熙，见到曾的弟子张大千。两人一见如故，惺惺相惜，交情日深。1930 年，大千举办画展，请方氏配印五十余方。画展大获成功，张画方印，相得益彰，深孚众望，被人称为"金石书画双绝"。

在民国岁月，方介堪带领永嘉县方氏一门从业篆刻，深研技艺，独领风骚。亲戚中有五人为西泠印社社员，方氏和堂弟方去疾先后成为西泠印社副社长，一时传为佳话。

其后，方介堪弟子徐无闻、刘一闻、马亦钊等接过师父宝刀，又一次撼动着江浙大地。

庚寅夏月，上海世博会上，西泠印社创新圆形印的概念，韩天衡、张耕源领衔的团队为普京、默克尔等二十位外国政要篆刻姓名与肖像印章，以最古朴之形态，作最贴近"世界语"之交流。印证了女印人叶瀚仙诗句：面面有情，怀水抱山，山抱水；心心相印，因人传地，地传人。

社规苛严

悉数华夏诸社团，入社规矩西泠严。面试笔试命题刻，还须雕镌着述刊。

在人们心中，西泠印社仿佛有一种天生魔力，它清高孤傲、洒脱不羁、独具匠心、威严而立。

西泠印社入社条件何其苛刻，早已名扬天下。其创始之章程与后来补充规则昭告世人，入社有三种形式：

常规发展。由两名社员推荐，被推者须有中国书协、美协会员身份，且有业内重要奖项和论文等，再经差额选举，逐轮淘汰，获三分之二以上票数方可入社。

公开海选。近年来，印社在入社方式上进行革新，实行公开遴选，隔年举办"国际印术节·百年西泠中国印"大型海选，试题为《刻一方印》，内容自撰，书体不限，后从高到低按票数录取。

那年海选，我悄悄地在现场观摩，看着应试者从容应对、自信满满之态，感触良多。石印是中国书法与石刻相统一的艺术，要求印刻之人书法功底深，篆隶结体美；胸中藏印谱，刀心且相应；方圆求均衡，下刀稳准狠；人印合为一，佳作方能成。况且，刻印如修身，雕琢似齐家，给石头以人格，赐玉石以品行，镌田墨以灵性，方寸之间，降服人心。

西泠印社还有一种特别入社方式：特邀入社。在中华文化有关联的领域中贡献特殊且有世界影响的可特邀入社。

相比于入社条件，推选社长更是极其苛刻，非业内翘楚、德艺超群、海内蜚声者不请，且百年如一、死守善道、宁缺毋滥。此在中国百年社团组织中可谓无出其右、无与伦比。正因如此，西泠印社从首任社长吴昌硕到饶宗颐，七任社长，每任替换皆有多年空缺。这并非开山四君无资格担任，而是他们相互谦让，力推贤能，物色大师，另请高明所致。

印社草创时即有人建议轮流坐庄。社员章劲宇笑对福庵曰："先生，吾真不解，诸君辛苦创社，何以不肯就任社首，岂非请外人乎？"王笑而答曰："吾等办社，非为渠魁之职，请名望者更利印社矣。"

从此，四君子盼啊，盼，盼了近十年。到1913年，六十九岁吴昌硕先生被吴石潜邀请赴家宴，丁辅之、叶为铭几位作陪。高山流水琴三弄，明月清风酒一樽。酒过三巡，吴氏曰："国不可一日无君，社不可长久缺魁。吾辈诚邀昌老为西泠印社社长，可乎？"此言一出，众人响应，吴老被推向魁首之位，从此印社有了掌门人。

尔后，国内金石书画名家云起景从，李叔同、黄宾虹、马一浮、潘天寿、傅抱石、丰子恺、王个簃等金石篆刻书画文学大家和而应之，纷纷奔向孤山。

兴许草创时期社长空缺尚可理解，而昌老去世后，四君仍然坚持等待。一年两年，十年二十年，仍在苦苦期盼。这时叶为铭、吴石潜已近六十岁，吴辅之、王福庵也已四十五岁，历经风雨、饱经忧患、渐趋成熟。但是，他们高风亮节、礼让贤能、信守诺言。在久久等待中，年长丁、王十多岁的吴石潜面诸君曰："让吾辈叩问孤山矣，印社路在何方？"由而，他们在苏小小墓旁西泠桥上悻悻彷徨，在红绿相间白堤路上久久期冀，在络绎不绝的楼外楼旁悄悄等待，在洁白无瑕的圆洞门外静静仰望。

机会总青睐有备之人。1947年，在又一次雅集上，王福庵倡议："由大师主持乃吾辈初衷，当下更需高瞻远瞩、胸怀大局之擘把握征程，北京故宫博物院院长马衡乃最佳之人。"

马衡任职八年，1955年去世，社长之位又空缺八年。缺职又上任，上任又缺职，终于等到张宗祥满怀豪情地来了。张虽然仅任职三年，却干成几件大事，三年后去世，社长之职又空缺十四年。

等久了往往能蕴蓄更多机遇。浩劫后，沙孟海意气风发地接任新位，尽心尽力地干了十三年，其功不可没。之后又隔三岔五地空缺。社员们不怨天，不怨地，不焦灼，不急躁，在虚职中思考，在等待中眺望。在他们心中，社长不仅是掌门人，也是一座艺术高峰，更是印社之灵魂。

2018年，饶宗颐仙逝，社长之位又空缺至今。在印社一百二十年的历史中，一半以上年份是空缺，这不得不使人感叹：中国哪个社团有如此高的要求和标准，哪个社团有如此心诚和坚韧，哪个社团能死守底线不变至恒？空缺的是职位，坚守的是信仰，传承的是刀魂。此一传统成就印社百年不竭的文化底蕴和艺术界不竭的文化道统。印社不凡之路渐渐铸成：心志印学，蜕故孳新；不畏艰难，视社如命；非贤不任，拥擘引领；拔新领异，砥砺奋进的西泠精神。

为此，我吟下《临江仙·咏西泠印社》：

　　茫茫印学探不尽，孤山四杰逞兴。秦砖石鼓满腔襟。石情因缘聚，几度拽初心。

巨擘七贤举帅旗，天下英杰归应。一杆铁笔巧夺印。百年金石路，风雨艰难行。

巨擘领航

十年彷徨盼翘楚，一见缶翁似如故。继往开今青出蓝，七擘峻节千载无。

我行走在西泠印社的历史画廊，一帧帧时空剧照，不时地激起崇敬和仰望。历史告诉我，无论什么社团组织，总离不开一代又一代魁首引领。一百多年来，西泠印社七任社长吴昌硕、马衡、张宗祥、沙孟海、赵朴初、启功、饶宗颐，他们不惧年事已高，勇于担责、勠力同心、革故鼎新，开创几个印学新阶段。

缶翁举旗，开宗立派。吴昌硕青年便有凌云志，欲想从政博名声。甲午战争爆发，他跟随湘军首领吴大澂出征御敌，在军中草拟战报文稿。后湘军大败，吴氏济世之梦破灭，直到五十六岁，才任安东县令。他常喃喃道："余非从政之材也，书生报国无他物，唯有手中笔如刀。诗意可塑造灵魂，书法可打磨技艺，篆刻可扬张风格，以'梅为知己'，倾心从艺吧！"从此，他诀别官场，转向金石书画，把情感学养全寄托于诗书画印之中，将四艺融于一身，走向"四绝"，成为民国诗、书、画、印第一人。

在人们的千等万盼中，缶翁接任社长。但他诚惶诚恐，坐卧不安，唯恐难任，当即挥笔写下："印岂无源，读书坐风雨晦明，数布衣曾开浙派；社何敢长，识字仅鼎彝瓴壁，一耕夫来自田间。"倾诉了其心愿。后又对众人曰："秦玺汉章，兼收并蓄，博览考证，乃篆刻必经之路，无此视野终将一事难成。"从此，吴老率社员极力拓宽印社发展思路，使印学在沉寂、徘徊、探索路上乘着钱江大潮扬帆启航。

马衡宗祥，力矫时弊。吴昌硕去世后，马衡、张宗祥先后成印社领航人。二人任教于清华、北大，皆在政府机关任过职，宏观把控能力强，乃合适的印社首领。马衡气质高雅，古今皆通。他上任后，即教导各社友："金石二字，岂是一支铁笔与几方印石之谓？明了古印之变迁方可篆刻。"可谓暗室逢灯火，久旱逢甘露。他践行发扬西泠印社"保存金石，研究印学"的宗旨，用现代学科为金石学筑起一座科学大厦。

张宗祥在西泠印社最困难时接掌帅旗，继承正脉，正本清源，对渐渐衰弱的印社乃至中国印学界有续亡存绝之功。在一次会上他振臂而呼："六〇年来，国经'三灾'，阳气大衰，印艺之人难以为继，活动减，凝心弱，精艺少，方寸散。今社长之任落于吾辈，吾虽已耄耋之年，难效姜尚，要学黄忠，勇担社任，艰难前行。"于是，他和潘天寿、沙孟海、诸乐三等印社之友，奔走呼号，勤勉不怠，四方筹措，重拾人心，得当地政府鼎力支持，隆重召开停止十四年活动后的六十周年庆典，使印社又一次"重生"。张宗祥用自己名望和地位为印社做出不懈努力，为此，《人民日报》作了长篇报道。

孤山不高，有西泠足以仰止；印泉非浅，得法脉俾之流长。二十世纪七十年代，印社已越七十载，从量变到质变，于是开启"沙翁荣续，拓印新学"的新阶段。

　　沙孟海师从吴昌硕和赵叔孺二位风格迥异的治印大师，将两路不同风格融会贯通，得其精髓，打通书卷气和金石之趣，形成个人风格。他在理事会上告诫众社员说："余初作秦汉印，漠然不得其趣，并不知何处著刀。后见赵叔孺等仿古之作，模拟再三，始有入处。赵仿秦印尤精雅不苟，秦印本粗疏自然……赵独以挺健精致之刀出之，此犹学桐城家法以学《史记》，故所得益工，无明人外强中干之病也。"听罢沙老肺腑之言，众人如醍醐灌顶，茅塞顿开。沙老著有《印学概论》等篆刻史上的开山之作，他言道："篆刻学是一门独立的艺术，有它自己的学术地位，不需要再顶金石家的'老招牌'。"寥寥数语，诠释了印学之精髓，极大地鼓舞篆刻艺术家和理论家的信心，消弭了千百年来"诗书画印为小道"之说给治印之人带来的自卑感。从此，印学不再附身于金石学，从理论和实践上构筑起现代印学大厦。沙氏还提出，要"把西泠印社打造成国际印学研究中心"的宏伟设想，本着此理念，西泠印社正以前所未有姿态阔步向前。

　　沙孟海去世后，中国佛教学会会长、全国政协副主席赵朴初接过接力棒，用广阔视野和胸襟引领印社与时代结合，开拓新境界。雅集会上，他高瞻远瞩，纵情而曰："印社发展至今，诸项均较完善，且藏品多、印谱丰、人丁旺。当下，急需一博物馆供收藏与研究，吾意可在孤山之侧创设新馆。"设想一提出，便得政府支持。为此，他上书国家部门，斡旋各方以西泠印社名义创办中国印学博物馆。眼下，孤山北侧一座古色古香的印学馆依山而建，巍然屹立，为孤山增添一抹崭新丽色。

　　一个桃花初绽之日，我与严路、建栋兴趣盎然地考察了印学博物馆。馆内灯火通明，金光灿烂，各种设施极具现代化，与山上古迹形成强烈对比。橱窗里存放着四百多方古今之印，从殷商玉玺到如今肖像，如一座座丰碑，记录着历朝金石印学的足迹和走向华夏文明的姗姗步履。

踱步于馆内，我仔细观赏着方方银光闪闪的石印，一个个新颖的故事跃然眼前："琴罢倚松玩鹤"之印，映射出嘉靖年间大书法家文徵明之子文彭与唐顺之有趣的文人典故；明代吴门文坛领袖王稚登与秦淮歌伎马湘兰的悲欢离合，酿就"听鹂深处"的深深印情；书法家邓石如笔底飘逸流转，摇曳生姿的文人风格，刻画了"江流有声断岸千尺"的浑然印风；出自吴昌硕精湛印技的"西泠印社中人"，诉说了一代海外社员的感人逸事……

凝望印石，抚古思今：千百年来，先人们竟如此聪慧机敏，政权印、军情印、情怀印、生活印，印已在各领域相通相行。这些石印光艳夺目，摄人心魄。它见证过多少君王天下事，亲历过多少百战穿金甲，引渡过多少青灯与白发，降伏过多少心浮气躁之人心？历史烟尘熔一瞬，文脉风雨凝一印。人生代代无穷尽，海上明月共潮生。昔人匆匆为过客，吾辈终究是故人。

唯有印社，依然青翠。现代化博物馆的建造，使印社影响力达到历史高峰。

多少年来，西泠印社几位社长凭其深厚学养和对艺学的高深理解产生巨大影响。他们接任时虽已雪鬓霜鬟、桑榆暮景，但仍勇于担当，不负众望；情韵风怀，别具匠心；殚精竭虑，栉风沐雨；各领风骚，勇毅前行。他们一任接一任，如一条金色长链，从孤山接上无尽天穹。

当今，西泠印社正以现代组织之形式，积极从事古典艺术探索。以博厚宽松之理念，主张艺术多样性，同时每年延续春秋雅节，逢五、十周年庆典，不定期组织社员聚会、展览、交流等活动，完整保留着具有传统文人气质的文化形态。

四海纳徒

西泠名声天下传，绝胜孤山开新卷。域外纳徒甄才俊，八方名士向东来。

西泠印社创建之初，消息不翼而飞。在日本东京一间敞亮寓所中，一位自杭州回日本的友人津津乐道地谈论着西湖孤山新近成立西泠印社的故事。

蒋祠内外，金石同仁高谈阔论、慷慨陈词、觥筹唱和，讲金石、说秦汉、研印学、论宋明，滔滔言，尽兴抒，挥洒喜印之人的侠意与豪情。未到而立之年的河井仙郎听之着迷，心神向往。他兴奋而曰："有朝一日，定将造访孤山印圣地。"

翌年春天，河井仙郎慕名来到孤山，与印社诸君相聚数日，品论印学、鉴赏佳作。在他眼中，清人《飞鸿印堂》问世之后，未曾有过西泠印社当下繁华盛况。意犹未尽中，他急切地要求加入西泠印社。该社同意申请。激动之余，他写下一篇《西泠印社论》，曰："余身处海外，能幸见未曾见过之稀印，乃余之幸也，亦为后世刻章者之幸。"云云。一趟中国之行，让这位涉世未深的岛国青年大开眼界，见识泱泱大国文化底蕴。

不知前世有情，还是今世有缘。因吴昌硕名声所致，早在西泠印社成立前，河井仙郎即写信给吴昌硕，诚望昌老收他为徒。吴欣然应允，从此两人成为远隔重洋的师生。吴老告之河井氏篆刻之法："道在瓦甓，应取经秦砖汉瓦，勤临古印、石鼓之文，方可成就大业。"河井氏心领神会，遵照吴老教诲，勤笃精进，刻艺大增。吴昌硕一生只收河井氏一名日本弟子，其余皆婉言谢绝。

在河井仙郎引导下，中国印学高视阔步地走进日本，如樱花烂漫、百卉争芳，形成以师带徒，以徒传弟，代代相传之局面，全日本掀起一股学习中国印学之热潮。西川宁、小林斗庵、青山衫雨、高木圣雨等印学精英如雨后春笋，在岛国拔地而起，河井仙郎成为日本一代印学鼻祖。

1981年夏天，社长沙孟海亲自签发日本小林斗庵为印社名誉社员入社聘书。小林斗庵乃日本篆刻联盟会长，日本举足轻重的印学界人物。早年他拜河井仙郎、西川宁为师，这份由吴昌硕开始的师徒传承，以奇异方式延续着。小林斗庵终身未娶，一方"梅妻鹤子"的朱文印明示，将己喻作宋代隐士，期待着在书斋里万象更新。

近日来，我细细而思，日本人对中国印学何以如此钟情？自古来两国文化融合源远流长。公元前五世纪至前三世纪，中华的战国时期与日本弥生时代即开始各种交流，之后徐福带领三千童男童女跨海岛国，再到鉴真东渡，皆加快中国文化的传播与交融，在日本影响至深。目前，日本文字还保留着许多中国元素，为篆刻奠定基础。日本人崇拜中国印学之道，对印学审美与华人有共同偏好。由而，他们对印学如痴如醉、如梦如幻、仰慕不已。

二十世纪末，上海一场拍卖会，一枚吴昌硕亲手篆刻的"西泠印社中人"印章现身会场，让小林斗庵一见钟爱，如获至宝，以高价拍买而去。二十二年后，他在印社百年之际被聘为名誉副社长，又将这枚珍贵之印馈赠原主，成就一段美谈。正谓是：纵日东瀛万里流，啸堂集古费雕镂。摩挲欲作囊中秘，可惜曾无一谱留。

西泠印社招收日本社员后，又延揽港澳台地区、新加坡、美国、法国、加拿大、瑞典等外国人士近六十名。2012 年，还吸收世界诺贝尔奖评委、汉学界大师马悦然，瑞典国立东方博物馆副馆长、汉学博士史美德等三人，构筑起东西方文化交流的亮丽平台，向全世界传递着中华文化经久不衰的魅力。

孤山问道

四贤风骨亮孤山，浙派精魂刀笔传。乙宫劲吹古印风，矜持问道世间难。

纵观百年印社，它有何沧桑，有何奥秘，有何法道？古人以刀为笔，刻下与天地万物的对话；今人以笔为刀，记录着过往和未来。无论计白守黑，还是碎切徐进，甚或方圆互异，皆为开辟一方新天地。

我立于孤山之顶，仰望钱塘大地，迎着从太平洋吹来的强劲之风，感慨无限。

五千年劲风，它久久地吹拂着这块神秘土地。良渚古城遗迹的玉琮、玉钺、玉璜上刻着什么，为何有这般无穷魔力？

五千年劲风，它久久地吹拂着这块神秘土地。秦砖汉瓦已留下先祖清晰刀痕，刀下千钧，石上万千，每一刀都镌刻着他们的形神心魄，留下中华不灭文明。

当下，中国篆刻艺术已成功入选联合国教科文组织《人类非物质文化遗产代表作名录》，芳播世界，印社成为海内外研究金石篆刻历史最悠久，成效最显著，影响最深远的学术团体，被誉为"天下第一名社"。

我问道孤山，四君何以一生有才气，不张扬；有谋略、不外露？情致印学，无怨无悔，胸中藏的是何物？

我问道孤山，哪个社团的翘楚之位真正做到宁缺毋滥，他们在千呼万唤中姗姗而来，在凯旋卓著中欣欣而去，为西泠印社鞠躬尽瘁，死而后已。

我问道孤山，一群风流名士，一批竹林之贤，他们来自华夏的天涯海角，相拥相聚，在刀与火的洗礼中，迸发而出，用一支刀笔刻出鲜血与岁月，让生命之花在笔尖欢呼雀跃，在磨难中铸就一腔情怀。

在此，我极虑而思，畅怀自答，印社长盛不衰之奥秘，岂非地印相缘，情石相恋，砺笔相吸，于法相契，致虚守静，人印合一，自然天成之道法乎？

今天，中华复兴之风吹拂神州大地，西泠印社迎来巨变，沧海桑田，地覆天翻，西泠英杰如钱江之潮，百浪滔天。刘江、朱关田、陈振濂、韩天衡、李刚田、童衍方等似蛟龙过海、苍鹰翔空，揭地掀天。后起之秀如泉水喷涌，铺天盖地，浩浩而来……

啊，一支铁笔，一腔情怀，一群巨擘成就了西泠印社顶天立地的江山。

2023 年 2 月 18 日于杭州宝石轩

本文原载于 2023 年 11 月 3 日《浙江工人日报》第 3 版。

前川梦吟

一

　　梦中之吟是人生一大快事。我虽然没有古人苏东坡、柳永激情高唱的情怀，但也常常梦中低吟，吟唱当下，吟诵人生，吟咏凤林王氏先贤鲜为人知且又荡气回肠的悠悠往事。

　　早时候，常听父母辈说，我们王氏一支来自山西。为此，我曾去太原晋祠朝拜过王氏先贤，从此才知晓王氏乃轩辕黄帝四十二代后人——由周朝周灵王的太子姬晋（字子乔）始，改为姓王……后来我又得知，义乌凤林王氏始祖是北宋时"杯酒释兵权"事件中五位节度使之一的中书令（宰相）王彦超，是他率子从开封迁往浙地而居。

　　光阴荏苒，二十一世纪的第一个甲午（2014年）是王彦超诞辰一千一百周年。这一年，凤林王氏族人举行了隆重的纪念活动。这是一次来之不易的纪念。为了这一纪念，他们一等等了近百年，数代人从黑发等到了白发，从呱呱落地等到了风烛残年。为了这一纪念，他们不知经历了多少风雨变迁，付出了多少艰辛苦难，也不知做了多少奇异梦幻。

　　一千一百年啊！是多么的漫长，多么的久远。凤林王氏是一个千年望族，明代贤臣刘伯温赞誉其为"江南望族""海内名家"，族人在历史上更是演绎了无数的故事与传奇。

王彦超（914—986年），字德升，出身官宦之家，父亲王重霸为唐朝命官，后梁时官至太子太保加尚书衔。王彦超从小胸怀大志，气度不凡。他一生戎马，转战南北，战功显赫，官至节度使。公元960年北宋开国，宋太祖赵匡胤任彦超为右金吾卫上将军兼中书令，掌管全国兵务。后又加封太子太师、邠国公。

在中国历史上，从金戈铁马的大将军到文治天下的中书令，两职一人兼具的，可谓寥若晨星，而王彦超就是其中最璀璨的一颗明星。他军权在握，位高权重，一言九鼎。然而他忠义仁信，不恋高位，不图功名，向往田园，寄情山水。

莫道从政风光好，汗青遗名方为雄。公元983年，王彦超毅然放弃京都的优裕生活，辞别昔日的僚朋，放下人生的羁绊，携其眷属，风尘仆仆地踏上了南迁之途。一家人经绍兴到义乌，选择在尚阳王村落脚。后人又迁居至五指山麓的前川村。

前川是块灵秀之土。它位居浙中地，距江不十里；两龙穿村过，环山一通衢；人居生紫气，神仙也美之。此地，双乳之峰拔地隆，山涧曲盈漂流悚；世人一般不涉此，来此便是人上人。王氏族人从此在这里居住、农耕、繁衍、创业、腾达。

精彩来自放弃，磨难孕育成功。千百年来，一代又一代的王氏后人如潮似涌，奔腾不息。他们跨长江、越黄河，气昂昂、雄赳赳地走向神州大地，进而创造了王氏历史上的精彩：凤林王氏飞凤凰，千年育哺二宰相；进士六百非罕稀，南宋高中状元郎；志若精卫群星灿，王姓万代吐芬芳。

二

梦中吟宗亲，梦诵先贤之精神。

姓氏、宗族是中国人的生命之根，古村、乡居是中国人的文化之源。树高千丈落叶归根，人行万里乡心不变。癸未年（2003年）冬，我寻根来到前川，伫立于村中的古樟树下，手抚双溪，面对青山，仰视宗祠，对话族人。我不断地追寻：千百年来，为什么王氏族人裔孙迁徙，瓜瓞绵绵，顺逆不弃，自强不息？为什么王氏族人能够走得这么远，这么长，这么灿烂？那是因为凤林王氏族人隐承了先人传家史学"青箱学"之神韵，因为他们在先贤王彦超身上吸取了志、勇、智、廉、忠之精髓。

王彦超青少年时，正处在五代十国藩镇割据，军阀拥兵自重，政局混乱、战事频繁、民不聊生的年代。而他志高远，憎邪恶，明礼义，有抱负，想干一番轰轰烈烈的大事业。在后梁后周的乱世中，他多次投奔，多次易主，目睹了行伍内及社会上为争权夺位、尔虞我诈、相互残杀、相互吞并的残酷现实，觉得人世间已无诚信可言。

因此，他看破红尘，欲想远离邪恶，洁身自好，萌生了出家之念，遂来到陕西凤翔府重云山，拜晖道人为师。但是在寺院里，晖道人却只让其挑水做饭，连个小沙弥也未做成。他见僧众天天在寺庙内做斋习武，十分美慕，便偷偷地学练，从而练就一身好武艺。

一晃两年。

一天，晖道人路过伙房，喃喃道："似是出家不是出家，尘根未灭何以为家？"

"大师，吾正因厌恶人世间打打杀杀，才来佛门修行，只望大师纳吾为徒。"他觉得此语是对己而言。

晖道人说："尔乃富贵之人，又具一身好武艺，何不以天下为己任，怎可屈居于此！"①

言毕，取来些许资帛送给他，并叮嘱道："出了栖居凤凰的凤翔府，南去找一座凤凰山，那才是你辉煌前程的新起点。"

王彦超听后，顿时悟道：伟人创造机遇，能人抓住机遇，庸人失去机遇，吾应立马下山，去开辟一个璀璨夺目的新天地。他即按晖道人指点，直奔东南方的凤凰山寻找栖身的梧桐树，从此开启了他一生征战的戎马生涯，终生恪守"业不伟杰篇非名，皆为世间普凡人"之信念，始终坚持在征战中学习，在艰辛中积累，在戎马中磨炼，在曲折中成长，把自己锤炼成了一个博学多才、志愿宏大、笃信务实、宽厚待人，能指挥千军万马的帅才。这种静以修身，清以励志，勤以练骨，敢于挑战的精神一直激励着王氏后人。此谓之"志"。

勇。当年苏东坡在观瞻陕西凤翔府真兴寺阁后，感慨良多，当即写下赞美之诗：

> 当年王中令②，
> 斫木南山赪③。

---

① ［元］脱脱等撰《宋史》卷二百五十五·列传第十四，中华书局1977年版，第8911页。

② 宋初，王彦超兼中书令（宰相），后重任凤翔节度使。

③ 斫（zhuó），砍。赪（chēng），红色、空尽。言将南山之木砍光。

写真^①留阁下，

铁面眼有棱^②。

身强八九尺，

与阁两峥嵘。

……

曷不观此阁，

其人勇且英。

阅其诗篇，我脑海中不禁浮现出王氏宗谱上王彦超的画像。这幅栩栩如生的肖像画，还原了这位先祖的真实形象：他身着宋舆服，头戴进贤冠，手持象牙笏，肩负大江山；他身材魁梧，气宇轩昂，方脸阔嘴，粗眉大眼，唇红须长，鼻如悬胆，天生就有一种大勇、大略、大气魄。

在他身上，我真正领悟到了俊俏伟岸男子汉的坚毅与神勇，领悟到了炎黄子孙对泱泱中华恢宏气度的吸纳与传承。

勇是立身之本，勇是将帅之根。正可谓：万事无勇难以成，三军恃猛冠其心。生来即备仁勇智，天下无人敢敌翁。

显德初年（954年始），北汉刘崇南侵，后周世宗柴荣命王彦超与陕府节度使韩通、天雄军节度使符彦卿合军西进，攻击汾州城。王与符两支劲旅联手合击，所向披靡，锐不可当，北汉守军闻风丧胆。眼看城池将破，王却下令停止进攻。部将不解，纷纷前来谏阻道："胜

---

① 写真，指王彦超画像。

② 棱，指威严。

券在握，何以止步？"

彦超说："北汉守军被我大兵压境，孤立无援，破城计日可待。若遣军强攻，死伤必多，何不稍待一二日，迫其归降。"

众将士听后心悦诚服，旋即收兵回营。王遣部吏进城投书，谕令速降。果然，北汉汾州防御使董希颜从命，开城投诚①。可见，王彦超在领军作战中不仅贯之以勇，行之以猛，而且也以仁义为本，始终把士兵的生命放在首位，以尽量减少战争中的伤亡，不战而屈人之兵。

王彦超不但打仗指挥有方，而且每遇激战、大战，他必身先士卒，冲锋陷阵，率领将士勇猛冲杀，每战必胜，且胜而不骄，人称常胜将军。王彦超的这种治军主张不就是春秋时期墨子"非攻"军事思想和治国理念的实践和运用吗？要是他生前能写下相关著作，定将在我国军事史上大放异彩。

眼下，王氏后人在义乌小商品城的建设中，能将王彦超敢为人先的勇气，无畏无惧的胆气，心怀必胜的志气，追求卓越的帅气发扬光大，从而在浙江以至全国造就了一大批杰出的王氏企业家和商人，这也是王氏后人传承之"勇"。

智。在华夏文化史上，晏婴使楚，不惧羞辱，巧对楚灵王；孙膑遭祸，机智应对，终化险为夷的智慧故事，一直感召着中华儿女。在王彦超的一生中，有一件事让他终生难忘。

据史记载，赵匡胤年轻时欲投奔王彦超麾下，但被王以十贯钱

---

① 〔元〕脱脱等撰《宋史》卷二百五十五·列传第十四，中华书局 1977 年版，第 8911 页。

打发了。

赵匡胤做皇帝后，问彦超："卿昔在复州，朕往依卿，何不纳我？"彦超听后一怔，心想，怎么早年之事，皇上还记在心中？莫非有忌？彦超当年未能纳留赵匡胤，主要是出于三个顾虑：一、赵匡胤父亲赵弘殷与彦超为同僚好友，收留之，友朋子弟恐难管教；二、当年身逢乱世，彦超未免前程未卜；三、那时的太祖年方弱冠，相貌不凡，前程无量。彦超纳之，恐误其前程。

想至此，王彦超振作精神，降阶顿首曰："勺水岂能止神龙乎！当日陛下不留滞于小郡者，盖天使然尔。"[①]

太祖听了哈哈大笑。

翌日，王彦超奉表请罪，皇上却派员安慰，从此不再提此事。

一个人在常态之下显示聪明并不难，难能可贵的是突然临之而机敏处之。王彦超做到了。他在皇上责问的紧要关头仍能从容淡定，毫无畏色，可谓军中大器，神智也！我为他的机敏而心悦诚服，为他的灵变而交口称赞。他在进退维艰之际既憨又睿，在身临险境之时既智又仁，真让人们由衷地钦佩。

廉。王彦超光明磊落，廉洁自律，一身正气。他大半生在征战中度过，打胜仗不计其数，攻城略地也是家常便饭。每当收复一地，金银财宝缴获无数。他作为一军之首，绝无贪念，从不把战利品窃为己有，均能登记造册，如数上缴，深获部下敬重。

---

① ［元］脱脱等撰《宋史》卷二百五十五·列传第十四，中华书局 1977 年版，第 8912 页。

北宋统一后，他担任大将军，仍保持艰苦岁月的崇廉之风。

宋史有载："太平兴国六年，封邠国公……彦超语人曰：'人臣七十致仕，古之制也。我年六十九，当自知止。'明年，表求致仕，加太子太师，给金吾上将军禄。彦超既得请，尽斥去仆妾之冗食者，居处服用，咸遵俭约。"①

史册告之，即使他在权位达至顶峰时，也是严于律己，能主动撤去家中的仆人和妾室，以减少朝廷的薪俸开支。

他还经常对子孙说："吾累为统帅，杀人多矣，身死得免为幸，必无阴德以及后，汝曹勉为善事以自庇。"②

王彦超语重心长地告诫子女，不要依赖父辈的功劳，要多行善事，以求自身的庇护与发达。这是一种何等清廉的正统家风，一项何等长远的育子之策，一腔何等忠诚的护国情怀，一番何等高洁的儒将风范！

王彦超的贤德久久地影响了后人。宋代的王淮，为官四十年，立德立功，两袖清风。宋孝宗赞其是位"不党无私，刚正不阿"的名相；宋末状元王龙泽出山前作诗曰"律条惯习三千牍，民瘼徒闻二百州"，官未到位，心已为民。上任后，适逢蝗灾与旱灾，百姓苦不堪言，他带头捐俸赈恤，助灾民渡过难关，深受百姓爱戴；大理少卿王万，掌管刑狱案件审理，一生清正廉洁，皇上"闻其母老家贫，朕甚念之，赐新会五千贯，田五百亩，以赡给其家"③；清末名宿王廷

①② ［元］脱脱等撰《宋史》卷二百五十五·列传第十四，中华书局 1977 年版，第 8912 页。

③ ［元］脱脱等撰《宋史》卷四百一十六·列传第一百七十五，中华书局 1977 年版，第 12485 页。

扬深领祖上清廉之旨，临终前还手书遗嘱："少为身后子孙计，先恤眼前受苦人。"诸如此类的廉明故事数不胜数，它使凤林王氏官员廉政之风世代相延。

忠，乃儒家思想的核心，亦是为官之道。王彦超天生就具忠义之心，仁义之气，心胸坦荡，大度大量，一直是国人学习的楷模。

开宝二年（969 年），宋太祖召王彦超等几位节度使入朝赴宴，席间太祖说："卿等均国家宿旧，久临剧镇，王事鞅掌，非朕所以优贤之意。"[①]

王彦超听出弦外之音，暗自思忖：皇上之意吾已明白，看来天要下雨。再说，昔日吾与太祖曾有过节，皇上今日还能用我，已是大量，当下吾应按皇上之意急流勇退，归隐山水。

思罢，立即跪奏道："臣无勋劳，久冒荣宠，今已衰朽，愿乞骸骨归丘园，臣之愿也。"[②]

太祖听后很是赞赏，亲自扶起且嘉慰道："卿可谓谦谦君子矣。"

然而武行德等人却不明皇上之意，自陈夙昔战功及履历艰辛。

太祖闻之曰："此异代事，何足论？"

翌日，解除了武行德等人的节度使职务，反而将王彦超调入京城统领全国兵权。如此的结局，可是他万万没有料到的。但转而想：既然皇上恩宠，那就应尽忠尽职啊！

此事史称"杯酒释兵权"。

对此，有人说，这是王彦超的识时机巧，不，这是他发自肺腑

[①②]　［元］脱脱等撰《宋史》卷二百五十五·列传第十四，中华书局 1977 年版，第 8912 页。

的忠诚之心；有人说，这是王彦超的韬晦之计，不，这是他心中善根的折射；有人说，这是王彦超的权势推诿，不，这是他不恋官位的忠心反映。他以仁为怀，不恋功名，存以公心的精神如昭昭天日，彰明较著，久久地在华夏思想界发光回荡。

"杯酒释兵权"之后，王彦超统领中央兵权十多年，殚精竭虑、忠心耿耿地辅佐宋太祖治国。赵匡胤赞誉他"治戎之道，威爱并隆，有文有武，吉甫攸同。斯人也，实有旋乾转坤之功"。他力助太祖灭南汉三国，败南唐北汉，结束了五代十国百姓流离失所，家不家、国不国的混乱局面，为北宋统一做出了不可磨灭的贡献，促使宋代经济呈现繁荣景象。太平盛世，也为苏东坡、王安石、欧阳修、曾巩等一大批文化大师的诞生提供了社会温床，让中华民族文化继汉唐之后，再度走向光辉灿烂。

为此，《宋史》将王彦超等人列入"卷二百五十五·列传第十四"篇。中华人民共和国成立后，著名历史学家范文澜在其著作《中国通史简编》第一册中，也曾专述了王彦超的功绩。

伟大的民族总能推动世界文明的发展，伟大的历史事件总会被永久地传颂，伟大的历史人物总会被人们恒久地纪念。王彦超是一位胸怀韬略、足智多谋、性温恭谨的将帅之才，是一位底蕴深厚、内涵丰富、处事低调的贤达之人，也是一位经历跌宕、人生绮丽，能逢凶化吉的奇特之才，更是一位忠君爱国、仁义为怀、体恤百姓的忠义之臣。他能文能武，大愚大智，大拙大巧，大正大奇。如此一位难得的历史名人，理应得到世人的尊重与敬仰。

可是，公元986年，王彦超逝世后，旧居毁于一旦，坟茔也被

民居取代，尸无宁安之所，实令世人扼腕！因此，重建将军的安宿
之园，成了人们一千多年来的梦恋。

<h1 style="text-align:center">三</h1>

有梦必有吟，梦里吟出昔与今。

送走了宋元明清，告别了短暂民国，迎来共和国盛诞。华夏进
入开放之治，义乌前川凤林王氏族人义无反顾地挑起重圆王彦超陵
园的重任。也许是圆梦的安排，多年来，他们不辞辛劳地四处奔走，
艰难协调，筹资募捐，走市内跑省外，不断探支问派，联络孝道之人，
拧成四方合力，换来了陵园的一片蓝天。

庚寅年（2010年）冬，陵园终于落成。那年的情景我仍历历在目，
记忆犹新。将军陵园落于花枝山麓，坟地坐南朝北，背傍青山，
居高临下，依山而建；坟茔圆形，青石用材，碑高丈五，顶部雕龙；
巨灵驮碑，左青龙，右白虎，南朱雀，北玄武，俯视群山，气势
不凡。当日清晨，人们从四方赶来，贺信如雪飞至，千响鞭炮轰鸣，
天空放出异彩。场景之热烈，百姓之真诚，祭奠之隆重，可谓盛
况空前。

我受邀在祭奠仪式上做了纪念演讲，疾声呼唤：王彦超忠君孝
道之文化，在浙中之地已沉睡千年，如今终于出山！此时喔，东方
的太阳冉冉升起，如同一团烈火映红了人群，映红了陵园，映红了
山峦，映红了天界——先辈的光芒终将照耀浙江大地，闪光于大江

南北!

可是，好景不长，风云突变。癸巳年（2013 年）三月，铲除陵墓之令不翼而来，陵园建设的发起者王任先生十万火急地向我发出协调疏通之请。当时，我百思不得其解：天无私覆，地无私载，日无私照，难道乌伤①之市容不下宰相的一抔墓土？难道花枝山的风水竟承托不起先人的泽荫之福？我不禁试问：谁家没有前辈？谁族没有列宗？中华有炎黄，华夏有祖根。这些根在几千年的风雨岁月中艰难延续，在近百代的曲折中艰辛长成，由此成就了生生不息的中华之人。

人们且不知，一个没有宗族和宗族文化的民族，不会得到世界的尊重，也难以屹立于世界民族之林。更何况，宗族文化是中国传统文化的一支，传承好它是对祖先的认知，对民族的认同，对国度的皈依，有利于中国文化百花园的繁荣灿烂，也有利于社会的安稳。于是，我以前川村之名写了一封信，指出，眼下各地皆在竭力争夺历史文化资源，文成与青田为争刘伯温之墓，付诸官司数十载；诸暨和萧山为夺"西施故里"之名，史上几经不和。当下，宰相陵墓落于前川，此乃义乌大地之幸、义乌民众之福、义乌城市之彩，哪还舍得平坟？

为此，我心中逐浪腾翻。假如王彦超不为迁居而早早离开京城，也许他身价会更重，名声会更响；假如王彦超不千里迢迢来到江南，他就不会受此迁移之苦和无由之怨；假如王彦超不历尽艰辛来到浙江，义乌就不会诞生宋代的宰相、状元；假如王彦超不携家带女来到乌伤，

———————————

① 乌伤，即义乌。

婺州至今仍无企及宰相之位者，金华的历史就不会如此绚丽精彩。

无论如何，平坟之事，实在让人难以理解！

有幸的是，勇于在小商品经济大潮中搏击的义乌政府眼光长远，敢于担当，实事求是，和谐妥善地处理了此事。陵园得以保护，祖灵得以安宁，人们奔走相庆，我也由此长吁一口气！

今天，人们终于能公开举行王彦超诞辰的纪念。

四

梦幻有清吟，梦吟道出真与情。

一个春暖花开之日，我与国胜、小祥又一次轻轻地踏上了佛堂这片热土，虔诚地谒拜了王氏家庙和王龙泽状元纪念馆。

当我们走进这两个庙堂时，一种难以言表的隐痛又一次击撞我的心扉：祠堂位在前川，面积虽大，但十分简陋，后进破旧尚且封存，阴沉沉的，无人顾眷……而南宋第一百一十八名，亦是义乌唯一的一位状元，王龙泽纪念馆也馆舍寒酸，规模微小，品位不高，实不符名，既没有记载状元的故事，也没有孝道文化的传承。更让我遗憾的是，建于清代前的塔山王彦超将军殿被莫名拆除，夷为平地，不知何时能重建！

观于此，我心中弥漫着无尽的愤懑！我驻足堂馆，仰望天空，击拍山川，叩问大地：凤林王氏移居江南后，至今繁衍已近四十万之众，诞生过宰相将军级的人物和状元近十位，王淮、王本、王龙泽等名人如历史丰碑巍然屹立在历代史册和广大百姓的心中，尚书知府名贤已不可列数，王槐、王介、王象之、王万、王柏、王埜、王祎也名声非凡，进士之辈更是彬彬济济，达到六百多人。还有如今的科学家、企业家、作家和各级官员等，不胜枚举。他们立身立命，名声在外，腾达四方，耀祖光宗，而凤林王氏故里的祠堂、将军殿、状元馆却境况衰败，生气不再。

我常常思索：王彦超、王淮、王龙泽等历史名人是一族人的专利吗？他们的精神不值得弘扬吗？乌伤之地以历史名人命名的地名与建筑可谓不少，而相比宗泽，彦超公一品中书令岂会逊色？相比宾王，王淮乃堂堂名宰相更胜一筹；相比震亨，王龙泽乃一代状元名声更响；相比福春，王祎为国捐躯乃著名忠臣。而他们谢世后，足迹抹杀在浙江大地之上，名气也近乎销声匿迹，他们的遭遇何以多罹、多舛？有道是：

超泽[①]同是乌伤人，

之江声名两不同。

苍天哪会无眼识？

天下口应颂三公[②]。

他们应是义乌的骄傲，浙江的荣耀，中华文化的瑰宝，人人都

---

① 超泽，分别指北宋开国大将军、中书令王彦超和南宋大将军宗泽。
② 三公，指王彦超、王淮、王龙泽。

有义务护佑他们、弘扬他们、光大他们，让他们的思想再放光彩。

"尔曹身与名俱灭，不废江河万古流"。数月来，我细细地究研了凤林王氏群贤的思想与功绩，他们图强奋发的心志，云卷云舒的胸襟，为国慈民的情腔，让我深深地折服。

我敬佩王彦超处事不惊，临危淡定，智勇兼备，腹藏甲兵，通达仁义，忠心为国，内涵深厚，把借世隐形的儒家学说运用得如此娴熟精到；王淮居高位而不自傲，忧社稷而举贤才，行稳健而善调和，将不私党而刚不阿的奉公胸怀孕育得如此丰裕充盈；土垄英心寄，壮志存，天下事，忍如此，千古恨，报无门，其悲愤之情燃烧得如此灼热；王龙泽悬梁刺股的苦读，宠辱不惊的处世，体恤民瘼的情愫，与时同进的心态调理得如此从容不迫。除此之外，婺州城头"四世一品"本登德淮[①]名声显赫，老骥王槐倚山筑塘田赖以饶奉为"塘神"，"忠文"王祎文章节义如颜鲁公威名长存，理学代表著书繁富"婺四先生"[②]首称王柏，名宿廷扬创举新学"保路""制宪"钱江留声……凤林王氏群星璀璨千载风流名传四方，令后世久久敬仰，其精神似江河奔腾不息，如青山永古常青。

一位位先人的成功，是多少岁月的丝丝提纯；一代代族人的奋斗，反映了华夏之国的千年命运；一支支血脉的盛延，折射了中华民族的不屈精神；一个个传奇的故事，记载和丰富了神州国学宝库的内核与精华。细水汇流入大海，美名应归功德人；古人尚且有此慧，

---

① 指曾祖父王本、祖父王登、父亲王师德、儿子王淮，四位皆为宋代一品大员。

② 婺四先生，又称"金华四先生"，指金华理学代表人物王柏、何基、金履祥、许谦四人。

我辈岂能无怀情？我在前川有个梦，梦吟前川圣贤人。

抚今追昔，我感慨万千。如今，凤林王氏先祖王彦超的陵园之梦虽已圆，我祝愿先祖陵园更加底蕴深厚，神圣庄严；我祝愿前川宗祠早日修葺完善，无愧先贤；我祝愿状元之馆更有状元之气，气贯河山；我祝愿将军大殿重新矗立石壁，豪气冲天；我祝愿我的故乡蒲塘再接再厉，雄风再现；我祝愿天下各姓族人前程锦绣，一往无前；我祝愿义乌小商品城转型升级，辉煌灿烂；我祝愿中华民族复兴之路更加坚实康庄，百年梦圆！

2015 年 5 月 6 日于杭州

本文原载于 2015 年 6 月 19 日《浙江日报》第 20 版。

明月溶溶润温汤

青山烘月

素娥云中飘，怎上九重霄？广寒很寂寞，相聚已遥遥。

我行走在温汤明月山的青云栈道上，栈道盘绕于雄山峻岭。它千回百转，蜿蜒曲折，盘崖而绕，自星月洞始，至月亮湖终，六华里余。它凌空出世，横云驾雾，虚无缥缈，有九华山之险，梵净山之危，武当山之峻，走过之人无不惊呼焉。

那天，我与苏宗义等学友登攀此道，脚著谢公屐，身登青云梯。起初精神抖擞，勇气盈身，信心十足，可是越爬越沮丧，越爬越惊怖。我手扶千仞石壁，脚踩凸凹之栈，颤颤抖抖，艰难而行。

前方挡眼的是高耸入云的群峰，薄云绕峰，仙气袅袅。我们爬啊爬，翻过一座座高山，越过一排排峻岭。忽然，贾岛"明月长在目，明月长在心。在心复在目，何得稀去寻？"的诗句在耳边响起，全身顿觉飘飘似仙，如入梦境。

似梦似醒中，逶迤曲折的栈道一直延伸到云端。朝前看，东升之日，霞光万丈，洒满群山，江山似锦，一时风光无限；朝下望，悬崖峭壁，如刀削泥，穷地之险，胆寒心惊；往后瞧，留下了一串串无形之印，就像一条长不可及的丝带，千万人走过了，又有千万人跟着走来，青山依旧在，惯看秋月春风。

爬啊爬，两步一叩首，三步一回头，艰辛地爬行。栈道已修几年，有几处尚在加固，露出丝丝破绽，人们行走在万丈深渊之上。

一路上，我不停地问："离终点尚有多远？"陈导说："绕过前方弯道，向前百米转弯即到嫦娥奔月台。"好一个嫦娥奔月台，我从小就听说嫦娥奔月的故事，今朝不期而遇，实乃妙哉。

同行者虞良先生早已在前等候，并挥手致意。我疾步来到"奔月台"。此地峰峦叠嶂，异石突兀；凌空阔视，一览无余。黄鹤之飞尚不得过，猿猱欲度难攀援，不是仙台胜似仙台。明月山仙境也，倘若纵身一跃，定会一举成仙。

相传，远古时后羿射下九个太阳，拯救了沧桑大地。西王母为彰其功，赐其不老仙药。嫦娥乃后羿之妻，后羿不想独自成仙而离别嫦娥，便把仙药交予她保管。

农历八月十五，后羿外出，其徒弟逢蒙乃奸诈之人，一心想得仙药，逼嫦娥交出神丹。双方抢夺之中，嫦娥无奈吞下仙药，成仙升腾，奔飘于广寒宫。后羿得知心痛不已，于是每年中秋摆下宴席，面对月亮与嫦娥团聚，以纪夫妻恩爱之情。

美好的故事总是世代相传，嫦娥奔月的神话故事流传甚广。西汉《淮南子》载，嫦娥原名"姮娥"，后因避讳汉文帝刘恒的"恒"字，把"姮娥"改为嫦娥。

传说中，嫦娥奔月有五种不同版本记述。其中有两种认为，嫦娥乃偷吃了丈夫的仙丹成仙后而奔月。唐代诗人李商隐有诗曰：

云母屏风烛影深，
长河渐落晓星沉。
嫦娥应悔偷灵药，
碧海青天夜夜心。

事实上，这是李商隐看了误传版本后写出的诗句，此　判断误传千年。其他二种版本皆认定，嫦娥为不让神丹落入坏人之手，情急之下而吞服成仙。如若按多数原则，人们也应相信第二种。

千百年来，华夏百姓以不同方式怀念嫦娥。因此，辽阔大地筑有四处奔月台。河南牛店镇月台村的奔月台"月台开阔，青山环抱，雕像矗立，祭祀不绝"。山东潍坊云台山，以绝句记叙嫦娥的事迹，"嫦娥奔月云台山，寒亭故事著佳篇。天上人间两相望，白云妻是月中仙"。还有江西温汤明月山，因有嫦娥奔月台而名声远播，令人向往，熠熠生辉，誉满人间。

嫦娥奔月的故事感人肺腑，打动人心。人们同情她的不幸遭遇，颂扬她的正义敢当，轸恤他们夫妻难聚，赞美她的善良贤惠，由此演绎出许许多多的美丽传说。

天赐硒泉

明月照温汤，温汤如药坊。可治百种病，黎庶心欢畅。

　　也许苍天对某些方域特别眷顾，它赋西域以雪峰，予南疆以怪石，藏东北以茂林，赏江南以水乡，赐温汤以硒水。

　　有人说，温汤硒水乃嫦娥之泪。相传嫦娥奔月后，月宫寂寞，她日夜思念丈夫后羿和凡间亲人，每每伤心处，"泪飞顿作倾盆雨，化作温泉留人间"，明月山下的温泉因而喷涌而出。

　　温泉，千年以前就已发现。华夏有十大名温泉，如汤山、华清池等。但富硒泉在全国仅有温汤一处。

　　富硒温泉是世界稀有的低矿淡温水，常年六七十度。据科学鉴定，温汤镇温泉中含有大量的微量元素硒，可饮可浴，在抗癌，防治心脑血管疾病、风湿病、皮肤病等九个方面均有明显的功效。当今世界开发的泉水中，高硒低硫泉仅有两处。一为法国的埃克斯矿泉，它属冷泉；另一处在中国宜春温汤镇，目前已成为世界唯一可与法国埃克斯矿泉齐名与媲美的世界珍稀温泉名水。

　　据明代《正德袁州府志》《山川·宜春县·温泉》记载："府城西南三十里，修仁乡温汤里定光院前，气温如汤，冬可浴，以生鸡卵放之即熟，水中犹有鱼。凡三出：一出在东岸，僧人泛为池；一出涌出江心石中；一出在西岸下，宋黄叔万有诗：离火自天烁，温泉由地生。我来需晓汲，聊用濯尘缨。"明史记述的温泉，其实早在三百年前的宋代就已发现。

　　温汤古井碑志云："南宋绍定己丑年（1229年）间，定远禅师云游温汤，步至龙坡岭，见此地群山秀奇，田连阡陌，茂林修竹成荫。一条小溪蜿蜒其境，溪流潺潺，清澈见底。溪旁有一温泉，犹如涌珠。饮之，沁人心脾；浴之，润体肌肤，知有解毒、健身、疗疴之功效。

于是，募集资金，砌泉井、修浴池、建寺院，在此诵经修道。定远禅师寿享耄耋高龄，仍心身健康。远近人们从中受益匪浅。"自此，温汤的"千年禅宗温泉"之名开始远播四方。宋朝大词人阮阅诗云：

> 谁将炎热换清凉，
> 可使澄泓作沸扬。
> 从赐骊山妃子沐，
> 人间处处得温汤。

智者乐水，仁者乐山。温泉润世人，凡人泡温汤。千年来，硒汤滋润着百姓，其治疾功能越来越被证实，越来越受青睐。近些年，人们生活水平提高后，从四面八方会聚温汤，造酒楼、购住宅、搞创业、享硒汤，住在温汤，疗在温汤。特别是退职退休、功成名就之人，齐奔温汤，有追求健康长寿者，有慕名治病者，各取所需，所求皆所愿，所盼皆可期，有的甚至"坐着轮椅来，丢掉拐杖走"，治疗效果出乎所料。

一次，在温汤镇明月小区，我见过一位八十三岁的长者名叫罗荣刚，虽然满头白发，却脸色红润、精神矍铄、身体硬朗。

我问罗老："你何时始用硒水治病？"

他笑着说："退休后因患脑梗阻，身体左侧偏瘫，靠拐杖行走，严重时轮椅代步。偶然随朋友到温汤古井打水泡脚，感觉浑身舒服，几年后便与妻来此定居。"

我又问："怎么解决居住？"

他回答："在温汤买房长期治疗。后疾病好转，眼下已可走一两里路，我们虽过金婚，但要向钻石婚迈进。"

听罢长者一言，我为之赞叹。真乃：不用挂号不用医，天天一盆水含硒。治愈百病不花钱，温汤圣水真神奇。

这样的例子还有杭州施柳松患者。他四十岁即患脊椎蛛网膜下腔粘连，且已蔓延。此病极其罕见，目前《中国医学大全》尚无治愈的记载，万般无奈的他来到温汤，死马当活马医，尝试用温泉泡澡，坚持数年，奇异痊愈。为感恩温汤赐予其第二次生命，十多年来，他天天骑车满大街捡垃圾，成为忠实的环保志愿者。

温汤，碧水玉环、福地洞天，其天湛蓝如洗，其地处处含硒，其水能治百病。它是"华夏第一硒温泉"，日出硒水一万吨，可疗患者千千万。也是"中国长寿之乡"，癌症患者少，眼疾患者少，肥胖患者少，风湿患者少，是康养身心的琅嬛福地，也是书写神话的地方。眼下全国有三十多个省市区居民在此休闲养生，形成"温汤上海小镇"。解放军总医院、中国科学院在此建造了疗养院，温汤成为人人向往的人间天堂。

可见啊！天下有了真水，大地就钟灵毓秀，万物滋润，处处欣欣向荣；人间有了奇水，坤仪就子孙盈满，才人频出，代代蓬勃兴旺。

云姑出山

明月润淑女，夏家出云姑。愿化中天月，妃心照屠苏。

明月乃温汤之灵。温汤儿女在明月辉映下，大地盈润，百姓安宁。农者，勤劳耕作，丰衣足食，享用太平；妇者，勤俭持家，养儿育女，其乐融融。天地人和孕育秀山和丽水，造化女性灵气与德行。

到访明月山后，我和俊良先生探访了温汤镇夏家坊。

远远望去，连绵起伏的山脉似乎到了尽头。两山间，一个村落安静地横卧于山坳。村后有一座小山，如美女头上发髻。眼前有一条七字河，河水清澈见底，涟漪荡漾，鹅卵石半遮半裸，似乎在倾诉着悠悠往事。

夏家祖先在唐末从吉安北迁而来，曾祖父做过吉水主簿。到夏协一代，已家境落寞。

公元1133年秋的一天，皓月当空，照亮了村舍。此时，一个女娃在落魄书生夏协家中呱呱降生。传说，当时天空有一道异光穿屋而来，似有仙气来袭。夏协在惊诧之余，端详着眉清目秀的女儿，仰望星空，祥云朵朵，即说："就叫'云姑'吧，字'明月'。"

姑娘成长可说是得天成道，明月山之月赋予其温良贤淑，清沥江之水滋润其神情灵秀。她从小浸染琴棋书画，及笄之年即亭亭玉立、冰雪聪明。

南宋时，宫廷时兴挑妃选美，当朝皇上每年在全国选妃。张姓太监被派至宜春挑选，期限七天，但六天过去仍无收效。他心急如焚，决意不要属下带路，亲自下场海选。

太监们匆匆而行，走到夏家村前一座石桥时，骏马突然跪于桥上不肯前行，鞭抽也不动弹。太监纳闷，对马说："骏马啊，为啥不前？莫非此地有皇娘？如有，立起长啸三声。"话音刚落，此马引颈长啸。

太监大喜，向前张望，发现河边一放鸭姑娘穿着陈旧之衣，戴着江南斗笠，满头黑发随风飘扬。太监自问："莫非此乃未来之皇后？"

此时，一阵风吹掉姑娘斗笠，太监眼前一亮：姑娘眉清目秀，鹅蛋脸庞，面容娇嫩，眼睛水汪，迷人异常。太监问姑娘道："姑娘何姓尊名？"

姑娘笑而答曰："时而落山腰，时而挂树梢，时而像圆镜，时而如镰刀，此乃本名也。"

"家住哪里？"

"门前百节龙江桥（棕榈树），屋后十里荔枝（松果）街。"

太监听罢，顿觉姑娘聪明异常，况又天生丽质，若能入宫，将来定能成为自己靠山。经一番甄别稽查，姑娘经父母首肯上了马。这位姑娘叫夏云姑。

太监们兴致勃勃，一路风尘奔向京城。

云姑入宫，先为宪圣太后宫中侍御，后普安郡王夫人郭氏薨，太后以夏氏赐王，封齐安郡夫人。即位，进贤妃。逾年，奉诏命，立为赵眘皇帝之后。

夏云姑列为皇后，心中甚喜。她告诫自己宫中行事须小心谨慎，周全得当，从而深得君心。她身为皇后尽心修命，致力殚心，始终未忘家乡，凡故乡之事，皆极尽操劳。在宫几年，先后为百姓做过诸多好事。如袁州府减征钱粮，开仓济贫等。皇上为表彰皇后，在宜春城鼓楼旁立了牌坊，下旨"文官下轿，武官下马"。夏皇后受宠若惊，觉得礼节烦琐，且又劳民，便把牌坊搬到山沟夏家里，减少了文武百官来袁州的繁文缛节，深得众人赞誉。

遗憾的是，三年后，皇后突然去世，人们十分痛心，为此也议论纷纷，其中更有神奇之传说。有人说，夏云姑乃天上蜈蚣仙女，因触犯天规被镇于明月山，观音命对面鸡公神看守。

一天，鸡公神酒醉，蜈蚣仙女逃至夏家村，投胎成凡人。蜈蚣仙女逃走后，鸡公神遍地寻找，后在皇宫里找到她，又重新镇于大石之下。此乃夏皇后死因的传说。然而，南宋朝廷矛盾重重，人们难以在复杂环境中正身立命，夏皇后之殁也不排除其他死因焉。

如今，人们心念夏皇后，惦记夏云姑，为护佑她，在夏家坊的夏氏祠堂前立了一只雄鹰对付鸡公神，此乃后人心心之念矣。凡是为百姓做过好事之人，终究会得到人们敬仰与爱戴。此为"黄金非宝书是宝，万事皆空善不空"也。

魁元迭出

苦读不畏艰，明月心中圆。一朝进京去，隔春两状元。

明月山因嫦娥得名，温汤镇因明月泽润。温汤百里，名人辈出。鸾翔凤集，各领风骚。它是赣章人才之摇篮，在中国科举史上写下过精彩之篇。

唐会昌三五年间（843—845年），卢肇、易重京城折桂，鳌头两占，为江西大地续说引人入胜的千年佳话。

一日，我携陈红威慕名来到闻名遐迩的状元故里九联坊自然村。该村坐落于海拔千米的紫云贯峡谷之中，地如游龙，清溪潺潺，茂林深篁，物产丰饶。

九联坊以易姓为主。有史料载，易姓乃姜太公后裔，封于易水，故以易为姓。还有一支属周文王十五子毕公高之后，从北方迁至江南，从此尔昌尔炽、子孙兴旺。

九联坊村不仅环境优美，且文化厚重，崇教重学风气浓厚。《袁州府志人物·易重》载：易重（806—872年），字鼎臣，袁州郡温汤镇人。九联坊乃易氏繁衍发祥之地，易重是此地始祖。华夏易姓二百五十万人，三分之一从此迁出。

何谓九联坊？清代同治年间，《宜春县志》载述：九联坊因易重之后，父子兄弟一连九人登第而得名。易重八岁从温汤来到宜春城求学，若干年后，江西首位状元卢肇诞生在宜春城。卢氏与易重乃姨表亲戚，易重是表哥。卢氏曾祖父卢挺在唐德宗时曾任袁州刺史，到卢肇父亲一代，家道中落，一贫如洗。卢肇虽年幼家贫，却虚心好学，立志成才。

唐代元和三年（808年），宫廷发生牛李党争。宰相李德裕暂败，贬至袁州任长史。十八岁卢氏和三十岁易重皆聪明绝顶，一心向上，他们敏锐地抓住千载良机，投身到李德裕门下，拜李为师，习学登科之策，开辟了通往状元的路。

唐代政治错综复杂，你方唱罢我登场的政治闹剧人们已司空见惯。牛李党争多次上演，使李德裕悟出一个道理，为相从政要有自己之门生，尤其要从后生中培养才俊。正好此时，袁州城里一群读书人易重、卢肇、黄颇等人向他请教登科之妙。胸藏韬略的李德裕感到欣慰，笃信这是培植亲信一个好机会，准备着某一天重回长安。此年，李德裕四十八岁，易重、卢肇青春正当时。

开成元年（836年），唐武宗召李德裕回朝，拜为相卿。李德裕辅佐皇上反击回鹘，平定泽路，加强相权，抑制宦官，裁汰冗员，储备物资，开创了会昌中兴的新局面。

李德裕政治上如日中天，权倾朝野，身处穷乡僻壤的袁州学子看到，曾经的老师深得皇上信任，重掌大权，个个意气风发，谋划着进京应试。

会昌二年（842年），卢肇、易重等人相聚商议进京赴考之事。

三十而立的易重毕竟比其他学子更有智慧。他想："先派实力与己略逊的卢氏去探试应考，如行，来年吾定行；若非，吾可再做筹谋。再说，吾比卢肇年长，机运已渐少矣！"

于是，他对众后生说："方今天下大比，才聚宜春，都往比试，乃自相抗衡，不如分期应举为佳。"且自己主动放弃应试，送卢肇、黄颇、李潜等人进京一搏。这或许是易重对穷则变，变则通，通则久的哲学之道的临场运用吧。

卢肇等人听之，觉得言之有理，于是赴京搏击，一举成功。春闱放榜，卢肇高中状元，黄颇、李潜进士登科，众人欣喜若狂。

三人荣归故里，刺史设宴庆贺。席间，卢肇推易重坐首席，以表"分期赴考"之功。易重年长，又是表兄，就毫不客气地昂然于首席，并语出惊人曰："今日当借首席，下届定将奉还。"口气之大，令众人面面相觑。

时间一晃两载，恰会昌五年，易重、鲁受信心百倍、雄心勃勃地赴京应考。过关斩将，易重得了第二名。他思忖："吾应考全程行文流畅，思路通达，论述精到，应是上乘，怎落人后，仅得第二？"

心中甚觉不公。

宫廷毕竟还有正义人。出榜后，有人检举录取行弊，唐武宗闻之十分恼怒，即下诏殿试。张氏等人措手不及，黔驴技穷，问官答花，致龙颜大怒。张法渍等七人被黜，擢易重为榜首。易重得悉，心花怒放，即赋诗一首：

"六年雁序忍分离，诏下今朝遇己知。上国皇风初喜日，御阶恩渥暮春时。内廷再考称文异，圣主宣名奖艺奇。故里仙才若相问，一春攀折两重枝"，表达了状元郎及第后的喜悦和对皇上感恩之情。

易重中榜消息传至温汤，人们奔走相告，张灯结彩，喜庆非凡，温汤闹得热火朝天。后易重官至大理评事而殁。

卢肇、易重隔年京城折桂，梅开二度，不负众望，成为江西科举史上精彩一笔。袁州城为此设有"重桂路"，以此褒扬。

在唐代，受卢肇、易重两位状元的感染和影响，一个小小的袁州县人才荟萃、四方辐辏、十步芳草，进士多达三十六人。唐朝近三百年历史中，江西共诞生进士六十五人，袁州占据一半，故史称"袁州进士半江西"。

宋代以来，袁州依然星光闪熠，状元迭出。宋朝姚勉、明代朱善、清朝刘子壮，其文脉相袭、书风相传，扬之其智、颂之其风，璀璨夺目。

润之拨航

明月向太阳，河山万里靓。明月复明日，世世暖温汤。

袁州、温汤是人们心仪之地，游人常在此行名山，看奇景，观幻云，听清风，戏硒水，不负良辰美景。

这里民风淳朴，一秉虔诚，如世外桃源。这里曾经烽火连天，人潮涌动，红旗飘展。中国工农红军曾七次来回穿梭征战，留下一串串故事，让人荡气回肠。

曾记得，1927 年，共产党中央为恢复壮大革命力量，常派员在此活动。共产党员杨肃白以收购鞭炮为掩护来到袁州，秘密动员农民参加红军；1928 年，李青林等十人仨慈化黄家亨堂秘密建立袁州历史上首个党支部；1929 年，在慈化花园组建中共袁州区委。这些活动如星星之火在袁州大地炽热燃烧。

二十世纪三十年代，是红军最困难时期，国民党四面"围剿"，党内又盛行"左"倾机会主义路线，红军在井冈山也难以立脚。1930 年 3 月，毛泽东率领红军攻克袁州，于 9 月 29 日，总前敌委在此召开具有战略意义的袁州会议。

在一个明媚的月光之夜，我怀着对先行者敬仰之情，来到离温汤十多公里的宜春袁州会议旧址——民国时期张天成国立制药房。

旧址地处宜春城中心鼓楼路，是一幢清末赣派二层建筑，砖瓦结构，古色古香。我迈着沉重步子走进大厅，一帧帧红色照片记录着过去烽火硝烟，弥漫沙场。二楼会议室居中置放着老一辈革命家用过的长条木桌，上铺一块浅蓝色布条。当年，毛润之、朱德、彭德怀、林彪、罗荣桓、袁国平等人在此举行会议。

明月窗前洒柔光，百年大剧演药房。我立于此，恍如看见当年开会之情景。

一个锐利而又雄浑的声音在绕梁回荡。

"同志们，当下，红军已处十字路口，先克吉安后取南昌，已箭在弦上。吉安防御薄弱，南昌易集援军，吾军要以小博大，迂回击敌，积小胜为大胜，实现战略主攻大转移。"

坐在一旁惯与润之一搭一档的朱德慷慨激昂地附和："南昌乃西南重镇，高墙固守，不易攻克，应主动放弃，先打吉安，我同意润之意见。"

朱老总带头拥护支持，彭德怀、罗荣桓随即表示赞成。但也有与会者提出反对意见，一时引起热烈争辩，相持不下。此时，中央长江局军事部负责人周以栗又急赴袁州，向毛泽东传达中央指示，要红一方面军进攻南昌，"会师武汉，饮马长江"，不赞成就是反对党中央，双方僵持，剑拔弩张。

危急时刻，毛泽东慈祥而坚毅的脸庞更显沉着冷静、临危不惧。他高瞻远瞩，审时度势，耐心细致地说："攻打南昌、长沙缺乏有利条件，敌强我弱，应避实击虚，切忌重蹈覆辙。"然后，他话锋一转，略带妥协娓娓而道，"机动灵活乃吾军作战之魂。待攻克吉安后，条件具备再克南昌、长沙，亦不晚焉。"听罢润之一番周全而透彻的分析，指战员们茅塞顿开，纷纷赞同。

在毛泽东极力周旋下，会议化险为夷，绝处逢生，统一思想，形成决议。当日下午，前敌总指挥朱德、总政委毛泽东发布进军号令。

行军路上，毛泽东情怀激荡，意气风发，轻装上阵，身着破旧军装，脚穿土布旧鞋，一头长发在风雪弥漫中随风飘卷。他两手叉腰，居高望远、神情若定、胸藏雄兵，豪情满怀地写下《减字木兰花·广昌路上》："漫天皆白，雪里行军情更迫。头上高山，风卷红旗过大关。此行何去？赣江风雪迷漫处。命令昨颁，十万工农下吉安。"的豪迈诗句，指挥十万大军向北挺进。

10月4日，红旗指处，风卷残敌，红军顺利攻克吉安，将赣南红色河山连成一片。毛泽东挥手之间，英雄造时势的雄伟画卷再次铺展。

这次会议顺利地实现红军主攻方向战略转移，"农村包围城市"方针得到实践，"枪杆子里面出政权"理论得到升华。袁州会议也同古田会议、八七会议、遵义会议一样载入史册。

月圆时分，银光溶溶。我步出袁州会议旧址，思绪万千，感慨深深：这是一方灵性的土地，滋养了一批批声名显赫的巾帼与豪杰，演绎了一部部扣人心弦的历史大剧。从嫦娥坚守正义，追求光明到夏皇后体恤百姓，为民而劳；从定远发现硒泉，治病乡民到远近受益，普施华夏；从易重、卢肇刻苦攻读，锐意进取到毛泽东运筹帷幄，临难引航。这不都说明百姓即历史，时势造人杰的昭昭法则！不都宏宣穷理尽性，以至于命的煌煌大道！不都蕴涵天阳明月，泽润大地的悠悠天韵！

2024 年 2 月 10 日

我在清华有个梦

光阴总是那样无情，十多年时间在指缝间一晃而过。

那年我与企业家、总裁们意气风发地走进风景如画的清华园，参加为期近两年的企业创新学习。

教授们言近旨远、丰富多彩、如醍醐灌顶的演讲，使我茅塞顿开、豁然开朗、受益匪浅。在那繁如秋荼、密于凝脂的企业理论中，有两个道理至今记忆犹新。

"有恒产者有恒心，无恒产者无恒心"，此乃《孟子·滕文公上》之说。自古来，苍茫大地聪慧之人比比皆是，有恒心者却甚少矣。而有恒心者能成大事也！

人海茫茫，岁月沧桑。人生在世，拼的不仅是智力，更是毅力；搏的不仅是条件，更是专注。数十年来，企业家们始终怀着一个信念，要把企业做大做强。故年年学习求进，研讨求新，考察求拓，交流求精，取经求实，日夜求变——慕精卫填海，矢志不渝，迎来企业一次次凤凰涅槃、升级转型。有从起初区区千元的产品开发，到如今，资产已堆金积玉、斗量车载；有从小打小闹住宅开发，到眼下，四处布局，风生水起；有从屈指可数的资本运作，到当下，钟鸣鼎食、腰缠万贯等，此乃得益于孟子之说也！

另外一个理念仍言犹在耳。《礼记·大学》曰："财聚则民散、财散则民聚。"此乃企业家奉为圭臬之宝典。

课堂上，我专心地倾听教授教诲；课歇间，常与教授们自由论辩。

钱财聚散之理念乃孔子之徒曾子所言。曾子追随孔子四处讲学，推行周礼。他眼见春秋时封建割据，各自为王，财钱皆被帝王将相所攫取，百姓流离失所，苦不堪言，由此提出此论断。教授们说："这是一个实践证明的正确理论。财散，会得到社会和百姓的信赖；财散，人生至最后一刻会走得轻松与安然。"越国时期的范蠡，助越王成就大业后，急流勇退，辞官经商，遨游于七十二峰间，三次经商成巨富，三次散尽钱财，救穷人于贫困之中，终成一代商圣。他"忠以为国，智以保身，商以致富，成名天下"，其名贤风范让后世赞誉。

中国不乏常散钱财之人。许多企业家，出身贫苦，历经苦难，不屈不挠。贫穷在他们身上留下阵阵楚痛，饥寒在他们心中烙下深深记忆，渴望在他们脑中刻下不可磨灭之期盼。他们事业做大后，心中总是想着贫困人，每当国家、百姓遇灾时总是积极捐款，其数额甚至超过企业总资产。一位企业家说："在我手上赚的钱，死之前必须还给社会，实现众人共富。"在我眼里，这样的企业家是那么聪慧睿智，是那么纯粹高尚，此乃国之大者也。

企业创新学习，教授们的智慧奉献，清华大学无穷魅力，久久难以忘怀。自此，我与清华结下不解之缘。

一

人生为的是圆梦。我在清华有个梦，这个梦绵绵悠长，它深深根植于理想之中。

清华学堂创立于 1911 年。取名清华，出自晋人谢混"惠风荡繁囿，白云屯曾阿。景昃鸣禽集，水木湛清华"之诗句。当年，诗人谢氏游戏于西池，是日，白云如絮，和风吹拂；繁草悠荡，水映清光；树现秀色，水清木华——它因"水木清华"而得名。

我常常踱步于闻亭钟畔，仰望此钟心生感慨，仿佛当年的钟声又在敲响。它穿越雄伟的故宫，冲破古老的燕京，在长城内外悠悠回荡。

还有清代进士吏部侍郎殷兆镛"槛外山光，历春夏秋冬，万千变幻都非凡境；窗中云影，任东西南北，去来澹荡洵是仙居"的名联仍在飘荡。

大学者梁启超、王国维的呐喊唤起了新世纪觉醒，闻一多抗日檄文刺痛了日本人胸膛，朱自清《荷塘月色》之散文把清华园名声悠然播扬……清华这些先辈，何以能在民族危亡的紧要关头挺身而出，何以能写出如此跌宕起伏、寓意深远的诗句？此乃苦难之召唤，忧国之情怀。

清华园走出一批批学有名声、业有成就、忠心报国的优秀人才，他们的业绩和思想如火炬照亮一代又一代清华人。我们是后来人，虽然比不上闻一多言必行、大无畏、死如归的英雄气概，但有珍惜当下、勤奋努力、追逐希望的志向；我们虽然比不上钱伟长抱负远大、勇于担当、维护正义的雄心，但有脚踏实地、敢于负责、清正廉洁的追求；我们虽然比不上邓稼先默默无闻、崇高无私、深深爱国的风范，但有待人真诚、不骄不躁、为民办事的品质。清华前人的品格深刻地影响着后人，融汇了中华民族之魂，成了当代人追逐的梦想。

二

我在清华有个梦，这个梦绵绵悠长。

进清华、北大是多少人梦寐以求的畅想。人，从呱呱落地到小学中学直至大学，一路走来，向往美好，携着遐想，期待有朝一日走进著名的学堂。

少年之梦难以忘怀。

曾记否？在那场文化劫难中，我与一群少年同学怀着逸想，精神抖擞地来到清华园。只见偌大清华，学校停课，批斗震天；传单飞舞，秩序混乱；学生串联，无法无天，场面失控，这一场景让我们深深遗憾。从此后，追梦的思绪回归了自然，我与同学们投入了上山下乡、应征参军的洪流时代……

斗转星移、沧海桑田。清华人从未沉沦，他们心中根植了中华民族自强不息、永不言败的不屈基因。知耻图强是清华人的刚毅品格，敢于创新是清华人的治学基石，行胜于言是清华人的天然本色，厚德载物是清华人的广阔胸襟，报效国家是清华人的崇高情怀。他们始终追求究天人之际，合二为一，通古今之变，成一家之言，立大志、入主流、干大事、成大业，不断自我超越，厚植家国情坏，无畏艰难困苦，敢于创新领先。

清华园已天翻地覆、气象万千、焕然一新。学校已成国内大名牌，设有二十多个学院，八十多个专业，中科院院士八十多名，十四位"两弹一星"勋章获得者，为创世界一流大学实现历史性跨越。

如今，校园成了建筑博物馆：古典优雅的中式校门，引以为豪地叙说着历史沧桑；气势雄伟的苏式主楼，告诉人们百年清华的瑰异故事；青砖红瓦的德式学堂，汇聚了人之骄子们的多姿风采；曲廊小院的婀娜多姿，引来数不胜数的文人与墨客……那一幢幢风格各异的建筑倾诉着清华园过去与未来。

校园是个人才汇聚地：优良的传统，求是的精神；严格的校规，进取的学风；善思的品格，远大的志向，培养出一位位国家级领袖人才，一群群引以为傲的优秀科学家，一代代卓越的红色工程师，他们驾着春风，踏着热浪欢欣而来。

校园酷似多彩大庭园，景色是那样的绚丽艳美。当隆冬大雪覆盖校园时，我分不清这是清华园还是颐和园；当微微春风吹拂北国时，我认不出这是清华的工字厅还是苏州的拙政厅；当江南夏日热浪滚滚时，我辨不明是住在近春湖畔还是承德避暑山间……

清华不仅是个大花园，更是锤炼人的意志，激发人的斗志，发挥人的才能，成就人才之宝地。一个个名不见经传的学子，从这里把孩提的愿景一步步实现。

有个故事让我至今记忆犹新。

有一年，一位同乡学子高佐人来家拜访，想说说心中的惆怅。

我问："在哪里读书？"

"杭九中，不尽人意。"他腼腆又不好意思地说。

"人生不在起点低，就在敢不敢于拼。青年人要有志，不进杭二非好汉。"我激励说。

三年来，他卧薪尝胆，灯下苦读，顺利地考入杭州二中。之后，他笑盈盈地又来了。看他有点自满，我进一步激发他："进入杭二非目标，入得清华乃天骄。"

鞭策之言牢记心，功夫不负有心人。日后，他的成绩突飞猛进，跻身班级前茅，高考前夕被学校保送上海同济大学。但他说："学校保送难圆梦，寒窗十年苦苦等。人生难得有一搏，不进名园志难鸣。"最终，拼命三郎如愿以偿考进清华。

第四次，他兴高采烈地踏进我家门。这次，我语重心长地告诫他："人生在大志，大志有大成，要为中华复兴而倾心。"

此后，他一鼓作气硕博连读，以优异成绩神采飞扬地走出清华门。

一直来，年轻的高佐人雄心不灭、豪情未减，自办公司艰苦创业，研发了处于中国领先水准的建筑信息模型产品，技术含量高，实用价值广，广受欢迎，畅销全国，终于实现了自己的心愿。

三

我在清华有个梦，这个梦绵绵悠长。

著文写作传递文明，乃我平生夙愿。为此，我致力于写作的纳新吸收和积累，以蓄势待发。

钟形花盛开的夏季，我专程赴德国特里尔镇，瞻仰《资本论》创作的旧址，马克思永不懈怠的创作精神给我留下永不磨灭的印象。诗意勃起的青少年时代，我沉迷于唐诗宋词，痴痴理解那些寓意深远的壮丽诗篇。人们心境归于平静之时，我选读过司马光《资治通鉴》等史书，逐渐悟出中国历史起起伏伏的基本规律。中央党校经济管理研究生班三年学习，我研析了中国民营企业的现状和前景，梳理出民企收入分配的新思路等。

社会营养的不断汲取，逐渐丰富我的创作素材与灵感。文学创作，我兴趣相与，激情荡漾，送走了一个个黎明和傍晚。几十年长期不懈地写作，磨炼蕴蓄，效果显现，多个作品获国家级奖，《县级党政领导班子建设简论》一书，获中国"八五"科学技术成果荣誉证书；《民营企业收入分配新论》之书，摘取浙江省社科联第二届社科研究优秀成果三等奖，《人民日报》还发了书评。二册书籍皆被清华图书馆收录。

书法，乃一生之追求。长期来拜师学艺，临摹名帖，滴水穿石、持之以恒、集腋成裘，之后逐渐走出学书困境。

不曾相忘，在洛阳世界华人书画艺术展上，我有缘与清华艺术学院颜泉教授见面。他是地道的北方人，为人诚恳、画艺精湛，是位老艺术家。

他高兴地说："吾已率学生三次参展，次次皆奖项多多，让我看到书画之明天。"两人边聊边鉴赏书画作品。这些作品简洁高雅，栩栩如生，炉火纯青，风神韵致，一股新风扑面而来。

然而,我带着疑问:"当下书画界风气不佳,教授有何见教?"

颜教授苦涩而言:"是啊!书画界一些人为博眼球,作品离奇古怪,肆意造假,有的还随意封王,大师满天,乱象迭出,此象不可久也!清华作为一流艺术学院,应有初心,要打基础,仿古人,钻技艺,甘寂寞,下功夫,讲创新,画艺方有出路。"

他认为,要除靡风、拨雾行、攀高峰,精湛艺术复苏势在必行。

听教授一席话,我以一首《鹧鸪天·书画在精诚》以对答:

> 书画踪迹千古寻,不耗一生难以成。博眼取巧终人后,无脑涂鸦毁名声。
>
> 精在慧,心于诚,研磨潜心无冷凳。十八缸水洗铅华,鹅墨池旁追神韵。

为此,期待有一天,书画界再现云开雾散的晴朗天空。

我梦想有一天再进清华园继续深造,奋发精进、砥砺创新,让书法作品绽放新彩,给人们享受美的旋律、古的威仪、力的气度、韵的风采,让作品走上市场,拍出好价,继续在故乡资助那些贫困之生和优秀学子,让他们实现心中的夙愿。

四

我在清华有个梦,这个梦绵绵悠长。

本世纪初，义乌小商品市场鼎盛之时，我曾率经济学专家和博士们赴义乌调研。当年此地乃属蛮荒之野，弹指间高楼鳞次栉比，五星宾馆随处可见。博士们聚在富丽堂皇的金色大厅兴致勃勃地与市政府共研发展，谋划将来。

经济形势瞬息万变，如今，该市场正面临电商挑战，前景迷蒙，困难尚多。能否再领风骚，独占鳌头？我梦想有一天再邀清华高人，赴义乌诊断市场之脉搏，为浙江经济再支着出力。

事情竟如此凑巧，十多年后，意外发现在当年到义乌考察的博士生中，竟有两位是同乡，且皆为女性，全是八〇后，可谓金东区澧浦镇新时代的"双娇"。

一人叫方磊，澧浦镇任宅前人，微胖的脸庞，机灵的眼神，稳重持成，说起话来慢条斯理。我曾特邀她在家乡奖学金发放会上畅谈读书体会。

她怡悦地说："我能上清华，得益于老师的教导。其次是把读书当作快乐的事情，无论平时作业还是奥数竞赛都乐在其中。同时，牢记少年时的初心与憧憬。"简短之言概括出读书之真谛。

在浙江大学任职教授后，她这种习惯仍然不变。近年来，她在市政工程研究上连连夺冠，获得教育部科研项目研究一等奖，使人们引以为豪。

另一位是宋春景。

聪明人常常有许多兴趣爱好，宋春景乃清华小有名气的摄影师。

当我采访她的业绩时，她表露出一副谦虚的模样，用诗一般的句子答道："人生如摄影，好景当及时。眼下不奋发，青春怎会赢？"

顺着她的话意，我若有所思，赞许说："春景十里外滩红，三八红旗舞东风。巾帼不让须眉秀，清华园里有能人。"

她摇摇头："过奖了，核电行业，只做不说，不可张扬。"

宋春景，生着一张甜甜的圆脸，高高的额头下闪烁着一双智慧的眼睛，大耳朵上架着一副金丝眼镜，皓齿圆鼻，惹人喜爱。她是清华工程物理系的优等生，先后参与多国压水堆重大项目研究与设计，获省部级成果奖十多项，发明专利三十多个，是名副其实的上海市三八红旗手、巾帼建功标兵。

家乡人得知宋春景近况后，喜悦满满，人们热情地称许她："看似娇柔身，肩头承重任。襟怀凌云志，砥砺书强音。"

壬寅年（2022年）秋，家乡澧浦中学开展了宋春景、方磊、王顺、王晓钰等十位学生先后考入清华、北大现象的研讨。校方和各界人士认真总结优秀人才涌现的规律和教学经验，进一步激起青少年为中华复兴而读书的灼热之情。

澧浦中学是我的母校，在我记忆中是一所历史悠久、学风良好之校。她，百年古韵有老樟，塘潭相依倒柳扬。曲水潺流鱼鲢跃，绿荷飘逸月季香。西边通仪门，南侧铺操场，东临大旷野，北隅教室畅。吴晗翻译当名教，校长严管教有方。那是一个美丽的校园，从这里走出了一批批优秀的学子，斗志昂扬地奔向远方。

追踪此区区小镇之中学，何以能出现如此多的高才生，何以能在教育界及社会上占有一席之地，且名声响亮？一直来，我静思默想，孜孜探究其中之奥秘。如今我真正领悟该校的闪光真谛：他们，培养了良好的学习习惯，学趣浓浓，惜时如金，热学不息，读书已蔚然成风；他们，树立起坚定的毅力与恒心，功成毁于急躁，事业成于坚韧。毅力是成功的基石，学生们摒弃杂念，一心向上，发奋苦读，初心永恒；他们，持续开展挫折教学，针对学生性格脆弱，承受能力差之现状，不断进行苦难教育，让学生经得起冤屈与艰难，勇敢面对困苦，挑战种种繁难，使其在波折中磨炼成人；他们，人人有明确的目标。方向给人动力，理想催人奋进，从小立下鸿鹄志，咬定青山不放松，在勤学路上一步步向前攀登。这也许是此方土地人才辈出之根蒂，也许是宋濂勤耕苦读精神的弘扬与传承。

国家盛兴为有志者带来福运。前些年，家乡乡贤会成立奖学金制度，设立凤林王氏助学基金会，对优秀学子和贫困生进行助学奖励，考进清华、北大的，奖金十万元。数年来，一个小镇进重点大学的尚有数百人，清华、北大十多人，仅蒲塘村就有博士九人，顶级大学也榜上有名，奖学金制度起到很好的催化作用。

五

我在清华有个梦，这个梦绵绵悠长。

等闲识得东风面，万紫千红才是春。一百多年来，清华走出近一百多万优秀学子，他们饱吮祖国母亲的甘甜乳汁，他们满怀父老乡亲的殷殷嘱托，他们戴着大江南北高考状元之桂冠，满怀豪情地走进中国最高学府。一百年啊！我端详着一个个闪光的名字，详察着他们的业绩，考量着他们的贡献，比较着人民的期盼，真可谓喜忧参半。

我一直在深入地思考，难道在中国最聪明之人群中，只能出梁思成、李政道、杨振宁不成？清华人在中国本土的诺贝尔奖在哪里？国内翘楚乃至世界顶级企业家何以难诞生？人们殷切地呼唤，优秀之人千万不要钻进西方暂时安乐的死胡同，为别人做嫁衣裳徒劳又虚空，远离祖国是骄子们的悠悠伤痛。

面对古朴的清华校门，我不禁自问，倘若骄子们一旦释怀心中异念，悉数开掘出中国巨大的人才宝库，中国定会迅速站上世界之巅，汉唐复兴不会姗姗迟来。

骄子们啊！人非木石，应有情缘：屈原投江、苏武牧羊、元敬抗倭、康熙收台、钱学森冲破阻挠回国造出原子弹，一个个如丰碑屹立在中华国门前。后人应自尊自信，与国共难，与世共进，不恋一代人之记忆，应在百世放光彩。

在此，我深深惊叹大海的无私与辽阔，容百川万壑，泱泱大度，纳世间污物，何所不容？

我感慨大地的无怨与负重，承高山，托万水，所有承载不言重。

我仰望苍穹无限，包纳宇宙，囊括太虚，冥冥苍苍无穷尽……

梦至此，已黎明。清华大学"自强不息、厚德载物"的校训又在耳际荡漾。当下，清华人应该厚何种之德？厚人民之德、社会之德、国家之德；载何种之物？载可享之物、可美之物、可誉之物，让欲物之美普降天下。

2022 年 4 月 12 日完稿

跌宕人生两度春

——记南宋末代状元王龙泽

◎ 苦读励志

◎ 状元及第

◎ 诚邀出山

◎ 治绩斐然

◎ 赍志而殁

苍天与人有一种说不清的微妙联掎，它常在人的生命中时显时隐。

也许我与义乌有一种特殊情分，也许我与那里的百姓有血浓于水的关系，也许在我生命中还有一笔不了之情，故我在耳顺年后，鬼使神差地一次又一次走向义乌，来到青口。

那里大地秀美，山川起伏；那里民风淳朴，勤耕苦读；那里人杰地灵，英豪辈出；那里窆埋着历代的壮士明贤，还有许多常常萦系梦牵的精烈英魂。

乙未年（2015 年）冬，义乌历史上独一无二的王龙泽状元纪念馆刚竣工，青口村委电告于我，望能来此给予察访并撰文纪之。翌日，我冒着隆冬刺骨的寒风，与少君先生再一次踏上那片饱载圣贤遗迹的金色土地。

青口百姓很有德性，改革开放带来的福泽，他们萦怀于心；贤德祖宗留下的荣耀，他们默默光大传承。他们自筹款项，积极配合政府文化下乡工程建设，新建成功山文化园，重修状元馆，让中国儒家文化的弘扬接上了新时代的蒸腾地气。

状元馆坐落于青口之北，面向千年古庄，背靠石垒大堤，西依麻车山麓，东临桐田之畈；前有池，旁有溪，池溪相依，似龙相戏，好一方风水宝地！馆舍虽然不大，亦有凌风之气，用赤金镶嵌的"王龙泽状元馆"之匾格外引人注目。

进馆，两丈多高的状元塑像，神采奕奕、气宇轩昂，眉宇间发散着大宋王朝气象。馆壁四周及二楼镌刻着王龙泽及凤林王氏先贤们的故事。我徘徊于馆内，细细地品读着状元王龙泽跌宕起伏、变幻莫测、多灾多难、倾心为民、令人敬佩的一生……

苦读励志

珠峰立于高原磴，沧海来自万川滚。万事皆有因与果，天道自古酬于勤。

阅罢史册，大凡人之成功，离不开天资聪慧，祖上厚德，自身发奋等因素之支撑。王龙泽青少年时期之奋斗，是见证这一成功的版本。

明朝郑柏《金华贤达传》，卷五《宋王龙泽传》载曰："王龙泽，字极翁，义乌人。迈之从曾孙。祖若纳至龙泽，三世皆太学生。"[①]

王龙泽（1246—1294 年），字极翁，号静山，出身于赤岸青口的书香门第、名门望族，祖上五代[②]皆进士出身。他自幼天资聪颖，机

---

① 龚延明《义乌历代登科录》，浙江古籍出版社，2014 年 1 月，第 84 页。
② 《凤林王氏宗谱》卷一，第 87 页：元元太公王安诗，乾道二年（1166 年）进士，授将士郎。《凤林王氏宗谱》卷二，第 17 页：太公王组，举进士，台州司户；祖父王若纳，登淳祐丁未（1247 年）张渊微榜进士；父王桂祥，淳祐庚戌（1250 年）方逢辰榜进士；元孙王龙泽，进士第一。

敏过人，读书过目不忘，从小受熏祖训。祖父王若纳常用王氏祖训"十戒""十诲"教诲于人，要龙泽"崇敬尊长，畏惧公法，勤学修身，济人奉公"。父亲王桂祥为使儿子成龙，在县教谕任上，常返家中教其研习四书五经，熟背唐诗宋词。一个人的成长，离不开祖训家规启蒙。王龙泽身体力行，点滴入心，千方百计接受宗法的蒸熏。

步入少年后，王龙泽经上辈荐举，投学于义乌苏溪声名显赫的讲岩书院石一鳌山长（院长）门下。"石一鳌字晋卿，王世杰弟子。于县北苏溪创办讲岩书院，开门授徒，教习弟子达数百人，王龙泽、黄潛皆为其弟子。"[1]

山不在高，有仙则名；水不在深，有龙则灵。讲岩山是座浅山，而讲岩书院却是南宋乌伤一大名院。据传，唐代蒋宅村一进士隐此讲学，以山上一巨岩为讲台，"讲岩石"由此得名。讲岩山还有水竹洞天等景观，山水秀丽、景色迷人。明初名士宋濂专门有记，给予甚佳评价。

为寻觅状元求学遗迹，我与缪建栋、王俊敏专程赴苏溪踏访。在那繁林茂密，植被郁郁葱葱的山坡上，当地人为传承宋代学风，依山筑建起讲岩阁。我置身讲岩阁，眼前宛如浮现出当年讲岩书院王龙泽求学之风采。

一个春和景明的时节，讲岩书院迎来一位翩翩少年，身材修长，眉清目秀，素装打扮，气质不凡。石一鳌山长打量后，与其坐而面谈。面对石山长发问，王龙泽从容不迫、对答如流、反应敏捷，非常人所及。

---

[1] 《义乌市志》卷九，人物篇，第2433页。

石觉得此少年非一般之人也，暗暗思忖：此生徒乃吾教学半生来最有潜质之人，若严格训导，细心教化，必成大器。

王龙泽到书院后心中甚喜，为己找到一个好学堂，遇见一位博学师，相识一批好同门而兴奋，决心不负父母之托，不辜乡亲所望，虚心求学，奋发搏击，为祖贤争光。

试玉要烧三日满，辨材须待七年期。石一鳌是位精明干练的讲学先生，他为龙泽课授做了精心安排：一日四书，二日五经，三日天文，四日地理，五日算术，六日音律，七日"讲会"[1]，八日问难，九日自修等，启发式地教，车轮式地学，竞赛式地比，可谓锲而不舍，金石可镂。

古代朝廷官员十日一休沐，士子则无假期，因此，生徒朝夕之务便是苦读。有的生徒学得哇哇叫苦，而王龙泽如婴儿吸乳，时时感到饥饿。他，四书五经通读精读，章章不弃；诗词格律水韵声韵，韵韵精通；阴阳算术细算精算，脉脉理松；天文地理格物致知，物物晓懂；讲会探讨自修问难，难难解松。倦了，冲冲凉水提精神；困了，喝口婆茶苏元气；累了，几块糕饼续能量。因为脑海中经常闪现苏秦悬梁刺股、江泌屋顶月读、贾逵隔篱偷学、李固千里求师的苦学形象。他，始终秉守一生无暇去潇洒，书文使命桌案爬；三生效得东坡氏，不占鳌头不放下之理念，天天发疯似的攻读。对学而有羁绊的，常相帮教，共渡难关；对生计有困之人，时而慷慨解囊，共赴繁难。对此，石先生看于眼，挂于嘴，喜于心，常在书院踱着步，

---

[1] 南宋时，书院流行的学术交流和论辩制度。

晃着头，拍打手掌，喃喃自语：书院要红啦！江南要出大才人！

一晃几年过去，王龙泽在讲岩书院如饥似渴地习读，已阅书万卷，习作千本，知识迅速长进，见地日益加深，于同门中已然鹤立鸡群。此期间他参加州试，得了头名。之后又入太学，渐渐在义乌声名鹊起。

他假期回乡，一些乡贤常与其谈今论古，议论政事、交流儒学、切磋诗词，都能见解深刻、谈笑自如，体现了一介书生的风雅韵致。此时的他，已从懵懂少年蜕变成了一个满腹经纶的才子，已从幼小的马驹嬗变成了一匹能驰骋沙场的骏马，已从山涧的涓涓细流渐渐汇聚成了一面盈盈大湖，也像一把几经淬火和锤打的利剑，在阳光下发出炽烈的光芒。

状元及第

寒窗十年羽翼丰，经纶满腹储心胸。吾因科举腾云去，俯身擒拿沧海龙。

从青口至都城临安，隔山隔水三百多里。公元 1274 年初，王龙泽打点好行装，风餐露宿，英姿飒爽地奔上赶考之路。

相传，王龙泽约莫行程半个多时辰后，至午晌时分，他举目遥望，但见绿树丛中黄墙青瓦，瑞气弥漫，香烟缭绕，庙宇隐现——双林禅寺即在脚下。大殿气势恢宏，禅院古木参天，王龙泽顿生求签之意，于是进殿求卜功名与前程。

方丈得知缘由，虽云"施主此次都城赶考，定当蟾宫折桂，大喜而回"，但却欲言即止。

见其支吾其词，王龙泽心中诧异，便双膝跪地请求："大师有言，请指点！"

"既然如此，恕老衲直言。"方丈开口道，"施主天庭饱满、地阁方圆，乃大富大贵之相。但尔印堂红中透紫，日后恐有灾星相克。"临别时，还口授偈词：乾坤茫茫疑无路，金榜题名运来时。仕途锣间起坎坷，波涛汹涌净归还。

王龙泽虽有所悟，仍不明真意。方丈轻轻摇首："天机不可泄露，望施主好自为之！"①

听罢方丈一席话，王龙泽带着喜悦与不解，继续赶路。

半月来，他穿山路，走平原，披星戴月，日夜兼程，于二月初到达临安城。

钱塘自古繁华，参差十万人家。临安自赵构皇帝迁都后，经一百五十多年治理，人口迅速集聚，宫殿庙宇众多。城郭方圆十里，园林争奇斗艳。楼台沿湖林立，酒肆茶楼满街。都城锦绣如织，百姓安居乐业，真乃山外青山楼外楼，西湖歌舞几时休。暖风熏得游人醉，直把杭州作汴州。②

临安是世界上最美丽华贵的天城，着实让人流连忘返。

王龙泽生于江南，长于宋末，受惠于朱熹理学之风，二十多年孜孜不倦地发奋努力，眼见都城如此繁华，心情格外激动，亦想尽兴游览一番。可惜考务在身，无暇欣赏，只能谨遵官府告知，迅速

---

① 蒋英富《十八进士的传说》，浙江人民出版社，2015年1月，第5页。

② 宋诗《题临安邸》（林升）。

入住净住大院，又扑身于书卷之中。

科举乃华夏史上选拔官吏之制度。它渊源于汉，创始于隋，确立于唐，完备于宋，兴盛于明清。从隋朝大业元年（605年）的进士科至清代光绪三十一年（1905年）正式废除，整整绵延一千三百年。

科举亦是中国人心中之梦想。它击破了世族豪门对政治权力之垄断，为中华国度的参与者提供了均等机会，点燃了普通人进入权力阶层的理想烈火。它像天体间巨大的引力，魔幻般地吸引了多少代为之奋斗的青年才俊；它像历史上的哲学磨盘，神鬼不知地磨煞了多少代的蹉跎人生；它也像神奇相马的伯乐，良莠分明地辨识了多少代的优秀才人。在漫长的科举考试中，经层层筛选，好中选优，优中择卓，角逐出七百多位状元、十一万名进士、数百万名举人。

十世纪中叶，科举挟带着历史的雄风，意气风发地走进宋代，又得宋王朝之青睐。它延续唐代的基本制度与风格，每三年举行一次，每次六千多人赴都城京试，录取进士三四百人。最后，择若干名特优者在皇宫参加殿试，由皇上定夺状元、榜眼、探花前三名。

我庆幸生活在杭州古城，常常沿着宋代御街漫步而行，细细探究那辉煌百年的宋代进士考试院。那时的漕司院是一座典型的宋代建筑，"拱瓦盖千房，头筑飞檐坊。会试竞才地，三年一辉煌"。这些建筑与众不同，突显十三世纪中国建筑之独特风采。从此地走出的进士、状元和后来的宰相，在历史上各自展示了自己的卓越风采。他们创造的灿烂文化，至今仍辉映着中华民族的发展史诗。

南宋咸淳十年（1274年）春的进士考试，在风雨飘摇中进行着。来自全国的士子，把临安州治贡院考院、漕司考院、礼部考院挤得满满实实。会试纪律十分苛严，实行搜身入场，查出作弊者奖银十两。考试一人一桌，相互隔离，监考如林。

京试日，阳光初灿，春风和煦，王龙泽准时来到漕司贡院。此时，他心潮澎湃、热血沸腾，心中久久难以平静。他虽经历了解试，考出了佳绩，但本次是京试，乃最后一搏。这次，他要一考定终身，十年寒窗，九年苦读，今日见分晓。王龙泽想：吾一定要清醒镇定，考出水平，考出精气神。

辰时许，监考官发下考题《问求言十事》，王龙泽手握毛笔，胸藏波涛，文思如潮，东坡文中借口气，写就名文天下吟。他自问自答，问求言十事，问何道？求何事？言何物？在纸上一一道来。只见一行行流畅隶体行书在试卷上飞快地推进，如狂风席卷落叶，似巨浪推吞沙尘。几个时辰后，王龙泽已一气呵成，其文字字如珠玑，句句似碧玉，章章像画戟，铿锵有力，掷地有声，一展乌伤赤子之衷肠，一泄民族遭乱之遗恨，一排多年心中之积愤。扔掉手中之笔，他如释重负，迈着轻快的步伐回到了净住大院。

在此，让我深深惋惜的是，历史是那样残酷无情。王龙泽及第之文和史上数百名状元的答卷，究竟还有几篇得以保存？此乃民族文化史一大遗恨。世人啊，怎能以状元后来的官职大小、业绩多寡、寿命长短论英雄？宾王孩提吟"鹅诗"，王勃舞勺作"阁序"，贾谊弱冠写"过论"，他们虽未擢升为高官大员，但其文仍然光耀后人。

我虽未见过龙泽及第之文，但有缘拜读过他的奏折和诗文，其人其文其风其骨也稍有略领。我推论，那应是一篇议论时政，气势不凡，针砭时弊，言之确凿的奇绝好文；我推论，那是一篇问天问地问社稷，忧国忧族忧百姓的绝佳大作；我推论，那是一篇引经据典，用词讲究，逻辑严密的华彩美篇，只有如此，方能博得皇上首肯。

虽说王龙泽在科考中感觉顺畅，但毕竟是千人竞搏，独木一争，心中仍然有些忐忑不安。回乡路远，干脆在都城静待发榜吧！

那是一个多事之秋，华夏北疆战火纷飞，蒙古大军步步进逼，伯颜士兵已攻入天门。然而，科考仍在动荡之中完成。

不待几月，"咸淳十年甲戌王龙泽榜"贴于城门之上，告布："王龙泽，义乌人，状元。"①

龙泽夺魁即刻传遍都城。他飞也似的奔向城门，两眼直愣愣注视着皇榜，汗水泪水齐涌："吾中状元啦！"

他对着皇宫方向疾声呐喊，吼声越过宫墙，越过钱塘，在都城上空久久回荡。

王龙泽进都城赶考，父亲王桂祥一直牵挂于心。他常在思忖：先祖南迁后，吾二房后代还算荣耀，自吾太公王安诗始，祖父王组、父亲王若纳和吾王某，已出进士四人，如今还少个第一状元郎。不知吾儿此次赶考如何？王桂祥虽是国子助教，为儿之事仍不免费尽心思。这些天，他特居家等候音讯。

一天，王桂祥于村口田间劳作，一位朝廷钦差模样之人经过问道："此地可是青口村？"

王桂祥答："正是。"

"有王龙泽人吗？"

---

① 《浙江通志》卷一百二十九，影印文渊阁《四库全书》本，史部第五百二十二册，第398页。

"有，即吾子。"王桂祥道。

钦差深感有眼不识尊，当即下马深表歉意，而后宣读皇上圣旨。

王桂祥即跪地接旨："谢主隆恩！"

青口出状元啰！

霎时，沉静之青口沸腾起来。从此后，接旨之地立下一块"下马碑"，一直保留至今。

在南宋，状元及第后要骑马游街，吟诗亮相。礼部为王龙泽选好黄道吉日，新科状元脚跨金鞍红鬃马，身着御赐状元袍，头戴金花乌纱帽，胸前佩挂大红花，手捧钦点黄圣诏。马前旌旗开路，仆人们手举状元灯，扛着写有"王龙泽"字样的红黄色旗帜与奉牌，前呼后拥，浩浩荡荡地从城门出发，一路上见景作诗句，遇人颂升平，满街传皇意，欣欣表我心。正可谓春风得意马蹄疾，一日看尽长安花，好不风光！

游街结束后，不多日，王龙泽取得授官凭信，称为"告身"。

之后，宋朝廷授王龙泽"承事郎签书昭庆军节度判官厅公事"职。①

令人遗憾的是，是年七月，度宗病逝，太子赵㬎继位，年仅四岁，称为恭帝，改国号为德祐。

此时，南宋内忧外患，形势日危。

"度宗崩，幼君谅阴。其年第一名王龙泽，二名路万里，三名胡幼黄。京师为之语曰：'龙在泽，飞不得；路万里，行不得；幼而黄，医不得。'"②

---

① 龚延明《义乌历代登科录》，浙江古籍出版社，2014年1月，第82页。

② ［明］田汝成《西湖游览志余》卷二十二《委巷丛谈》，杭州出版社《西湖文献集成》第三册，第579页。

此语表达了国人对时局的切切忧虑。恭帝君臣回天无术，王龙泽一时难以履职，只能暂时回乡祭祖。之后，他又匆匆赶回都城，一来一回，时光已至1275年冬，元军大举南下，朝廷军心动摇，皇城内外一片混乱，官员纷纷出逃。德祐二年（1276年）正月十八日，元军攻入临安，丞相陈宜中向元军交出传国玉玺与降书，宋朝遂告灭亡。

南宋之覆灭，人们总有几分惋惜。可慰藉历中的是，科举制度未因王朝更替而消亡。中华文明之所以能成为世界四大文明唯一未中断者，科举之延续起到了关键作用。科举产生的进士和状元，是此制度之硕果，亦是公平正义的胜利。如今，"状元"一词已成国人"第一"之代词，神化之标杆，追逐之目标，理想之化身。

为此，我认真研究史上录取状元的几种情况：一、由礼部推荐若干名考绩名列前茅的进士，皇上出题，进士答题，最优者为状元；二、礼部推荐若干份进士答卷，皇上亲批，合上意者为状元；三、若皇上年幼，由宰相或大臣主持定夺。王龙泽及第属第二种也。

王龙泽是幸运儿，在无任何裙带关系的情况下，凭自身奋斗脱颖而出，一举夺魁，令人欣慰和骄傲。其精神可歌可敬，尤其是在信仰迷惑、心志浮躁、急功近利、投机取巧、卖官鬻爵、风气弥蠹的时势下，倡导与弘扬此精神，更具有针砭挞伐之功效。

诚邀出山

险到绝处为妙景，晦至尽头煊福音。上苍眷恋才英者，暗柳穷山有引人。

一夜间南宋灭亡，王龙泽从天上坠入地底，堂堂的状元成了逃难之人。

临安待不住，只能到乡下避难。从临安到义乌有两条路，一陆路，二水路，他选了水路，在钱塘江码头急匆匆地踏上回乡之路。

船只溯江西上，王龙泽怀着沉重心情立于船头，袍衫的一角在二月的寒风中微微飘动，国破家亡的思绪乱却了心头。

他苦苦地自语道："吾先祖德升与宋太祖共同开创的大宋江山就如此不堪一击？就如此土崩瓦解？龙泽啊！吾真后悔当初习文不经武。当时要是中得武状元，那该多好啊！真是沧桑似海，残阳如血！"

不多时辰，船儿驶入富春江七里泷。王龙泽抬头远眺，万山丛中，高高的严子陵钓鱼台隐约可见。

他本想早早谒拜东汉名臣严光，因奋斗科举，无暇顾及。此时，见到钓台却是另一番心境。想昨天，看眼下，他触景生情，流下了辛酸之泪。他思忖：命运与吾何其不公，及第头年便厄运沾身！职未就，才未展，功未立，志未酬，民未谋，落悲愁。今朝，吾龙泽誉而毁之，成而败之，能无怨乎？他真想效法谢灵运奔钓台痛哭一场啊！

悲愤中，陆游《诉衷情》一词突涌心头：

当年万里觅封侯。匹马戍梁州。关河梦断何处，尘暗旧貂裘。胡未灭，鬓先秋。泪空流。此生谁料，心在天山，身老沧洲。

他仰天长啸，痛不欲生。他思岳飞，恨秦桧，念宗泽，愤童贯，多么希冀抗金英雄还活着啊！多么想追随将军上沙场，同仇敌忾，决一死战，了此一生。

船只掠过新安江，漂过兰溪江与婺江，七天后，王龙泽抵达了青口，心中默念：青口乃生吾养吾之地，此刻回乡格外亲切，龙泽要与你长相厮守啦！

青口古村山清水秀，坐地横田畈平川，背靠延绵起伏的南山之麓，手扶两廊绿树青山，朱村与其前后呼应，一湾桐水绕村行。

来村口迎接的是父母二人，王龙泽热泪盈眶。他深知父母为他的前程付出了几多奔波与辛劳，对他寄予了几多期望与梦想，而今这一切皆化为泡影，恰似一江春水东流去。面对亲人，仰望青山，劳苦倦极，未尝不呼天地也："苍天啊！难道吾的命运就该如此？吾有何颜见父老乡亲与列祖列宗？"王龙泽处于无奈与绝望之中……

得到的很快就会失去，而失去了的则永远不会再来。既然如此，那就面对现实，暂且安顿吧！从此，他安心地居于青口，开始了长达二十年的隐居生活。

王龙泽面对灾难开始觉醒，寻找生命的底蕴。头一两载度日如年，往事常在脑海中升腾，打发光阴靠的是读书、教学、写作、研究朱熹理学。三五年后，烦躁之心才慢慢地静下。几年的风吹雨浸，他渐渐想开了，看淡了，放下了，领悟了，心定了。

他像抽丝般地开悟：人生，是一种沧桑饱尝的睿智，是过尽千帆的淡泊，是历经苦难的修行。他渐渐习惯了淡泊和宁静，心灵徐徐回归于清纯与空灵，不戚戚于贫贱，不汲汲于富贵，衔觞赋诗，以乐其志。他垦荒种地，体味着自然和生命的原始意味。他意会了——当年的豪气化成了水，当年的心志换来了梦，当年的苦读变成了云，当年的棱角磨出了光。耳畔经常响起双林禅寺方丈的偈词，一切随缘吧！无怪乎当今史学家龚延明写诗赞曰："宋末状元王龙泽，宋亡隐居好名声。"①

元代之兴起，南宋之灭亡，有其偶然性，亦有其必然性。忽必烈毕竟是个雄才，他生于忧患，胜于进取，早年便"思大有为于天下"。他率元军东征西战，夺取中原。他豪情万丈，铁骑雄征西伯利亚、澎湖列岛，让中华疆土迅速统一。他礼贤下士，亲于黎民，初得天下尽求宋之遗士而用之，"由前宋朝丞相留梦炎推荐，忽必烈特委之王龙泽以江南行台监察御史之职，并差人备马亲去青口村相请，如是近十次"②。

元朝初年，留梦炎派使臣来青口邀王龙泽出山，进门便对龙泽说："吾皇刚得天下，急需治国人才，今奉命诚邀尔出山，委以江南行台监察御史一职，共治天邦，为蒙汉黎民谋福，望尔接旨。"

王龙泽听后，愤而答道："尔等是受何人之派？执何人之意？吾乃大宋王朝开国功臣大将军王彦超之后，祖辈为宋朝建立南征北战，赴汤蹈火，历经艰险，艰难地打下江山，今朝只因奸臣当道陷害忠良，江山才落于夷族。当下宋朝虽亡，但抗元大军风起云涌，吾王龙泽

---

① 龚延明《义乌历代登科录·序诗》，浙江古籍出版社，2014年1月，第1页。

② 付健《乌伤人物·宋·状元王龙泽》，第2页。

未能追随文天祥抗元已是愧对祖宗，今日尔等又强求吾做元朝之官，此事万万难从也。"

王龙泽浩气凛然地拒绝了使臣邀请，随之退还礼品。

从此后，乡间巷里议论开，或说，状元所言极是，宋朝人怎能做元朝官。或说，王龙泽傻也，朝廷重聘，还不一展抱负？而今不去更待何时？对此，王龙泽一听笑之，仍然读他的书，做他的事，走他的路，不为所动。

光阴如箭。时至公元1292年，王龙泽"旧隐金华，专意书册，地势幽远，人迹鲜至，不出门户，垂二十年"[1]。二十年也已够长，人生哪有几个二十年？婴儿长成了青年，幼苗长成了大树，六十年一甲子，已然飞逝了三分之一。岂能想象，一个满腹经纶的青年才俊，一个国家的正统状元，竟在乡间熬磨了二十年光阴。这是时代之错，历史之过啊！

然而，就在这看似无所事事的二十年里，他并未虚度，而是一边隐居，一边思索——孟子有曰："民为重，社稷次之，君为轻。"

人在世，不就无忘祖宗，无忘家族，还要为之争荣光吗？人履政，无非为家国展抱负，为社稷肯担当，为百姓谋福祉吗？人，应为无私之吾而活着；人，应为拯救世人而竭力；人，应以天下苍生为己任，岂能为一皇一族而为之？如此，王龙泽想，天下为民，应摒弃一私之见，一族之争——此乃至善之理也。

---

[1] ［元］不著撰人《庙学典礼》卷四《王御史言六事》，影印文渊阁《四库全书》本，史部第六百四十八册，第363页。

二十年之隐居，二十年之苦思，二十年之纠结，他列数了史上择国选主而建伟业之良臣：商鞅委魏，成业在秦；韩信投楚，建功于汉；魏徵归唐，助政秦王……他明白：在家终非长久计，总要为民做事情。他明白：吾若出山，定会遭后人毁誉与非议，甚至千年难翻身。然而他坚信，胸中无私江河阔，为民总得公正评，一切留归后世评说吧！

一个新朝，二十年也已是沧桑巨变。此时，留梦炎亦年岁渐老。他数次差人未能邀龙泽出山，心中甚是不安，也无颜面对朝廷，于是决意亲自赴青口一请。

人们不禁要问，留梦炎如此劳心，诚恳相请是何因？王龙泽乃名副其实之状元，才华横溢，贤良方正，又有忧国忧民情怀，亦是相门后裔。他与留梦炎二人系同朝状元，又同是婺州人氏。在留梦炎看来，血脉如此纯正，学问如此渊博，这样的人才如果弃之不用，又有何人可用？

于是就有了留梦炎带着侍从风尘仆仆地乘运河之船从大都燕京来到青口这一幕。这一年，是公元 1292 年，它成了王龙泽政治生涯中一个转折点。

一进王龙泽家门，两位前朝状元激动而拥，留拍着王的肩膀道："龙泽贤弟，你满腹经纶，至今学而无用。现已近知天命之年，人生能有几回搏？再不出山，晚矣！"

王龙泽想：元人统治是山寨还是正统？忽必烈其人，到底是混世魔王，还是一代枭雄？观天下，如今已定二十年。忽必烈虽是蒙古族，但其治国有方，开拓疆土，创立行省，稳定西藏，开通海运，修正宋史，振兴书艺，可说政绩卓著，深得民心。想必，无论元人还是汉人，皆为中华民族大家庭之人。

于是对答曰："梦炎前辈，你为吾出山操心备至，朝廷数次派人赴青口相请，龙泽实为感动。当年刘备仅三请孔明，吾比之先贤，有何德何能？问心有愧呀！"

两人谈论至深，直至黎明。

山区青口露出一丝光亮，王龙泽终于被说服了，遂答道："好罢！宋朝元朝都应为民而朝；官事民事，都应为百姓而事；你治吾治，都是为国为民而治。历史即人民，人民即江山，吾要为黎民百姓鞠躬尽瘁，死而后已。要让苍天鉴吾之心，让大地视吾之行！"

经过激烈的思想交锋，王龙泽决定出山。

临行前，王龙泽与亲友一一作别，特赋《留别亲友》诗一首：

> 姓字何缘彻藻旒，
> 束书去作广陵游。
> 律条惯习三千牍，
> 民瘼徒闻二百州。
> 未有涓埃裨国论，
> 肯将温饱为身谋。
> 梅边一酌轻成别，
> 洛社他年共唱酬。①

---

① 《凤林青口王氏宗谱》卷二，第52页。

治绩斐然

历经磨难不死心，人至逝后见真情。出山从政非为己，一曲新歌奏清名。

近知天命之年的王龙泽，几经曲折，几经劫难，终于出山。

这年为至元二十九年（1292年），朝廷为控制长江以南行政之权，特于当时的河南江北行省扬州设监察机构江南行御史台，由王龙泽出任监察御史。此职既有权，亦是苦差事，更是淬火磨炼。圣旨下达后，王龙泽当即赴扬州上任。

凡人常疑英雄志，朱门不买苦难单。人们可知晓哦，王龙泽苦学二十年，隐居二十年，用了两个二十年，方才苦苦赢得为民做事的这一天。一个人做官，无关何时何地，关乎心中有民。他十分珍惜人生难得之机遇，效法诸葛亮死而后已的为民情怀，力求从政励精图治，事事为民；做事殚精竭虑，件件落实。

在收集王龙泽之治绩时，我万万未想到，短短二年多的履政经历，竟能为百姓做如此多的好事。今天，我们终于可将他沉寂千年并鲜为人知的事迹公布于世。

研析王龙泽之治绩，四件事让我深深地敬佩，也值得后世颂扬。

剪除豪蠹是王龙泽从政之后的开局之篇。《义乌市志》卷九，人物篇，王龙泽曰："元立，荐任南台监察御史，尊贤养老，剪除豪蠹。"①当时的蒙元王朝，经二十年治理，已呈现欣欣向荣之势。可乡亭社会秩序仍时好时孬，黑恶势力时隐时现。王龙泽一到职，即召乡贤

---

① 《义乌市志》卷九，人物篇，第2433页。

询问治乡经验，探讨安乡之策，对目无王法、胡作非为或欺男霸女者，强行剪除；民愤特大者，杀无赦。未几，便实现了治下社会安宁，民众安乐之效果，深得百姓拥戴。

王龙泽明白，县学教化是社会之根本，民不教无所以成礼，教育为百年大计。为此，他栉风沐雨，访遍各地，亲见庠序荒废，少年失学，心中极为担忧，察视后即向朝廷呈上切中时弊的兴学建言《王御史言六事》，其中有六条策论：

一曰：定建学之规，以正风俗……即目各道州县，有见设学校去处，或微有隳废，失时修营，或旧曾欹倾，遂至覆压，或初制浅陋，或旧无规矩，或为过客之馆舍，或为军伍之聚庐，借为设局，往来游宴……

二曰：立养士之法，以育人才……

三曰：设课试之程，以考行艺……

……

六曰：严教道之责，以劝小学……①

该策论旋即得到朝廷采纳。诸如武义县学荒废，税务官和铺兵占据校舍等事都得到纠正。王龙泽和他的幕僚们，奉圣旨将所有税务官、军人移于他处，重新修葺学校。一时间，婺州之地大兴县学之风，各色书院也相继兴起。王龙泽在至元三十一年（1294年）还为婺州丽泽书院（现金华一中）撰写"重修记"，卓有成效地推动了县乡教学。

---

① 龚延明《义乌历代登科录》，浙江古籍出版社，2014年1月，第83页。

王龙泽从政的精彩之笔在于亲临灾旱，赈恤救民。那些年，江南一带"又逢天灾和蝗灾"。

"（蝗）食禾稼草木俱尽。所至蔽日，碍人马不能行。填坑堑皆盈。饥民捕蝗以为食，或曝干而积之。飞蝗所到之地，百姓叫苦不迭。"①

为此，他心急如焚。即组织乡民筑巢引鸟，以鸟食蝗，同时禁止民间捉食青蛙。此外还"将家中一切卖光，连妻所戴之物都卖掉救民"。

当他与父商议卖房时，老父满脸愁容道："吾儿，祖宗遗产怎能变卖！卖之，吾辈宿于何处？"

龙泽意决："留间边屋能栖身即可，救民要紧。"

老父含泪应允儿子请求，后又说服妻子变卖首饰。妻子无奈，只能答应郎君之求。在王龙泽无私慷慨地捐助下，有很多深受蝗虫之害的江南百姓在饥饿中得到了拯救。

自减薪俸，余则发给下级。此乃王龙泽从政又一亮点。王龙泽常常思虑：吾任监察御史之职，月俸中统钞五十两②，而库子③以下月俸中统钞仅三至五两，相距甚远。而吾仅为出计动嘴之责，部属负出力跑腿之务，辛苦为后者，食禄则为前者，此官场之不顺也。

王龙泽倡导有民才有官，将其部下官员一律分级发放粮饷。官大少发，官小则多发，体贴民情。于是将己俸禄割舍大半，逐月发于吏员，一颗为民之心彰明较著。

---

① ［明］宋濂等撰《元史》卷五十一，中华书局 1976 年版，第 1108 页。

② 在当时，相当于粮食六十担。

③ 元代基层小官。

当你阅文于此，定会为他的作为所感动，所激励。一个旧时之官，当百姓遭遇自然灾害，生活陷于饥困之时，毅然变卖家财抚恤百姓，这在中国古代官吏史上听闻过吗？一个旧时之官，自己带头减薪，余则发给小吏，诚心诚意地体恤下级，这在中国古代管理层中见到过吗？这是一种怎样的情操，怎样的义举，怎样的爱民风范？王龙泽真正践行了从政之初的誓言。

赍志而殁

运命本来多奇谲，前程自古多鬼绝。心有情怀无所惧，一切随缘渡天哲。

世事反常，命运多舛。正当王龙泽年岁如日中天，事业如火如荼，名声一波响于一波时，公元 1294 年九月初九，在临安天目溪（桐江）乐平驿站，王龙泽不幸"被驿使桐江之害"[①]，江南行台监察御史遭遇命难。一个好端端之官员怎会遇害？是何因让驿使敢冒天下之大不韪，加害于堂堂朝廷命官？我百思不得其解。为此，我查阅"驿使"一词，即"古时传递公文之人"。传递公文之人与王龙泽无冤无仇，何因加害于他？是否谋财害命，是否受人指使？

木秀于林风必摧之，行高于众人必非之。王龙泽死有其因。他，苦学励志，为善济人，独占鳌头；他，勤政爱民，治绩明显，名声

---

① 《凤林青口王氏宗谱》卷二，第 52 页。

响亮；他，剪除豪蠹，建学上书，治蝗有功；他，卖房救灾，带头减薪，让俸下级，等等，皆让同仁眼红嫉妒。再曰，汉蒙同朝为官，异族相折，同僚相嫉，祸起萧墙。王龙泽死得突兀，死得无辜，死得含冤，他的死重于青山。为此，义乌《凤林青口王氏宗谱》中有诗赞云：

> 人人争溯状头名，
> 金殿胪传第一声。
> 自昔南台遗伟绩，
> 于今西坟拥佳城。
> 牛眠得地人原福，
> 鳌背登仙境亦荣。
> 墓志凭谁挥大笔，
> 吟梅词客许铭旌。[1]

王龙泽被害，官声却长留人间。一方百姓为失去一位清官好官而心情沉重。做官易，做清官好官难！但清官好官自留清白在人间。桐庐百姓为敬仰他、纪念他，奏为立祠于严滩之东而祀焉。青口馆、滩东馆，两馆相距百里，遥相呼应，成为人们思念之寄托。

丙申年（2016 年）夏，为寻滩东馆，我远程驱车，再拜状元，可惜它已毁于一旦。我徘徊于斯地，吟下《忆故人·思龙泽》一词：

---

[1]《凤林青口王氏宗谱》卷二，第 20 页。

刺股偷光，十年寒；心志坚，搏状元。琼林殿宴^①气浩然，雄心万丈远。

恨时运不梦圆。南宋灭，蒙元倏来。南台重振，倾心为民，为时咋晚？

2016 年 5 月 13 日完稿于杭州

本文原载于 2016 年 11 月 25 日《浙江日报》第 20 版。

---

① 宋代琼林殿上，皇帝举办的招待新科进士的宴会。

露易斯湖的追思

一次出国途中，我偶尔看到一本《人生必去的 50 个地方》的小册了。随手一翻，收录了中国两地：陕西兵马俑、北京长城。加拿大也有两处：尼亚加拉大瀑布、洛基山国家公园。

　　洛基山国家公园（Rocky Mountain National Park）位于科罗拉多州的洛基山脉，占地六百四十万平方公里，相当于大半个中国的面积。它北接北极，南至美国，东临俄罗斯，乃世界最大公园之一。

　　这片广袤之地群山万壑，千里延绵；峰峦叠嶂，峻险挺拔；峭壁悬崖，气势雄伟；绿白相间，湖水如镜；烟云万丈，氤氲袅袅。黄山无其伟岸，庐山无其壮丽，秦岭无其雄秀，九华无其延绵，大有一扫天下雄山之气，着实令人心醉神往。

　　它的地形复杂多变，并且自成生态体系，冰川、森林、河流、湖泊、温泉资源极其丰富，处处可见麋鹿、长耳鹿、土狼和大角羊等野生动物。其中，最让我向往的是洛基山麓迷人的湖泊风光。

　　多少年来，我一直想去观赏洛基山耸立的群峰、壮丽的雪山和奇异的湖泊。戊戌年（2018 年）夏月，终于实现此愿。

　　上苍对北美是眷恋的。洛基山脉就有五大美湖：梦莲湖、翠湖、碧吐湖、弓湖和露易斯湖。这些湖泊如一颗颗蓝色宝石镶嵌在崇山峻岭；像一面面镜子，与蓝天交相辉映；似一只只天眼，审视着人间的美丑与正邪。

五湖之中，露易斯湖最值得留恋。它坐落于洛基山脉中部，距温哥华五百多公里。从该国一号公路下来，沿着茂密的森林三转两转，露易斯湖就到了。

抬眼远望，湖周群山环抱，却不显狭窄；绿树拥簇，却湖光四射；纵深不大，却宁静悠远；面积有限，却气势非凡。湖正中峡缝顿开，如三峡飞流；门户洞开，冰川与白云相映，山峦与水色一体。面湖建有富丽华美的西欧歌德式城堡酒店。据说，酒店原来规模不大，1926 年因火灾毁于一旦，由太平洋铁路公司重新修建，才有了今天之样貌。它庄重大气，豪华精致；沉雄浑润，古雅灵秀；延揽四方，纳客过千。

那天，我来到露易斯湖畔，坐在被称为世界第一窗的歌德式酒店临湖厅，透过宽敞明亮的拱形玻璃，眺望窗外迷人的碧湖，追思着美湖的今天与昨天。

露易斯湖静静地躺在洛基山脉已有几万年，可是世纪轮回，无人问津。它望星空，观群山；吸灵气，吐云彩；托碧水，鱼游渊；输清流，发长叹，期盼世人顾眷，静候与世结缘。

1882 年，露易斯湖终于与世人见面。加拿大太平洋铁路公司工程师威尔笙先生无意间来到此地，一下被碧湖美景所震撼。他走遍加拿大海域湖疆，未曾见过如此绝美之景。霎时，他被深深吸引：翠绿静谧的碧湖在巍峨山峰和壮观冰川映照下，显得秀丽迷人。湖水因含矿物质，水色随光线强弱而变化。近看，湖水剔透见底；远看，湖面碧蓝如玉；俯瞰，水色因气而动，因亮而变，独特神秘。威尔笙以科学家的态度，对湖境进行了测量研究，发现湖长五里，宽为一里，长宽两相宜，绕周需一时，是一个天然的旅游胜地。因该湖像一块镶嵌在山峦深处的翡翠，故得名翡翠湖。

极致的名胜常常会用杰出的人物来命名。1884年，加拿大为纪念对国家做出过贡献的英国维多利亚女王的小女儿露易斯·卡罗琳·阿尔伯塔公主，特将此湖改名为露易斯湖。要知道，加拿大的阿尔伯塔省也是以公主之姓来命名。一个特级名胜和一个国家一级行政区划竟然会以一位公主的名字来命名，这是什么魔力的感召让人们对英国公主如此敬仰？她乃何方之神圣？

在追述露易斯公主之时，我蓦然想到中国历史上的刘解忧公主。她是春秋战国时期三代楚王刘戊的孙女。刘戊是西汉宗室，也是"七国之乱"的始作俑者之一。因为他的失败，解忧公主自然成了罪臣之后。

汉武帝为维护与西域乌孙国的结盟关系，将解忧公主远嫁乌孙和亲。解忧在西域生活半个世纪，经历三朝，嫁给三任乌孙王，参与政事，访贫问苦，不辞辛劳，积极配合汉朝遏制与粉碎匈奴的多次阴谋，平定乌孙三次内乱，为大汉基业立下汗马功劳，成了中国历史上十大公主之一，因此国人多有纪念。

各国历史常有异曲同工之妙。露易斯公主出生于1848年，从小聪明伶俐，天资尚高，性格外向，脾气倔强，向往自由，喜欢绘画和雕塑艺术，是几个姐妹中最具姿色和才艺的一个，也是最为刁钻任性的一个。

常言道，人出身不同，结局也会不同。十九世纪，英国皇室的后代不许和百姓之子共校读书，会专门聘请家庭教师为他们传授知识。但单一的家庭教育无法满足公主对知识，尤其是对艺术之追求。老师认为，露易斯有艺术天赋，请求批准她就读艺术学校。开始，女王怎么也不允，后经露易斯苦苦哀求，说服了女王。1868 年，她破天荒地成为英国皇室首位接受高等教育的公主，毕业后如愿做了一名艺术家，主攻绘画和雕塑。

露易斯公主生性好胜，天马行空，独往独来。女王为将其调教成一位温顺的女性，任命她为自己的私人助理，以便学习、熟悉皇室的典章制度，并为日后相夫教子打好基础。但公主的性格和行为，常常让女王难以招架。

1866 年，十八岁的露易斯已出落成亭亭玉立的皇家闺秀，比她的几个姐姐更加靓丽动人，每每行走于皇宫之中，皆不免引众人侧目。因此，女王便着手开始在欧洲大陆皇室为她挑选夫婿，获得相亲资格的有丹麦、普鲁士和荷兰等国的多个王子。但露易斯皆未动心，并发誓，绝不会与不爱之人相结合。

女王出于无奈，提出将公主下嫁本土贵族。如此，一可将公主留于身边，又可让她继续其热爱的艺术生涯。女王主意一出，众王室成员纷纷荐举，二十五岁的下议院青年议员罗恩侯爵，约翰·道格拉斯·萨瑟兰·坎贝尔因声誉较高，走进了女王视野。数月以后，经反复筛选、比较，女王同意公主与罗恩侯爵见面。

首次相亲，体面又热闹。因双方来人较多，担心人多口杂，罗恩侯爵并未尽情地展现自己的才华，因此也未能给露易斯留下深刻印象。首相威廉·优尔特·格兰仕顿得知后，主动向女王请缨，想撮合这门亲事。为使双方加深了解，首相邀请他们在首相府共进早餐。

奇雨晴方四月天，人间有味是清欢。英伦岛国四月天气多变，而恋人之间又常嫌时间太慢。

翌日清晨，首相府的早餐厅已布置停当，厨师们业已准备了丰盛的菜肴。

早早梳妆打扮好的公主，唇如胭脂、颜如冠玉、绰约多姿，似芙蓉出水，靓丽动人。当她带着随从抵达的时候，首相也早已在厅内迎候。看到相府内灯光柔和又绚丽，环境肃然而宁静，公主彬彬有礼地鞠躬致谢。而此时，西装革履、身材魁梧、风度翩翩、英俊潇洒的罗恩侯爵也已抢先一步到达了首相府邸。见公主驾临，他跨步向前，与其握手问安。随后，首相招呼两人面对而坐，一边用膳，一边聊天。一刻钟后，首相悄悄离座，给他们留下交谈空间。

露易斯此次见到罗恩，被他英俊高雅的外表深深迷恋。首相离开之后，他们从读书说到家庭，从当下谈到未来，越谈越投缘。

公主对罗恩侯爵说："人生在世，应争取三大自由，婚姻自由、职业自由、生活自由，不然就失去了活着的意义。"

眼下，她要效法先辈爱德华八世，为与平民女子成婚，毅然放弃王位，远走他乡，过上了自己想要的生活。她想，先辈连王位都可以舍弃，我难道连宫廷的生活都舍不得放弃吗？她如泣如诉地告诉罗恩侯爵："长期幽居于宫廷，就如骏马囿于公园，一辈子如此，怎能跑出人生的精彩？"

罗恩见公主坦露心迹，说话爽利，行事干脆，心存自卑地说："我出身下层，没有家族优势，一切靠自己拼搏。你跟随我，往后可能要吃苦受罪，但我承诺，会终身陪伴在你的身边。"

罗恩话语不多，但句句真情。公主听后甚喜，直道相思无了益，未妨惆怅是清狂。

于是两人双双捧着《圣经》立下誓言："爱是恒久的忍耐，爱不是自夸，不是张狂，不可使慈爱、诚实离开你，要系在你颈项上，刻在你心扉上，以至永远。"

然后，罗恩侯爵单膝下跪献花，向公主求婚。在王室成员的强烈反对下，公主心甘情愿地接受了请求。在王室规矩森严的十九世纪，一位公主想要下嫁给普通的侯爵，需要很大的勇气。正像《自由与爱情》诗中所云，生命诚可贵，爱情价更高。若为自由故，两者皆可抛。

1871年3月，露易斯公主与罗恩侯爵顺利成亲，婚后继续保留了公主殿下的称号。

罗恩是幸运的，他是英国对外殖民统治的受益人。1759年，英军占领魁北克，从此加拿大成了英国的殖民地。1840年英国工业革命之后，更是凭借自身实力不断地实行对外扩张，通过各种经济、政治手段入侵世界各国，甚至各地的总督任命也由王室掌握、操弄。1878年，英国首相威廉推荐罗恩侯爵任加拿大总督。

罗恩侯爵接到委任十分兴奋。虽是自谦无功，感谢殊恩谬赞，但他的内心仍渴望早日赴任，同时又担心公主不允。实际上，公主比任何人都渴望低微的丈夫能够得到世人认可。她闻悉此事，不但不反对，还极力支持丈夫远任他乡。她要兑现自己的诺言，忍痛放弃优越的皇室生活，离别故乡，漂洋过海，远赴枫叶之国，成就夫婿事业。

不知是老天的安排，还是有意考验。公主夫妇乘船从利物浦走马上任，经过几天几夜的航行，轮船驶进温哥华海域时，不幸遇上了风暴。一时间，海面狂风大作，暴雨如注，天昏地暗，很有乌云压船船欲裂，剑刀挡水水更急之势。一阵阵巨响，三根船桅折断了两根，大家慌张起来。这时，富有经验的船长拳头一挥："女士们、先生们，不用害怕，我来掌舵。"只见他操起舵盘，不慌不忙，沉着应对，一会儿向左避开巨浪，一会儿向右冲出浪底，船只劈波斩浪，奋勇向前，一次次化险为夷。经过一个时辰的搏击，他们终于驶进码头，成功入港，逃过了一劫。

夫妇怀着异样的心情，踏上了这片神秘之地。

一上岸，即被北美的山川风物深深吸引：此地没有英国城市的繁华和喧闹，但有一望无际的辽阔与壮美；此地没有英国机声隆隆的繁忙景象，但有大片土地值得垦荒和种植；此地没有英国人的儒雅和绅士风度，但有土族人的朴素和诚实；此地没有英国文化的古典和厚重，但有枫叶之国的风情和浪漫……他们深深地爱上了加拿大。

不日，他们就开始巡视各地。

历史告诉我们，十九世纪的加拿大交通十分落后。1871年，政府为贯通东西交通，促进经济发展，决定修建贯穿东西的大铁路，于是在广东、福建一带招募了大批华人劳工。新晋的坎贝尔总督到任时，正值铁路建设如火如荼之际。他来到班夫小镇视察，看到了上千号华人正夜以继日、不辞劳苦地筑路劳作，这让他十分感动。他想，自己正值年轻力壮，精力旺盛，可以一展抱负，像华人兄弟一样，为国家建设助一臂之力。因此，坎贝尔总督在加拿大任职的五年，也是他投入铁路建设一展宏图的五年。

从此，总督夫妇一个投身政务，一个负责为夫婿出谋划策，为民谋益。

露易斯是一个有向往和追求的人。为了让加拿大更多女性实现经济独立，她主动赞助培训机构，设立多项适合女性的项目，让她们能够掌握至少一项技能，从而在社会上得以谋生。

她为当地家长提供经济援助，为困难子女提供上学帮助，为此不惜到处筹措资金。

她充分发挥自己的艺术优势，每到一处就设法提升当地的文化档次。她筹办艺术展览，展示当地艺术家的作品，帮好作品寻找出路。

她根据加拿大缺少本地文化，以及与世界文化脱钩的状况，千方百计协助设立了皇家艺术协会、国立美术馆和美术学院，使加国整体文化艺术水平得到很大提升。

露易斯不但精通绘画和雕塑艺术，还能说一口流利的法语。她经常驱车千里到魁北克等地为民办事，为民疾呼，深受民众的拥护与爱戴，在该国产生了很大影响。

世事常常捉弄人。1880年冬天，加拿大雪灾肆虐，大雪封城，人们寸步难行，马兽难以跑动。露易斯从总督府乘坐雪橇到议会大厦参加会议时不幸翻车，这令她身受重伤，几乎丧命。经过及时救治，她虽然侥幸保住性命，却留下了头痛的终身后遗症。在治病期间，她深深地惦记着远在大洋彼岸的亲人们，心中感激女王母亲和父亲对自己宽厚和慈仁。她脑海中常常闪现着自己及笄之年在母亲身边戏耍的情景，耳中常常振响着嘉德骑士团的悦乐之音，还有"心怀邪念者蒙羞"的宫廷名句，一直激励着她在人生路上不断前行……

1883 年，因种种原因，露易斯与自己的夫婿依依不舍地永远离开了生活、奋斗数年的加拿大，这是一个他们真正热爱并留下了殷殷足迹的国度。

我想，一个地地道道的公主能够放下身段，下嫁平民；远离母国，捍卫职责；吃苦耐劳，一生从善，确实是值得后人敬佩。

我静静地端坐于露易斯湖畔，孜孜地梳理着公主的不凡人生，品味着枫叶之国的湖光山色。此时的露易斯湖啊，再次让我感动。它幽居深山，变化万千，殷接千里之客；它承载着公主奇异之故事，让其名扬四海；它也让我手中之笔记下美湖的四季之彩：

露易斯湖的夏天唷：时雨时晴雾蒙蒙，忽见碧水荡漾中。雄山夹击浪击岸，一柱冰雪碧湖融。

露易斯湖的秋天唷：湖中倒影万山木，峡门映照白与红。岸上人游暇不接，万国宾客齐会众。

露易斯湖的冬天唷：山湖冻雪连一线，蓝天似水水映天。千里冰封无人迹，美湖寂寞声声叹。

露易斯湖的春天唷：冰融雪化湖露脸，春日来迟花嫌晚。千呼万唤露易斯，加国众民齐思念。

碧湖有缘更名称，白云无惧绕雪山。露易斯是一位真正的女性，她有性格，有追求，有理想，活出了洒脱，活出了自由，活出了精神，活出了情怀。

如今，露易斯公主之事迹与该湖交相辉映。她如骏马配上金鞍，美人戴上皇冠，驰名于加国大地。即是在这人烟稀少之处，人们也因湖光山色千里奔来，因情有独钟而流连忘返，并争相传赞着公主的故事。我虽然急匆匆而来，又急匆匆而去，但面对露易斯湖的美景、美名，以及它的种种传说，不但感受到了加拿大人民的这份衷情，也感受到了他们对露易斯公主的爱戴，以及对社会做出贡献之人的由衷景仰。

行文到此，我忽然想起路上的情景。加拿大政府为展示其历史功绩，沿途增设了大铁路修建的纪念设施。遗憾的是，他们对当年数万华工参与修路的巨大功绩视而不见。为此，一百多年来，华人后代百折不挠地为祖爷辈要权益、争名誉，奔走呼号，但至今未有一个公正评判。

此种行径，与政府对露易斯公主的嘉誉相距甚远。同是外国人，同为加国事业辛劳而作、成就斐然，最后却毁誉不一，冰火两重天。这岂是一个西方大国的胸怀？于是我写下：

> 人类本是亲一家，
>
> 黑白人种共天下。
>
> 万湖创业乃稀贵，
>
> 功过怎无后人嘉？

2015 年 12 月 18 日

书 艺 悟 道

清明时节，洛阳郊外的空气格外清新，我下榻的薰衣草庄园温泉客栈更是一片舒心宁静。难得来此，本想从容起居，欣赏卯时的中原风情，因参加"'浙商杯'纪念关公诞辰1857周年全球华人书画大赛"活动，即与同仁们早早赶往洛阳城。

　　书画展活动于洛阳艺术研究院举行。我带着期盼，步履匆匆来到馆址。举目前望，花团锦簇、五彩缤纷，高雅之气扑面而迎。我被馆内的书画所吸引，万万未曾想到在洛阳举办的此届书画赛，大有国展的架势、顶级的气氛。其作品装饰得如此之雅，阵容如此之大，艺术水准如此之高，真让人震惊。洛阳人做事真大气，一个书画展被他们轻轻一办，即做成了一流档次，一流水平，一流之风韵。

　　我与怀忠先生辗转于展厅，仔细地品读来自全球各地的获奖书画作品。一篇篇笔力到位、一丝不苟，又不失传统的楷书让人欣赏十分；一张张潇洒自如、笔到意张，又有羲之气韵的行书让人惊喜无限；一幅幅飞动自然、惟妙惟肖，又蕴含着吴道子之风的牡丹让人敬佩之至。观赏着布置整齐、有条不紊之作品，使人感悟到河南人，尤其是古都洛阳人的高效实干和真诚开放的情怀与胸襟。

　　我因受邀在开幕式上演讲，向艺术家们叙说了一个个久远的故事，讲述了我与洛阳的书道情分。

洛阳自古是帝乡，更是国人向往的旅游之城。此地曾是华夏十三朝古都，从夏商到后晋，两千多年的历史风云，上演了一曲曲波澜壮阔、威武雄壮、精彩纷呈的历史话剧。

光武帝刘秀图大谋，避三舍，独青睐，定都洛阳；隋炀帝向往江南，首开运河，造福黎民，名声彰显于后人；李世民身居秦王府，胸谋天下事，南北征战功勋卓，贞观之治兴大唐；武则天艰难角逐，勇挫群雄，力展一代女皇的胆识与风姿；李隆基宠爱贵妃，妄信奸臣，给唐朝中衰埋下祸根。

洛阳啊，洛阳！你是中华民族曾经的心脏，你承载了太多灿烂与辉煌，也为后世留下了太多的忧思与惆怅。

洛阳不仅是个英杰之地，也是文人之乡。杜甫、白居易、刘禹锡都长期来此创作，谱写了一曲曲时代之篇章。

历史上，中国书法界的楷书四大家，就有三位在洛创造了不同的风格，在中国书法艺术高峰留下永不磨灭的身影。孙过庭胸怀大志，博雅好古，长于草书，笔势坚劲，所著《书谱》光芒照人。草圣张旭、怀素，他们出身虽然卑微，或任县衙小吏，或出家为僧，在经禅公务之暇，爱好书法，二人几乎同时登上中国草书的艺术巅峰。

对洛阳我情有独钟，对洛阳我更敬重几分。

夜深了，我冒着蒙蒙春雨，踱步在洛阳丽景门的老街上。丽景门是一座欧式的城堡建筑，雄伟壮观，令人肃然起敬。丽景门的东头是一条古街，至今仍保留着旧时之式样，虽是陈旧，但也热闹熙攘。我移步前行，在那一片片唐宫的废墟中，竭力寻找着中华民族的不灭神韵。在那风雨激荡的岁月，我宛如悉闻欧阳询平正险绝、端庄雄伟的欧体风韵；悉闻颜真卿刚正不阿，面对强敌视死如归的形象和他雍容华贵、气势遒劲的一代书风；悉闻柳公权法度森严、骨力劲健，且有民族脊梁风范的柳骨之蕴。这些书法大家的为人、为书，一代又一代地影响着华夏族人。

中国的书法和中华民族相依为命。自从仓颉造字，开创文明之基，汉字即为世界各民族文字中唯一可成书法艺术书写的独本。它起源于殷商西周的甲骨与金文，嬗变于春秋战国的人小篆书，发展于东汉的张迁和曹全碑刻，完善于三国东晋的钟繇与王羲之，兴盛于唐代的欧、颜、柳①及草圣怀素、张旭、孙过庭，传承于北宋的苏、黄、米、蔡②，集成于元代的赵孟頫，变法在明清的王铎、邓石如和金农。五千年的不懈探索，精益求精，千锤百炼，永不休止，书法艺术乃成中华文化之核、民族独特的文化奇葩。

然而，它却阅尽沧桑，饱经忧患，起起伏伏，与中华民族的历史同舞共振，一度从高峰跌入低谷。如今它在绝处逢生，又从低谷向高峰慢慢攀爬，走过兴兴衰衰的曲折历程，实现了书法艺术的回归和复兴。

戊午年（1978年）改革开放后，中华书法又重燃复兴，举国上下书协机构如雨后春笋，学书之闸霎时顿开。

一时间，孩童学书、青年学书、壮年学书，老年也学书。一时间，

---

① 指著名楷书大家欧阳询、颜体楷书创始人颜真卿、柳体楷书创始人柳公权。
② 指北宋著名书法家苏东坡、黄庭坚、米芾、蔡襄。

纸上书、墙上书、网上书，广场地上用水书。一时间，楷书展、隶书展、草书展，各种字体皆在展。一时间，纪念名人书法赛，兰亭圣地办大展，全国书协省轮展等，各种赛展接踵而至，异彩纷呈。如今，中华大地的书法热、绘画热持续升温，一片热气蒸腾。

我们这一代人对书法更是如痴如醉，倾注心身，虽然经历了时代的磨难与震荡，但为书法与梦想，仍年复一年地执着坚守。至今我仍忘不了刚上学时母亲教我练书法时的告诫：

"字是人之门面，写得一手好字，在人前形象自然高大。"

她还叮嘱，"练字要刻苦，专注比聪明更重要。不吃苦中苦，难做人上人。"

是啊！学书法，要静下心，耐寂寞；沉住气，守孤独；讲专注，不求多；精至诚，终成功。

于是，几十年我常怀律己之心，视书法和写作为生命，是心灵对话的知音。起初的拙作促我努力勤奋，故而从故乡蒲塘练到杭城钱塘，从校外粗学到国美精学，从炎炎酷暑练到三九寒冬。为惜时，我舍不得应酬玩乐；为惜时，我舍不得节假休整；为惜时，常放弃远足旅行；为惜时，很少陪伴家人，恨不得一日掰作两日用。在追夺光阴上，我将时间之弦始终绷紧，夺回许多个春夏秋冬，因此方有当下大的作品。

高山有仰止，书艺无止境。累年习书，我体悟到学书之真谛。

笔法。一笔一画看似简单，却执、使、转、用[1]境无垠，中、侧、

---

[1] 唐代书法家孙过庭在《书谱》中指出："执谓深浅长短之类是也；使谓纵横牵掣之类是也；转谓钩环盘纡之类是也；用谓点画向背之类是也。"

逆、拖、裹①，线条见苍嫩，云积点画乃成形，冰冻三尺显其功。

字法。方块汉字看似易写，却比例疏密求对称，避让似桥担，参差乞呼应，横细直粗巧搭配，或长或短四出锋。

墨法。焦、浓、重、淡看似易调，却一方浅砚池墨深，楷书拟浓墨，行书干中渴，草书肆意如飘枯，彰显个性舞书风。

章法。谋篇布局看似易懂，却变、均、奇、稳②诀无穷，五合③一交臻，神秘方凛峻，浩瀚书海逐波涛，神奇神圣见精深。笔法字法墨章法，"四法"齐胸映彩虹。

书法，也是一种大众艺术，它不分男女，老少皆宜；不分贫富，一视同仁；有爱则恋，有心则恒。书法是一种交流艺术，在切磋中交友，在展览中结朋。当说书艺皆为友，海涯天南艺通幽。书道无企图，学道无纷争。

书法更是一种悟道。

书之道，乃悟难之道。书之难，难于上苍天。天梯路，猛志添，能书者，百事亦能圆；

书之道，乃悟艺之道。书之艺，艺在苦探寻。日重复，月打磨，少见长，魅力诱无罄；

书之道，乃悟心之道。书在心，杂念心无分。洗铅华，舍得失，甘寂寞，精魂归于零。

---

① 指书法中的中锋、侧锋、逆锋、拖锋、裹锋五种运笔方法。

② 指草书创作中的变化、均衡、奇险、平稳几种状态。

③ 唐代书法家孙过庭在《书谱》中有云："神怡务闲，一合也；感惠徇知，二合也；时和气润，三合也；纸墨相发，四合也；偶然欲书，五合也。"

从政者，在学书中修炼正直与慈仁；从商者，在学书中修炼坚守与灵动；学问者，在学书中修炼节操与创新。人生归宿诗书画，后世留声乃文章，此乃学书者的天缘与机运。

洛阳书展，我身临其境，感触颇深。它虽未大张旗鼓地宣传炒作，但像一股清流在无声涌动；它虽无主流之音的青睐，但仍不失传统艺术之风范；它虽被"牡丹节"气势所掩盖，但书香弥天，光彩无限，像一束文化之光照射星斗。

洛阳书展，我油生敬重，感慨悠深。它又一次绽放中国传统文化的绚烂之光，重现博大精深；它激起一种兴奋和冲动，让人增添一股学书之力量，让人声声呼应时代书法之召唤，让人深深领悟中华书道永远不灭的嫣然妙韵。

2012 年 5 月 5 日于洛阳

神 韵 的 故 乡

◎ 蒲塘之魂

◎ 祠堂风雨

◎ 楼堂遗风

◎ 文武春秋

◎ 古村新韵

人人都有故乡，我的故乡与众不一样。她水秀而山明，龙蟠而虎踞，右携南山，左吞西畈，狮龙怀抱，骑丘而建，是饱藏风水的燕窝凼；她底蕴深厚，人才辈出，故事众多，气韵悠长，是文化传承的好学堂；她楼宇比邻，雕梁画栋，街弄相交，八面通衢，是繁衍生存的好地方。村民们千年来勠力同心、文昌武曲、锲而不舍、砥砺奋进，屡屡创下辉煌。

蒲塘之魂

杰阁威严镇妖魔，清塘荷下有神人。

故乡是我心中之丰碑，悠悠之磁场。多少年过去，我对故乡的怀念越来越深，越来越切，这颗心如星星银光闪烁，像月亮阴柔和顺，似太阳灼热激奋。故乡乃一本百读不厌之宝书，一片永飘心中之彩云，一支吟唱不完之韵歌。

蒲塘，乃以凤林王氏后人为主体之村庄。凤林王氏先贤王彦超是北宋开国功臣，"杯酒释兵权"中之大将。与赵匡胤打下北宋天下后，辅佐皇政，殚精竭虑，忠君爱国，功标青史，为世人敬仰的大将军兼中书令。苏东坡写诗赞扬过他。

王彦超生性慈仁，不恋权位，不谋私利，向往田园。公元983年，他率家从河南开封迁至浙江，至今已繁衍近五十万之众，在政军界、教育科技和商界诞生过许许多多精英：北宋有大理寺卿王槐（塘神）；南宋有宰相王淮，皇上谥封其曾祖父王本、祖父王登、父亲王师德为一品官，成名噪江南的"四世一品"之家；宋代理学家王柏、状元王龙泽、明代民族英烈王祎；共和国现役将军王林海、王孝通等。从古至今，尚书侍郎、进士和当今博士、教授、工程师数不胜数也。

凡人，久居一地，难免遭遇天灾人祸之困。考其村史，蒲塘王氏乃义乌下强凤林十一世裔孙王世宗，由太学出宰闽之罗源，解甲归田，因水患自下强卜迁金华文星栗山之阳（1140年），裔孙王遁又从栗山迁徙蒲塘。

"蒲塘之地，左右回顾，端拱钟灵。自齐云山而发脉，由白檀山而转折，起之奇般须鱼界……郡塘水会合交结之明，积道山乃为西障，长庚溪是日东流……尖峰山是为前案，清塘山乃是后屏。诚万世无疆之地，为千古不易之基。"①

村祖选此塘为址，因有泉水，靠山面北，风水极佳。后塘生蒲草，故曰"蒲塘"。

蒲塘先祖王遁，风志世高，隐居不仕，于文章得名。南宋状元王龙泽在其墓志铭上书云："垂念吾先君，操行蹈古人。风志高一世，

---

① 《凤林王氏宗谱》卷六，第91页。

而乃赖志以逝，奚忍没后之无闻乎。"

王遁不屑于仕进，囊括琴书，行商于都下，馆阆阛门。如有王姓尝贷银两，至死而不求索回。无力偿还之，即烧其借据，品行何其高尚！

凤林王氏裔孙王世宗、王遁迁址栗山和蒲塘后，世代子孙不辞辛劳，艰辛创业，曾出现过三次辉煌：

首次发生在始迁栗山之初一百多年，小小村庄出了六个知县，四代人创造了"官宦世家"之荣耀。

其次，在明末清初一百余年，百姓创业劬劳，首修王氏宗祠、宗谱，建造起"一阁四寺四庙十堂楼"的古建筑群落，出现"孝义淳辉"之繁荣景象，省县官府累计下帖表彰三次也。

晚清至民国近一百年，开创了"民国风光"。蒲塘人强势崛起，使其成为婺东名村，富甲一方。

戊戌年来，我常回故乡。每年暑期给澧浦镇小学、初中之贫困生、优秀生发放助、奖学金，以尽在外游子之衷情，也顺便回乡看望。

如今，故乡的新公路已直通村口，村牌楼筑于金义南线积道山下，大路左右二转直面下清塘。矗立于下清塘畔的，是全国仅有二座的双星阁之一，其红墙黑瓦、飞檐翘角、巍然屹立、气势不凡。双星阁顶之葫芦如钱塘保俶塔昂然挺立、睥睨天下、傲视苍穹。少年时，我常在双星阁内戏耍。阁内大厅供立美髯公，阁楼敬奉文昌帝，一阁之内供奉文武双神，寓意着村人奉行文武双全之道。

蒲塘之地传奇多多，因村上乌鲤精作怪，遭遇几场大火，被焚烧一尽。为此，先人移址于此，特造双星阁，将乌鲤精头镇于阁底，身段压于上清塘,尾巴锁于后卑塘,此乃传闻也!双星阁建于此,因村势而定:一为村廓不外露,遮村之形,延揽风水;二设之以为屏障,欲治婺江水患。奉化溪口双星阁建于溪边,以势拦水,水阁相映,为镇添景,两者有异曲同工之妙。今日,蒲塘双星阁已成市级重点文物保护单位,乃故乡一景也!

蒲塘村史上,无论是双星阁,或是上下清塘,都隐藏着诸多奇异之故事:当年,朱元璋战事失利,逃至蒲塘,正好元兵赶到,他跳入上清塘,躲于荷叶底。

此时,恰巧让八哥鸟看见,连声叫道:"皇帝躲于荷叶下……"

元兵挥舞大刀向荷叶横扫而过,顿时鲜血满塘。追兵以为朱元璋已死,便打道回府。殊不知,此乃塘内荷花仙子显灵,荷茎一断,"血水"喷涌。

朱元璋爬上堤岸,怒对八哥道:"你嘴太多,多长两寸舌头吧!"

此后八哥要想学人说话,须先修剪舌头。此虽传说,但上下清塘之藕却长得非凡,每逢农历六月,百亩塘荷争相怒放,红白紫绿芬芳吐艳。在荷塘两侧,一边吊桥凌空,微风飘荡,骑荷而过,浸入心房;另一边是曲桥穿荷,拥簇荷香,若隐若显,境比天堂。荷塘边,常有一队队身着旗袍之女子,走秀于荷花丛中,曲桥之上。女映花,花衬女,尽显婺女大气多姿之风韵。

还有上清塘那条千年塘堤已改长廊,它玲珑剔透、精巧美观,村民们于此宜闲宜唱,岂不快哉!塘西角本有棵千年枫杨树王,合围七八人,乃村史见证。这棵树王老了走了,五十年前,村民重栽的枫杨树又已参天,形如伞盖,长势蓬勃,遮住半天,已成村庄标志。

祠堂与清塘两两相映，一古一秀好不美哉！与之相比，也许朱自清的《荷塘月色》也会在此羞叹吧？

难怪乎国家政协一主席见此景，即吟诗道：走遍江南千百村，唯有此庄印记深。水境人荷赛瑶池，疑是人在月境中。

蒲塘之魂在于塘。村周之塘三十多，塘塘相接，屋塘相连，奇塘孕杰，水镇妖魔。先民们以水为本，与塘相居，春积雨水，夏食藕莲，秋养珍珠，冬抓鱼鳖，塘魂人影，浑然一体。

祠堂风雨

古祠历来多磨难，劫后重生更精彩。

我到过世界各地，游过名山大川，访过名胜古迹。西方人以教堂为荣，中国人以祠堂为豪。祠堂乃中国人之创造，它存放着先人灵位，记载着祖宗荣光，展示着祖规家训。宗祠乃各姓氏人心中之寄托，是人们置放心灵和祭拜先祖的地方。

祠堂一部史，家国半个梦。不同时期，祠堂有不同之遭遇，但无论如何，总会有人义无反顾地保护它、振兴它，让传统文化光大发扬。

蒲塘祠堂建于明代，王遁之六代孙王敏及其儿孙善行孝义、德行于民。王敏一生倡建祠宇，首镌谱牒，不遗余力。

儿子景文、景明、景奎皆是大义大孝之人。长子王景文乃"好义捐金"者也。古时，灵山寺业已荒废，他以百金索回，请来和尚重振寺风。

二子王景明"敛积以公，官无逋负，上下均誉。每得菜果时新，必先献之于二亲，然后取食"。

三子王景奎"家多蓄积，尚义好施，托孤幼，代赈济，洵世之义士也"。万历戊子年（1588年）大旱，赤野无收，十室九空，乡邻难以生活。他令家人吃薄喝稀，将百余石粮，按需分给贫者，让其渡过饥荒，受到官府嘉奖，创造了村史上的"孝义淳辉"。

王氏祠堂原建于下清塘西，因祭祀不便，公元1681年，王之绎率众重建移至今址。

当时，重修资金不足，王熺礼之妻方氏毫不犹豫地用多年做裁缝所赚积蓄，买下八根合抱大石柱，捐献于祠堂。其后，她又捐助村小学金银三百四十块，续建大塘桥凉亭一座。此善行获清朝中央政府三等金质嘉禾勋章。一位女子不输八尺男子，行善事为公益，克自身从大爱，高尚无私，气度非凡。后来，她所捐八大石柱历经百年风雨，始终昂首耸立。她高尚的情怀，至今让人肃然起敬。

道光年间（1821—1850年），祠堂重修后，从清代到民国，再到改革开放，历经磨难、饱经风霜。蒲塘因地势隐蔽，五十年代祠堂用作国家备战粮仓，祸兮福之所依，祠堂因此避过一劫。直至二十世纪九十年代重见天日，被列为金华市重点文物保护单位时，已断垣残壁，梁栋腐坏，千疮百孔，摇摇欲坠，让人痛心不已。

此时，一位身材修长、形体消瘦、精神矍铄之人站出来大声疾呼："祠堂必须抢救重修！"此号召得到朝龙、小青、克俭、标能等村民竭力支持，在外的乡贤亦热情关心、百般拥护、积极参与。

一时间，人们奔走呼号、群情激动、斗志昂扬。修祠书信广为发散，告急事、书真情、盼支持、求援助，调动各方力量。一时间，有钱出钱，有力出力，有智出智，家丰者千里迢迢汇来资金，遥寄祝贺；家贫者拎着老母鸡来代替，做义工来补偿。

在捐款之会，我见一位长者驼着背，弯着腰，脚步踉跄，双手捧着一袋一分、五分聚起之零钱，走上讲台，老泪纵横，满怀激情地说："我家贫，无积蓄，就这些，献祖宗，尽我心焉！"

此时，我一阵心酸，热泪夺眶而出。蒲塘唷！有这般诚民，何事不成乎！在修祠修谱、重建本保殿、财神殿及其他项目中，国益、顺根、秀辉、美飞等五人慷慨解囊，各人捐款三至六万元；捐两万多元有希凌、建密、宗平、旭斌、方国伟、朱晓红等人；捐一万元有十四人。在这些人身上，我又看到了蒲塘的新希望。

为使祠堂提升品位，我也尽微薄之力，多方协调，筹集资金，购买和求得国家、省顶级书法家朱关田、王冬龄、刘枫等楹联多副，用于祠堂补壁；克俭、胜年八方寻找古匾额和先贤遗像四十多幅，请画师木匠还原古时旧貌，让祠堂重现昔日辉煌。各星族朱刘方张赖氏也同心协力，一表衷肠。你可见过，在蒲塘山背的修祠活动中民众喷发出这般激情、这般能量！

在缕缕行行修祠人群中，几位长者受人尊敬。

干胜年者乃热心公益事业之人，村内事铭记于心，倾力而为；他从修双星阁至修祠堂，重建本保殿至财神殿，一次修谱至谱书再续，四季如一从婺城寓所乘车到蒲塘，早出晚归，自带午餐，往返奔波，风雨无阻，日夜操劳，付之心血，为蒲塘古貌绽放新彩做出了大贡献，在民众中树起榜样。

浙江省劳模王小青告归后夫人遇车祸，瘫痪于床，自身又患癌症。但他坚持参与修祠，清晨一碗药，中午一碗汤，还照顾妻子，日复一日，从无怨言，默默无闻地为公益事业奔忙。

王克俭教授慈祥敦朴，做事专一，身有多病。但为宣扬家乡，随叫随到，从不推辞，用三年之时写出《文昌武曲写春秋》蒲塘历史研究之书，为古村落文化传承呕心沥血。

他们敬祖奉公、急公好义、行善积德之举影响和感动了全体村民。

而村民们被激发出的力量，也让沉睡的祠堂吐气昂扬。宗祠规模虽不属最大，但其传承性、精致度、影响力在浙中赫赫有名，中央电视台因此几次播放。

瞧！祠堂外，抱鼓守门，雕阁临风，气象不凡。

祠堂前，枫杨参天，水波涟漪，藕菱飘香。

祠堂内，名联悬挂，四壁生辉，风致激荡。

祠堂壁，贤像陈列，精神抖擞，气宇轩昂。

祠梁下，文匾武额，满宇林立，气浩楼堂。

祠墙上，宗规家训，昭示后人，韵透高墙。

好一个省级文物重点保护单位——江南名祠！

中国前外交部部长李肇星参观后叹曰："祠堂做至这般经典，这般精致，这般风韵，可谓是祠中名堂。"

祠堂重修推动其他古建筑重建。己丑年（2009年）、庚子年（2020年）二次修宗谱，辛卯年新建上清塘长廊和部分古楼，癸巳年重建本保殿、财神殿，丁酉年（2017年）打通村北大通道，庚子年修古建筑十多幢，使古村之貌焕然一新——蒲塘正以崭新风貌耸立于积道山麓，响亮于婺江两岸。

楼堂遗风

百年基业谁坚守，不倒楼宇方见长。

古建筑每次整理修葺，让我懂得古文化传承之迫切；家乡每次征询恳谈，让我领会乡亲们恩宠与期待；村里每次喜庆祭奠，让我吸吮无穷无尽之力量；故乡每次量变涅槃，让我深感生于省级文化示范村蒲塘之幸运，长于全国文明乡镇澧浦之光彩。

在来来往往乡情路上，我渐渐地读懂先贤、读懂乡亲、读懂故乡。

蒲塘人向来敬天敬地敬祖宗，在治家创业上也是不畏劬劳、摩顶放踵。王氏十一世祖王敏开创的子孙三代近百年的"孝义淳辉"，带来蒲塘明末清初兴建寺庙楼阁之大热潮，创造了"一阁四寺四庙十堂楼"的群体建筑，让村民引以为豪。

"一阁四寺四庙十堂楼"：一阁，双星阁；四寺，灵山寺、定真寺、乾峰寺、金蓉寺；四庙，本保殿、财神庙、楼家庙、庄头庙；十堂楼：三省堂、五分厅、九如堂、堂楼下、元房堂楼、小九间堂楼、学堂堂楼、初等小学堂等（现仍存二万多平方米）。一普通之村，千号之人，以几代光阴，活脱脱地造出如此多楼堂庙宇，怎不让人称奇，怎不让人震惊！

关于此，乡人纷纷有传曰：古时蒲塘地下有宝藏，此宝乃明朝开国元勋刘基随皇帝朱元璋打天下时所藏。为防日后忘却，当年，刘基写下两份字据，一份交朱元璋，一份自保。未料想交朱的没多久即烂，而刘基这份却代代相传。

风雨过后，一天，刘基儿孙背黄旗来寻宝，徘徊间被先祖大任撞上，走近问："先生匆匆，寻何物？"

来者反探问："此地可有一棵白果树？"

大任暗中吃惊——原来此地白果树正被一大堆稻草垛掩，这一定大有文章。便随口而答："此地从未种过白果树。"

来人失望而去。当晚，大任唤来伙计挖掘，寻宝无数，在村中连造九堂四寺。

古传不可全信，朱元璋率军打下婺州城却是史实。1352年，朱攻下婺州，养精蓄锐，欲取临安。随之，也引来安徽老乡来婺州淘金。安徽人能吃苦，有技能，卖唱闯码头，见多识广，给王大任带来福运。他与凤阳妻子一起种植蓝草，经营靛青生意，几年后生意红火，积蓄了大量钱财，选择在村南造起大楼堂。

正在楼堂开工建设如火如荼之际，一义乌富豪路过，见厅基如此之大，料三五载难以建成，便出冷语道："五年之内挂栋，送元宝恭贺。"富豪断然没料到，厅堂翌年即上梁挂栋，只得忍痛怀揣二两银锭来祝贺。赴工地一瞧，每根橡木下皆挂着"五两束腰锭"，羞得不敢拿出贺礼，当即写下"多富、多寿、多男"祝词欲走。

大任忙拽住请上酒席说："多富则多事，多寿则多辱，多男则多累，不如改为如山、如阜、如陵、如岗，如川之至、如月之恒、如日之升、如松之荫、如山之寿吧！"

那富豪羞愧难言，撕了祝词，改成"九如"词。大任所造楼堂亦取名"九如"堂。

九如堂历经风霜雪雨，眼下仅留一石墙门，其余已倒塌不在矣！我小心翼翼地踏进九如堂旧址，旧基上已挤满矮房，不堪入目，不禁感慨万千：是岁月无情，或朝代更替？是楼宇不固，或后人无能……啊！我期望有一天，九如堂，如岗之厅重新站立；我希望有一天，九如如愿，如月之恒，光耀再现！

九如堂倒了，三省堂、元房厅、五分厅等二十多幢古建筑却依然尚在，分布于村之东西。

三省堂建于明末清初，长方形布局，两进三开间，房主取名"三省堂"，意在告诫后人应"三省吾身"，日日警省，寓意深刻。还有五分厅，清雍正年间落成，砖木结体，一门楼、二厅堂、三堂楼，房屋互通，四周开门，门前放麒麟，一方一圆，隐含文武双全之意。

这些楼堂因地制宜、顺势而建，具有婺州与徽州建筑艺术相结合的特点。其门楼采用磨砖与雕砖工艺，大小不一的砖面组合，形成线条明快简洁的古建筑特色。门楼间浮雕各异，人兽相间，双狮戏珠，麒麟嬉闹，惟妙惟肖，栩栩如生。厅堂楼宇挤满村庄，村之路五纵六横，宽窄相间，纵横交错，宽处可行车，窄处要侧身，一夫当关，万夫莫开。

兴衰乃历史使然，崛起方王者之道。我观览于楼堂宇间，细细品味着历经风霜的雕梁画栋，还有那些被绿色青苔咬住的雕砖。这些雕砖每块都镌刻着岁月的印迹，都飘散着昔日的云烟，都流淌着文明的沧桑。这也是多少代人留下的文化遗产，它已很难记清建造的主人，但却为后人提供了千年庇护之荫，为古建筑的丰富增添了另一种样本，为民族文化的传承献上了浙中大地的婺人之心。

我对故乡古村、古屋、古树、故人和故事有着特殊感情。千百次回乡之路，走不尽我对家乡拳拳之心；千百次家乡酒宴，享不尽我对家乡土菜之垂涎；千百次清明扫墓，道不尽我对亲人的无限感恩；千百次"豆蔻"相聚，说不尽我们当年的壮志豪情；千百次家乡离别，割不断我对故乡一片衷情。

故乡就是伟大的母亲。古村印记着我的情愫，它日久弥香、越来越醇。我们要努力呵护与坚守，让子孙后代抬头看得见绿水青山，低头看得见古屋禅院，出门听得见乡亲的嘱托，心中留得住乡愁的思念！

一方水土养育人，少年印记贯终身。故乡情引胜磁力，行走千里总归程。每当我身在异乡，总是感悟多多：岁月越长，怀乡之情越切；别乡越久，思乡之情越浓；离乡越远，忆乡之情越烈。

故乡是个大磁场，无论你路走得再远，业做得再大，位升得再高，钱赚得再多，名打得再响，最终你的灵魂总要回归生你养你的地方。

注目故乡，我突然想起曾经的诗句：

文星[1]梓里溢书香，
燕窝[2]王祖出两相[3]

---

[1]　宋代时，金华市金东区澧浦乡称文星乡。

[2]　蒲塘村地势如燕子之窝，古称燕窝村。

[3]　指王彦超，北宋开国大将军兼中书令；王淮，南宋淳熙九年任左丞相。

风雨半世恋故土，

故乡梦中是天堂。

古村千载醒戊午^①，

社稷万众逐大康^②，

雄狮奋虓^③复兴曲，

紫妮共和^④胜宋唐。

文武春秋

生生追逐初衷梦，文昌武曲写春秋。

蒲塘，在我心中充满神奇魔力，让人产生无限遐想。此地有吾之童年，有吾之狂放；有吾之记忆，也有吾之迷茫；有吾之快乐，更有吾之梦想。无论吾走遍天涯海角，始终会把故乡放在心上。

蒲塘人为实现心中之梦，始终在艰难进取之路上来回奔波。他们走天下路，读天下书，不畏艰辛，锲而不舍；他们有胆有识，敢闯敢干，善抓机遇，永不放弃；他们跑过码头，见过世面，闯过江湖，见多识广；他们吃得起苦，受得住屈，扛得起担，上得了台面，干得成事业，是人中精英。

---

① 1978年为戊午年，中国改革开放拉开序幕。

② ［先秦］佚名《诗·唐风·蟋蟀》："无已大康，职思其居。"后以"大康"形容安丰泰乐。

③ 虓，音xiāo，虎吼。

④ 中华人民共和国。

晚清以来，以王廷扬、王条生为代表的一群仁人志士，放眼世界，外出求学，斗志昂扬地走出蒲塘；民国以来，以王一平、王宗元为代表的一帮革命先驱，追求真理，向往光明，义无反顾地告别蒲塘；中华人民共和国成立以后，以王克俭、周旭娟为代表的一批育人之师立志求学，坚韧不拔，精神抖擞地飞出蒲塘；改开以来，以王小祥、王平为代表的一群后辈，勤奋苦读，志向高远，意气风发地辞别蒲塘……他们带出蒲塘人经久不衰的读书风气，铸就蒲塘人永不言败的铮铮风骨，延续蒲塘人文昌武曲的不灭精神。

眼下，蒲塘再次金蝉脱壳、脱颖而出，远走高飞的大学生达二百多人：晓路、小祥、王平、顺余、王波、章进、王蒲天奇乃学有成就、五车腹笥的博士；副县级以上官员有肇康、宗元、一平、光耀、国益、亦勤、王琳、希凌、少君等十多人；研究生、副乡长各有二十多人。此外，还有不畏艰辛，矢志不渝，目标如一的企业家旭斌、永坚、伟涛、建梅、美飞等，以及追梦不止的"雕刻双雄"金华市雕刻名师东升、东明兄弟，还有在金华画界渐露头角的王耀斌，为传承古村文化做出努力的王伟斌等。武术高手王立成、王桂英亦在武林独占鳌头……

如今，乃蒲塘历史上人才最富有之年代，生活最富庶之年代，蒲塘人乘改革开放雄风又一次展现辉煌！

蒲塘何以人才辈出，独领风骚？蒲塘何以在艰难中一次次璀璨闪耀？我思量，有两个"舍命追求"在牢牢地支撑和鞭策着。

耕读传家不懈坚守。婺州，人多地少，宋濂《送东阳马生序》之文深深地呼唤着人们，为生存读书乃优先之选。蒲塘人为后代读上书，可变卖房田，毫不犹豫，在所不惜；为后代读好书，可披星戴月，晨晚接送，无怨无悔；为后代读完书，可漂洋过海，千里陪读，忍受寂寞。凭着这般坚守，代代出文人，世世出名人。

在世代耕读者中，有让我久久难忘者矣！王龙泽乃祖上先贤，南宋末代状元，少而聪慧。苏秦悬梁刺股，江泌屋顶月读为心中磨灭不去之记忆。二十多年孜孜不倦地发奋攻读，南宋咸淳甲戌年（1274年）终于金榜题名。

清末进士王廷扬，少时家穷，由娘舅接济抚养。在积道山寺院读书，自带粮菜，一只咸蛋吃月余，蛋壳空了填豆渣继续食用。凭着此精神，光绪戊戌年（1898年）考中进士。后结识孙中山，与其志同道合闹革命，到日本，进共和，入民国，创办新学，参与制宪，人称浙江名宿。外甥方豪在其引导下，考进北京大学并当选学生会主席，领导了"五四运动"。电影《建党伟业》中，曾多次重现他高大的形象。

凭着自身聪明才智睁眼向洋看世界的王条生，于1905年考入日本早稻田大学，后任金华县第一届议会议事长，大革命时期曾救过多位中共地下党人，一生为教育事业而辛劳。现代"诗星"王一心青年时就出版《一心诗集》，受到当时学界泰斗蔡元培、胡适特别荐举，胡适还为其题写诗集书名，可惜一颗"诗星"过早地陨落。还有荣获空军"一级技术能手"的飞行团主任王光耀，中共十四大代表王毅力，从事小麦新品种选育，"鄂恩一号"获国家级科技成果奖，被评为"全国优秀科技工作者"。

少年辛苦终身事，莫向光阴惰寸功。王小祥小时即帮母售冷饮求学，硬是从金华三中考上哈尔滨工业大学并读到博士毕业，后又从浙江大学博士后出站，一生倾心于中国材料科学事业。其女王蒲天奇聪颖勤勉，以优异成绩考入纽约洛克菲勒大学攻读物理学博士学位。一家两博士，一位研究生，可谓高知之家。

蒲塘人不仅读书刻苦，且教学有方。北大生王宗元在二十世纪六十年代任金华一中校长，治校有方。在其治下，该校连续三年高考全省第一，在浙中盆地范围内，能蝉联高考三届之首，创下该校历史之最，实属不易也！

几个世纪来，蒲塘人总是忘不了"天子重英豪，文章教尔曹。万物皆下品，唯有读书高"之传统理念，上大学、进名校、外留学、攻研博、搏状元成为一生执着之向往。

　　　　读书风尚千年传，
　　　　世代已浸民心田。
　　　　外缚舞象赛勤奋，
　　　　不进名府心不甘。
　　　　博士才俊似榴果，
　　　　拓新硕丰有新篇。
　　　　燕窝雄翅占高技，
　　　　清塘才人踏浪来。

蒲塘人能苦读，走仕途，从医治病也有建树。王宗平从治愈高血压病症着手，循序渐进，在一些疑难杂症上下功夫，总结出中医微循环疗法，疗效显著，有较好推广价值，得到医学界肯定。央视在中医访谈节目《传承精华，守正创新》中播出，中新社也做了《病理医学 照亮健康之路》长篇报道。

习武卫乡世代传承。蒲塘人不仅崇文，而且尚武，文武双全乃贯穿生命之追寻。

武术乃中华民族自我创造形成的优秀传统项目，真正走向规范是在唐代以后。宋时有陕西红拳、杭州长拳、四川梅花拳，清末民国初有武当拳、少林拳等。

世间之物冥冥注定，凡事总有机缘巧合。蒲塘习武之风始于明代。那时，村址从栗山迁至今址，村人生活日渐丰裕，买田造屋日益成风，因此也常遭盗匪劫袭。加之农桑水利间，本村与外村之纠纷，出于习武卫村之需求，众民尚武之风渐起。

有一年，双星阁开光演戏，有母女二人前来展示出众武艺。五分厅房主王光裕向来敬重习武之人，又见其母年轻飒爽、姿容映丽，遂将其纳为二房。

王光裕纳妾不久，一位假和尚常来化缘。此人身披袈裟，仗着几招把式，常来村里强吃酒肉。一次，二房在招待中略有不周，假和尚不悦，便强行下帖比武。又一天，假和尚带着一个小和尚来到王家，一登门便要喝酒吃肉。饮至半酣，东家端上一盆汤圆，假和尚对小的说："盆内还少点甚么？"

小的心领神会，纵身一跳，稳稳摘来萧墙上的绿葱撒于盆内。

假和尚夹了葱花道："好香，好香！"

此时，二房也夹上几粒葱花，连声喊："腥气，腥气！"并将口中汤圆朝上一吐，那汤圆结结实实地粘于房梁之上。一旁，她的女儿旋即入厨，口衔一碗水，左手持抹布，轻轻一纵，用二指抓住楼栅，双脚凌空，慢慢取下房梁上的汤圆，然后轻身跃下。这场景看得众人目瞪口呆。和尚自知不如，便灰溜溜地走了。此后，酒肉和尚再也不敢踏进蒲塘地界。

此事传出，村中便有男不如女的戏谑，男人们为争气，激发了练武之劲。从此，村民习武之气蔚然成风。

王光裕见妾女轻功如此绝妙，便为幼子王廷甲明媒正娶之。廷甲从小爱读四书五经，又生性喜武。自娶妻后，夫妇便专心共研武艺，并神速精进。这二人依据村内地势高低不平，楼堂相距较近，岔路多、转弯多、弄堂多、弄间窄之特点，吸取各派拳路优点，独创了小弄堂适地散打、能守易攻、以少胜多的独特拳路"蒲塘五经拳"，村民称其为"五经师"。因此，五经师即成为五经拳之开山鼻祖。

王廷甲创建"蒲塘五经"后，学武高人层出不穷，延师教徒，父子相传，历久弥新。

后又有武功高强者王长林，人称"老五"。他少年入道，悟性极高，义勇双全，加之生性争强好胜，刚正不阿，好打抱不平，因此他习练武术的故事，影响了蒲塘代代武风。

年轮转到民国后，五经拳如火如荼，武林能手常被地方团练招聘。王祖修、王蒙樟因武功出众，为某兵团招募，在南京某战役中立功，官府奉帖赠匾"有勇智方"，后悬挂于宗祠。

武术砥砺在刀光剑影，名师成长于临危不惧。五经拳在抗战时有了新的用武之地。日军侵占金华，烧杀抢掠，引起民愤。蒲塘人豪强几个世纪，哪能让日寇如此猖狂？村民凭着过硬的功夫自发结伙,抵抗日军及汉奸来犯。

当时,澧浦乡有个汉奸"小老汪",依仗东洋兵干尽坏事。一天,小老汪在王姆山炮台与对方联络后潜入蒲塘,用镜子反射阳光,告知其轰炸目标。敌军机在此投下三颗炸弹,炸毁村香火前数幢房屋。我母亲说,那时金华一中迁址蒲塘,家父王锡元正租该屋经营百货。结果,一枚炸弹落于店内,房子炸毁,酒坛炸碎,店内酒水没过了膝盖。所幸,母亲陶昌金听到飞机声即跑出屋外,得以幸免于难。

小老汪之恶行激怒了村民,五经拳高手工春满、王明松等人趁夜偷袭,抓获汉奸并将其五花大绑押于祠堂门口示众,后拖至塘雅镇横塘树林,剥光衣裤击打而死。

民族仇,家国恨,终将爆发无穷之力量,从而清塘世世代代出武人。王提一家可谓蒲塘武术史上一个坐标,其父王锦图是五经拳棍棒名手。王提八岁随父学武,十岁能打五经拳正反两路,棍、棒、刀法集于一身,还精通各路武术,拳法快准猛狠、灵活多变、应用自如,比武时常七八人难敌,人称"钱师"。

王提生有四子二女,个个习武,且颇多成就。其中,王锦图、王提、王洪琛等祖孙三代为五经拳的传承创新费尽心血。因此,有人称其一家是婺州版的"杨家将"。

长子王洪纲,擅长五经棍,棍棒舞起,似猎豹奔突,饿狼扑食,招招直达,远近无敌,五六人难以近身。一次,洪纲在某地砍柴,多人前来滋事,他用草耙空中一挥,四人皆莫名倒下,惊呆在场众人。

次子王洪庆、三子王洪森,皆是远近闻名的五经拳手。幼子王洪琛更是有名的拳教师,他手脚敏捷、身手不凡;一招一式,内外合一；运迅静定，以柔克刚；一张一弛，如鹰击长空，势不可当，大有七郎再世风采。青年人纷纷拜其学武，受者达百人。他八十挂零，仍然勇猛不减，屡次参加市、区武术表演，为五经拳成功申报非物质文化遗产做出贡献。

女王淑芬，孩提之时便在门缝观看父兄拳法，久而久之学得一手刚健有力之拳术。

全家六口个个都是武林英杰。

一个普通家庭怎会对武术如此痴迷用心？或许出于自身防卫，或许为之武术传承，或许有一朝一日为国出征？

幸运的是，五经拳经王提、王宝生一代人努力，完成向现代拳艺之转化，新接力人乃王立成也。他学武时，父亲令其写下"一天练一功，不练十天空"之家训。白天练不够，夜间以油柴照明。练武间歇还爱研究风水文化，摆弄竹笛二胡乐器，颇有雅士之风。

王立成认为，五经拳刚健有力，动静有序，快慢相间，刚柔并济，着力搏人，与少林拳有几分相似，有一开一合，内外兼修，以静制动，起之如猿，轻之如叶，重之如铁，快之如风，出其不意，后发制人的特点。其要领为：弯腰侧步身兼侧，圆中作变双作一。拳来望臂，脚来提膝，左手平推出，右手成钩胳。意念与劲力形神相通，意识与呼吸紧密协调，形神兼备，能攻能守。

此五经要旨，让后人学武醍醐灌顶、茅塞顿开。

与王立成时并双雄的女中英杰乃王桂英也，她把岳家双刀、金华南拳、蒲塘五经拳等武术技艺推向新高峰。

桂英从小拜师王洪纲，后又投奔岳家拳掌门人和太极拳名师门下，拜师学棍、棒、单刀、双刀及鞭竿与太极。她天赋极高，师父一教即会，学一像一，心领神会。几位师父说："如此灵气之徒，不可多得矣！"桂英习武神速，且有侠义之气。

一次，她乘公交车，见一歹徒偷窃乘客钱包，她箭步向前，不料歹徒使出飞刀，她用左手一挡，右手一拳击中对方之腹，使其应声而倒，几秒钟即成功擒拿了窃贼。如此之事常有发生，她还奋力救过数名落水者，人们称赞她为女中豪杰。戊子（2008年）至庚寅年间，她荣获浙江省传统武术锦标赛"金龙杯"等八项冠军，戊子至丁酉年（2017年）获浙江国际传统武术比赛六项冠军。这些金牌包含几多摔打和痛苦，蕴含几多辛劳和汗水？

精彩从来不青睐平庸之懦夫，荣誉属于敢于挑战之英雄。杰出的人才必定是经历丰富或多灾多难之人，不经火里烧三次，血水泡三次，碱水煮三次，怎能成功？

赞叹之余，我脱口而吟：

五经廿载勤练苦，
继研陈抟太极图。
木兰纤手舞刀枪，
谁说将军唯丈夫？

当下，蒲塘各路拳师纷至沓来，相聚切磋，交流比武，五经拳成村民一绝和必修课。戊戌年，金东区武术大会在该村隆重举行。

清晨，我携太太刘春娟、儿女辈王冠、锋峰及文瑾、文瑜等来到读书时的宽大操场，如今已改为练武场——早年我书写的大"武"字立于围墙正中，四周墙上的五经拳图绘声绘色，人物形体矫健，跃然墙上。我正想踏入武场，一阵喊杀声穿墙而来，以王深江为领队的蒲塘武术表演队正在威风凛凛地操练：其气势，如虎下山，勇猛无比，威震山冈；其形貌，狂野不拘，挥洒自如，咄咄逼人；其韵味，博广精深，别出机杼，一脉悠长。

观于此，我真想将儿孙送来蒲塘……

古村新韵

望族长兴时人梦，清塘水畔再启航。

蒲塘，曾经三移其址：下强来，择栗栖；栗迁蒲，龙蟠居；瓜瓞绵，丁再旺；克艰辛，终发达，千年尽显先贤智。

蒲塘，曾经勤耕苦读，文昌武曲，梦中追寻，矢志不渝，苦难历尽方成仁。

蒲塘，曾经叔侄登科一门户，五十进士一个族，状元宰相一姓氏。明代功臣刘基称赞凤林王氏为"江南望族，海内名家"。

蒲塘古村曾引起多少文人墨客流连忘返？王廷扬作过《蒲塘十景》：

村居春雨足池塘，

漠漠连村云水乡。

隔岸锄犁闻叱犊，

几家蓑笠正分秧。

蒲塘，对每个游子而言，乃一生中永远磨灭不去之记忆。

因此，我思念故乡之明月：她是那样的慈宁安详，如娇娇靓女，穿行于静谧天空，仿佛在寻找如意情郎。月满如盘，亮似白昼，吾曾月下勤读，抢夺寸金光阴，追逐心中梦想，故乡之月乃成胸中之光。

我思念故乡之彩虹：她像流星，斑斓闪烁，耀眼天庭。她似天弓，满涨伟力，欲射天星。百虫为之仰慕，千兽为之礼敬，人们因此放空心灵。她是光与雨交和之精灵，乃上苍赐予北山神之彩带，天帝赠予黄大仙之飘巾。天空少了彩虹，如画龙忘之点睛，碧天少了灵韵。

我思念故乡之春色：山涧潺潺，百塘充盈；万鸟齐鸣，布谷争春；童儿野趣，妇孺戏耍，一片春意深深。可记得，春寒常倒打茶尖，冷水刺骨耕春来；寒流一日三变貌，几度从容杏花开；蓑笠驱雨赶农时，耕机忙犁西畈田；绿波葱葱染原野，万紫千红忘家还？

我思念故乡之秋实：那里丘坡连绵，处处皆果园。姜花、蒜花、土豆花，花花争发；橘树、梨树、石榴树，树树硕果；西瓜、南瓜、黄金瓜，瓜瓜喷香。守棚果树下，邀月共赏甜；卯时摘几个，邀君城里来；饥时可充肚，盈余集市卖；岁岁好收成，日子赛神仙。

故乡情怀入骨髓，千万言语表不尽。我涉足过西北某古镇，那里人迹稀少，植被不密，建筑低矮，不见名商。我涉足过西南某名胜，那里风物宜人，人员熙攘，商机满地，景象繁荣。然细而观之，建筑平平，既不见画栋雕梁，也少了几许古藤老墙。

而我之故乡大不一样：深沉与壮美，伟岸与浩阔；经典与柔和，精致与典雅；文韬与武略，将相与文人，构成一幅气度不凡、百看不厌的图画，让人深深地赞赏。

我是蒲塘大地的儿子，深深地爱恋着这片神韵之土地。它给我奋斗不止之胸量与生生不息之希望。我常常含着泪水梦里回乡，听到母亲声声呼唤，想起亲人殷切嘱托，感受故乡温馨情长；我常常含着泪水梦里回乡，自问为家乡做了多少善事？还欠着故乡多少情与缘？怎能忘了豆蔻年华之衷肠；我常常含着泪水梦里回乡，人生须臾，时光短暂，愿有生之年再尽绵薄之力，珍惜流年，不负韶华。

故乡乃一个亲切悦耳、充满童心之名字，是个沉甸甸、讲不完故事的梓乡。蒲塘一草一木，一砖一屋，一石一路，在我心中占有崇高的位置。

啊！昔日蒲塘，演绎了一个个古老的典故；当下燕窝，弹奏出一曲曲时代的新韵。

曾记得，1945年，蒲塘青年才俊、北大学生、共产党地下党员王宗元在艰难复杂的环境中引领麻芳、根和、宗超等五人参加党的地下工作，为扩大共产党在蒲塘的影响做出思想和组织上的准备。

国初建，因党的政策有力指导，村农委主任王深立、王芳怡组织村民开展轰轰烈烈的土地改革运动，因而引起当地封建残余势力和流窜土匪的不满，经常进村扰掠抢杀。为保护百姓生命和财产安全，文华等人不惧土匪肆虐，冒着生命危险，率领群众村口设卡，白天由儿童团守卫，晚上由民兵轮流站岗，有效保卫全村的安宁，蒲塘成了当时最平安的村庄和蒲洪乡政府所在地。为此，金华县政府授予蒲塘"模范村"荣誉称号。

之后，蒲塘村在当地政府领导下，村两委力谋落实之策，常求落实之效，持之以恒，积极推进，稳步发展，先后有王深木、麻芳、支顺明、朱益新等人选为村领导。他们在村风村貌管理上，承前启后、继往开来、不断进取，尽心尽力为村务而奔波。

改革开放后，一茬又一茬的村首和乡贤再接再厉、前赴后继，为古村发展做出奉献。如，在饮水难和村庄道路建设上，勤后、品宝开动脑筋，想方设法，拓宽村道引水进村，为民办事；在抢修祠堂和重建庙宇上，胜年、标能等人四方筹资，率民抢修，奋战多年，重现古村落原貌；在垃圾分类和古村申报上，深阳、秀辉多方疏通，做实工作，把项目落到实处；在古屋整修和村落提升上，深法、标明挨门逐户，落实进度，办起了乡村旅游；在村周改丘造田上，希凌、国安爬山越壑，不怕辛苦，为厘亩之田而努力。蒲塘的前辈们是百姓的带头人，精神的传承人，为蒲塘建设做出了突出贡献。

当下，蒲塘已今非昔比，知名度迅速提升，2017 年被评为"浙江省 3A 级风景区""省级文化示范村"，后又被中国住建部命名为"国家传统村落"。

夜色笼罩大地，我站在清塘楼畔，远远望着蒲塘村际：

村委内，一个个村官挑灯夜战，商议落实着村内之事。他们心存初衷，为民办事，赢得民心。

展馆中，一位位该村各界精英事迹和昔日金华一中学生读书旧影在闪光，他们之中有七位中国科学院院士，昂首伫立于人们心中，让年轻人效行激奋。

祠堂里，一对对行成年礼之俊男靓女，面贤人、举拳头、宣誓词，如雄鹰似大鹏，从此走出燕窝村，奔向江海昆仑。

礼堂上，一届届不同年龄之学子，表达着对族人助学奖励之感恩。此活动已形成机制，鼓舞青年才俊志向更远大，谢忱永记心。

一个出色村庄个性的营造，常仰赖着民族、宗族精神的日日教化。这种个性一旦形成，又激励同化着村民代代传承。

在一次次元宵之夜，我听到村民们在纪念民族英烈王祎为明朝大统一壮烈牺牲而开展"迎白灯"活动的击鼓之声。这鼓声响彻天外，宣扬着中华民族实现统一的深深渴望。

在一次次新春佳节，我听到村民们在戏台上放声高歌，唱出广大村民之丰收喜悦，勾勒了奋斗者之精彩人生。

在一次次乡贤论道中，我听到乡贤们为家乡出谋献智，为老人问候送暖的赤诚之音，听到他们匆匆回乡的脚步声，是那样的有力深沉。他们带着喜悦千里迢迢回来了，回到长久不见的故乡，看看白发苍苍的耄耋双亲，看看祛蔽启蒙的师友亲朋，看看蒸蒸日上的新异古村，感悟一番风流旖旎、蕴藉隽永、清空淡远之气韵！

2019 年 8 月 24 日完稿于金华蒲塘彝德堂

闪光在中国

人，总是要千方百计地寻找能展示自身才能的地方。

古时，孔子热衷教化，辗转列国，纳徒三千，克己复礼，终成贤圣；鬼山谷子身隐鬼山，足不出户，创办军庠，孙膑、苏秦皆出门下，演绎了"鬼谷三卷隐匡天下，兵家七国才出一门"的历史话剧；诸葛卧龙隐居隆中，发奋苦读，通今博古，终得明主，三分天下有其一。历史上的先贤们无一不是为了自身的价值而皓首穷经、费尽苦心地去实现志向与抱负。古今中外，名人将相、凡夫俗子，人人都在寻找心中的路。

他从西方来

他有一个梦，梦从东方来。

那是 1938 年的 3 月，江南已是春回大地、万物复苏、生机勃勃、气象万千，而连绵起伏的秦岭高原却还未从冬季醒来，仍旧是灰蒙蒙、睡沉沉，倦意浓浓、寂静一片。

在去延安的山路上，有一位高鼻梁、蓝眼睛，头发花白又秃顶的高个子带着两个年轻的护士急匆匆地行走在崇山峻岭中。他们怀着满腔热血，带着对法西斯的无比仇恨，义愤填膺地从西方走来；他们受埃德加·斯诺《西行漫记》的影响，憧憬着东方神秘古国的文明，满怀激情、昂首阔步地从异国他乡走来；他们远离亲人，放弃优裕生活，义无反顾地向中国走来；他们不远万里，风尘仆仆，不辞辛劳，坚定沉着地朝红色根据地走来——他们，就是加拿大著名外科医生白求恩和他的两位年轻助手。

他们很疲倦，他们很辛苦，他们很兴奋，也很自信。他们"心比铁石坚，至死不怕难"，出加国，绕香港，过武汉，经临汾，抵西安，去延安。一路上，冒着日军飞机的狂轰滥炸、国民党的四处搜捕，忍着从未经受过的山路颠簸，几经波折，战胜了各种艰难险阻，这年春季终于来到了向往已久的延安。

延安的一切都很新鲜，加拿大文明宁静的环境不见了，看到的是峰峦叠嶂、雄伟厚实的群山；初到陕甘宁边区，民不聊生、衣衫破烂、怨声载道的情景不见了，看到的是街衢干净、生活安定、社会文明、欣欣向荣的新局面。

白求恩风尘仆仆，掸去身上的灰尘，抹掉脸上的汗渍，朝着这个既陌生又熟悉的延安城笑了笑。这时，耳边传来了"解放区的天是明朗的天，解放区的人民好喜欢"悠扬欢快的歌声。他自问道："这不就是埃德加·斯诺描述的红星照耀的红色根据地么！这不就是世界上最简陋的作战指挥室，且指挥着中国人民抗日战争偌大的战场么！这不就是中国人传说中的锁骨菩萨为普度众生，不惜忍辱负重满足人间私欲的地方吗！"

遥望远处，九级宝塔雄踞山巅，延河之水滚滚而来，一排排窑洞齐刷刷地镶嵌在半山腰，一队队军民在热火朝天地开展大生产，一支支抗日队伍在紧张有序地训练，一群群青年学生正慷慨激昂地进行着抗日宣传。他被这里响彻云霄的号角，地动山摇的呐喊所震撼。他想，有这样勤劳的民众，有这样热血的青年，有这样英勇的军队，抗日战争怎能不胜利！

三月的夜晚，延安山城月光皎洁、山川隐现、灯火阑珊、喜气一片。白求恩受到了八路军卫生部部长姜齐贤、国际友人马海德等人的热情欢迎和款待，中共中央军委领导为白求恩接了风。毛泽东主席与他彻夜长谈，劝他留在八路军总部，但他执意要到抗日前线去，到战士们最需要的地方去。最后，中央同意了他的要求。这让白求恩兴奋不已、彻夜难眠。

还原白求恩

中国人也许会想，一个著名的外科医生怎么会放弃富足的生活，来异国吃苦受难？一位普通的外国人又为何会在中国有如此大的影响？他是何方神人？

癸未年，我来到枫叶之国，踏着异国的风情，沿着历史的印辙，打开时间的记忆，对白求恩的一生进行了采访挖掘。从多伦多驱车一百五十多公里，一时辰就到了白求恩的故乡——安大略省格雷文赫斯特镇。

　　格雷文赫斯特镇位于加国马斯科卡湖南端，西近休伦湖的乔治亚湾。那里河湖众多，山丘起伏，森林茂密，景色秀丽，气候凉爽宜人，是上佳的夏季休养胜地。镇上人口上万，人们生活富裕，家家住着别墅。1890 年 3 月 4 日，白求恩就诞生在这里。

　　浅蓝色的房墙，四十斜度的灰瓦顶，中世纪式样的别墅，稳稳地坐落在休伦湖畔。一走近白求恩故居，似乎有一种神奇之气袭身而来。不知是近湖之因，还是植被之厚，此地白云蓝天、清风徐徐、空气清新、风水极佳。也许是山水有灵气，佳景出奇人吧！迈进客厅，厅堂内摆放着一对十八世纪的沙发、茶几和电话机。这都是白求恩用过的原物，加拿大政府已把它作为文物保护。1994 年，中国政府在此竖起了白求恩铜像，小洋楼也随即热闹起来。

　　中国有句俗语说，一方水土，养一方人，一个人的性格总是伴随环境的变化而变异。秦汉之地多帝王，齐鲁大地出将军，锦绣江南出文人。寻究白求恩的一生，同样印证了中国人的古语，不同时期铸就了白求恩不同的性格特征。

　　白求恩父亲叫马尔科姆·尼科尔森，祖先既有苏格兰地主，也有法国胡格诺派教徒。母亲伊丽莎白·安·吉德温，是个英国木匠的女儿。法国人与英国人的结合，在白求恩的血液中植入了法兰西民族的浪漫和冲动，又有着英格兰人的聪明和智慧。他从小就性格倔强，好奇心强，有主见又有想象力，自幼养成了自由、执著、飘逸、浪骸的生活风格。

　　格雷文赫斯特镇上的人说，白求恩是一个不拘泥于传统的人。年轻时性格豪爽，敢于冒险，与众不同，藐视世俗，叛逆性强，经常在公众场所穿着不同世俗的服装，驾着一辆漂亮的黄色跑车飞驰而去……

有人说，他是一个不拘泥小节的人。一次，妻子叫白求恩买菜，回家见他坐在地板上专心致志地研究一副骷髅。

她问："菜买了吗？"

白求恩不假思索地说："在冰箱里。"

"就是这段破肠子？"她不悦而言。

白求恩猛地跳起来喊："别动，那是人的肠子！"

妻子吓得慌忙扔下："死人肠子怎么能和食物放在一起？"

白求恩头也不抬地说："这有什么呀？你吃的牛、羊、猪肉还不都是动物器官？"

这样的事多次发生，妻子实在受不了，提出离婚。这次离婚与上次不同，上次是白求恩因得肺结核，怕传染给妻子而提出，哭得她死去活来。这回因性格各异，两人从此分手。白求恩是个事业等同于生活，生活混同于事业且不拘小节的人。

也有人说，他是一个有情趣的人。他个性极强，又感情丰富，是医生，是作家，又是画家，在蒙特利尔开设过儿童绘画班；他喜欢旅游，还对妻子许诺："我一生很难给你富贵荣华，但我一定不会让你这一生过得贫乏无味。"

还有人说，他是一个颇有争议的人。他当过餐厅服务员、报社记者、锅炉工等。他生活放纵，酗酒抽烟，经常参加各种舞会——生活不靠谱，行为少节制，常常"喜欢用令人恼怒的方式使胆小的人吃惊"，既会惹人反对，又会使人受到鼓舞。他不畏惧诽谤，也不希求桂冠，毁与誉、褒与贬、贵与贱、贫与富，都不在乎。他性格直率、脾气暴躁，有一种难以控制的冲动，与人较难共事，难以搞好关系，因此曾被皇家维多利亚医院解雇。

他也是一位很有才气的人。年轻时就被萨克勒柯尔等医院聘为胸外科主任，发明了"白求恩人工气胸扣""白求恩助剪"等多种医疗新仪器，从而在加拿大、英国和美国医学界享有盛名。

白求恩是一个双重性格的人、思想复杂的人、语言偏激的人、行动果敢的人、与众不同的人。这也许是一个真实的白求恩。

成熟在战场

三十年代，"红星照耀中国"的故事不翼而飞，在美国、加拿大甚至整个西方播扬，使一幅幅红军英勇抗日、侵略者烧杀抢掠的画面在白求恩脑中闪现，他激动了、愤怒了，再也忍不住了。

"我要到中国去，要为中国人的抗日战争做贡献，要组织医疗队抢救那里的伤员。"

大哲学家罗素有一句名言："三种单纯而强烈的激情支配着人的一生：对爱情的渴望，对知识的渴求，对人生苦难痛彻肺腑的怜悯。"这也许是白求恩怀着对中国民众遭受日本侵略而造成苦难的痛彻肺腑的人性同情。怀着对前线将士的一腔热情，对正义事业的一往深情，白求恩来到中国抗日，来到中国遂志，来到中国寻找高尚的事业，践行他"不会贫乏无味过一生"的志向。

白求恩来到晋察冀边区，想象与现实产生了强烈的反差。他怎么也没有想到山区的战况这么复杂，山区的战斗这么激烈，山区的卫生这么糟糕，山区的伤员这么多。他在加国从未见过如此艰苦的生活，从未见过如此宏大的战场，从未见过如此腥风血雨的厮杀，从未见过如此勇猛的将士。前线下来的伤员，蜷缩在薄毯之下，绷带多日未换，伤口已生坏疽，很多本可治愈的伤员却只能截肢治疗，多么残酷，多么痛心啊！他顾不上路途疲劳，与同行者立即投入了抢救。

越是残酷的环境，越能锤炼人的心志。晋察冀边区的场景给了白求恩无穷的力量，他在抗日事业中经受了意志上的烤燎和焚烧。在前线一年余，他深深地被中国人艰苦卓绝、坚忍不拔的抗日精神所感动，被中国人团结齐心、英勇杀敌的精神所鼓舞。

他给故国友人写信说："我的确非常疲倦，但长期以来，我从未像现在这样愉快，因为人们需要我。"

刑天舞干戚，猛志固常在。就像古希腊神话中的安泰离不开大地一样，白求恩离不开战场，离不开战士，离不开伤员，伤员更离不开白求恩大夫。白求恩深深地扎根在战士之中，从中汲取了丰富的营养，使他意气风发，斗志昂扬，越战越强。

白求恩严于律己，从不搞特殊。刚到根据地，炊事员给他炖鸡补身，他说将士们的生活很苦，要与大家共享。上级为照顾其生活，单独供应三顿小米饭，每周一盘肉或炒鸡蛋。他得知中央领导任弼时每天是几分钱的伙食，难过地流下了泪，要求取消待遇。有关部门不答应，他责问有关领导：

"我不是来享清福的，如果是为了这，我来中国干什么？来延安干什么？享受对我来讲，至少目前是陌生的。"

他的言行使中央军委领导深受感动，组织答应了他的要求。

白求恩到前线后，毛泽东亲自发电报，指示每月给白求恩一百元津贴。他写信回绝："敬爱的毛泽东主席，我谢绝每月百元津贴。我不需要钱，因为衣食等一切均已供给……"

白求恩严于律己，爱照镜子，经常打理身上的灰尘，不时地拉紧自律的准绳。

白求恩毫不利己，专门利人。每当伤员流血过多，急需输血抢救，他毫不犹豫地从自己身上抽血献给病人，把病人当作自己的亲人。此种崇高而无私的思想，不就是加拿大著名的白教堂化缘者和建造者王其山精神在他身上的闪光吗？

白求恩对工作满腔热情，精益求精。他有扁鹊之志、华佗之术，更有张仲景的医学创新精神。他出没在枪林弹雨里，奔波在炮火连天之中。

在硝烟弥漫的战场上，他既给伤病员开刀治病，又以乐观豁达的人生观影响病人。

在培训医务人员上，他亲自编写《战场治疗技术》等四种教材，自己讲课传授，手把手地培养医务人员。

在发展医疗事业上，他四处筹款购买医疗器材，又想方设法开设战地医院，组织研制"药驮子"等器材。

他医术高明，手术快得惊人。一次，六十九个小时做了一百多台手术。1939年，在冀中的四个月，他曾跋山涉水一千五百公里，做手术三百一十五次，救治伤员一千多名。医院在背上，病房在地上，生命在手上。外面炮火连营、杀声震天，他却精神勃发、气定神闲，昼夜抢救伤员。

"冲啊！白求恩和我们在一起。"

这已成为抗日将士们冲锋陷阵的口号。从加拿大到延安，从根据地到前线，从军部卫生所到战地手术台，白求恩经历了无数次生死考验，经受了疾风暴雨式的战火洗礼，从而实现了观念大提升、思想大升华、人生大转变。

他觉悟了，觉悟得像个清清白白的中国儒生；他成熟了，成熟得像"二十九年著一论"的李时珍，令人肃然起敬；他老练了，老练得像孙思邈，人们常常把他当作神，感佩敬重；他稳重了，稳重得像融诸家之长的一代名医朱震亨；他慈祥了，爱战士疼病人，慈祥得像佛教界普度众生的观世音。

"勃郁的豪情发过了酵，尖利的山风收住了劲，湍急的溪流汇成了湖"，沸腾的岩浆喷出了土，于是，一个英雄就要诞生。

英雄不问出身

革命未竟，英雄先亡。1939 年 10 月，白求恩因抢救伤员感染病毒，后转为败血症，医治无效，于同年 11 月 12 日不幸在河北唐县黄石口村逝世。

这天，黄石口的朝阳特别光耀，特别明亮，照得狼山沟闪闪发光。天地对接，上苍感应，仿佛在送别中国人心中的抗日英雄，又像在弘扬一种毫不利己、专门利人的思想。白求恩带着对中国人民的友谊，怀着对日本侵略者的仇恨，告别战友，走向永久的远方。

临终前，他写给聂荣臻一封信，要求遗物分赠给同志们，请求国际援华委员会给离异的妻子一笔生活款子，并写道："转告毛泽东主席，我相信中国人民一定会获得解放。遗憾的是，我不能亲眼看到新中国诞生了⋯⋯"

几许悲痛，几许忧伤，几许豪情，几许向往，短短的遗言深情地表达了一位国际共产主义战士的无限衷肠。

中共中央发唁电，八路军总司令朱德通令全军哀悼，延安军民举行追悼大会，吴玉章代表中共中央致悼词，陈云等发表讲话，毛泽东亲自撰写了"精神常留国际，功德永垂中华"的挽联。

壮哉！延安军民为其送行，苍茫大地为其悲痛。

白求恩走了，他走得太快，走得可惜，走得悲痛，然而他走得洒脱，走得英武，走得壮烈，让人荡气回肠。白求恩虽然走了，其事迹仍在八路军中久久传颂；他虽然走了，其精神仍激励着抗日军民英勇杀敌；他虽然走了，其思想穿过国界，越过千山万水，在一切反法西斯圣战中回荡。

白求恩一心为抗日，医术精于华佗，精神比于墨翟，行为勇于荆轲。他没有家庭，也没有后代，什么都没有，孑然一身赴中国，高爵不足羁其鸿志，厚禄不足系其雄心，雄鹰展翅一冲云天。而在他的故乡，亲人不理解，朋友不理解，同伴不理解，众人还有非议，但他仍昂首阔步、信念坚定、奋勇向前。

石家庄乃华夏之古战场，石家庄是英雄魂魄安息的地方。这里没有格雷文赫斯特镇的绿树成荫，而它有苍松翠柏，万古长青；这里没有安大略的云雾缭绕，而它英雄会聚，正气浩然。如今，白求恩、柯棣华等国际共产主义战士的故事在民间持续播扬，《白求恩》影片在神州四方不断播放，"白求恩医院"矗立于华夏大地，白求恩已被评为中国"十大国际友人"之一。

写就该文八年后的初夏，我来到石家庄，专程拜谒了白求恩的陵墓。毛泽东同志纪念白求恩的章句镌刻于陵墓基石上，我默默地咏诵着，耳畔仿佛听见毛泽东同志在杨家岭尖锐而圆润的演讲。

我双手抚摸着塑像，陷入了沉思。人非圣贤，孰能无过？争议之人可成英雄，瑕疵之人可为圣贤。有为众之诚，为民之心，为义之行，为业献身，凡人可成伟人，庸人可成智人，罪人可成功臣，英雄向来不问出身。

白求恩雄赳赳气昂昂从抗日入世，心沉沉意切切以民众寄怀，风萧萧雨凄凄惜别众将士，"出师未捷身先死，长使英雄泪满襟"。没有二次大战，也许不会来华；没有抗日事业，也许没有如此光辉的业绩；没有中国人的感恩纪念，也许不会有这尊塑像。白求恩的义行是道德的永恒回归，白求恩的精神是人性的崇高践行。塑像记录着他跌宕起伏、灿烂辉煌的一生。他从一个不拘小节的人，成长为纯粹的人；从一个有争议的人，成长为国际主义战士。中国人仰慕他、纪念他，白求恩的精神仍在中国闪闪发光。

2003 年 11 月 18 日完稿

本文原载于《浙江杂文界·百味人生》。

婺州不灭之光

- ◎ 火自北山引
- ◎ 会之擎大炬
- ◎ 四贤齐传承
- ◎ 光焰永不灭

每当人们面对先贤塑像，胸中总有一种震撼之情、敬畏之心，这不仅仅是因为先人的伟绩及名声，而是缘于他们的浩然之光击撞人的心灵。

在纪念名人的日子里，我又一次细细研读了悠悠金华历史。那浩瀚的史册，记载着婺江两岸一位位杰出的文化名人，他们至今还放射着道道耀眼的文化之光：唐朝骆宾王，七岁《咏鹅》诗，壮年怒写《讨武檄文》，其文采，其雄心，其豪情如虹，武则天也为之倾倒与感动；明代宋濂《送东阳马生序》，诲汝谆谆，启迪后人，如今已成脍炙人口的千古名文。

宋代，在婺州城头还有一道以儒学家何基、王柏为代表的"北山四先生"的文化之光。这道光如流星，点亮了中华文化历史的天空；这道光是团火，几百年来映得浙江大地鲜红通亮；这道光像磁场，吸引着一代又一代婺州黎民不辞辛劳，秉持信念，奋发向上……

火自北山引

北山有贤圣，朱学峦中隐。星点燎巨火，一燃百年明。

"中国历史上，许多人觉悟在过于苍老的暮年，刚要享用成熟所带来的恩惠，脚步却已踉跄蹒跚。"① 但王柏（字会之）是幸运的，"年逾三十，始知家学授受之原，慨然捐去俗学求道"②。他在而立之年寻找到了家学之源，进而决定求道，可谓开悟，而且相比常人要早。这也许是冥冥中的注定，然而他却"少孤，事其伯兄甚恭。季弟早丧，抚其孤，又割田予之。收合宗族，周恤扶持之"③。

细阅宋史人物传，我蓦然发现，王柏出身名门望族，是金华"四世一品"宋代名相王淮的堂侄辈。其父王瀚，官终朝奉郎，主管建昌军仙都观，世称"仙都公"。但其父在其十五岁时病过，致使其孤。

这使王柏受到沉重打击。正值豆蔻年华，当属意气飞扬之时，而他却像断线之风筝，突然断却生活依靠，失去生命之源，须臾间，家庭从富庶坠入贫穷，幸亏伯兄接济，才使他渡过难关。十六岁，王柏首次登上金华尖峰山，不禁感慨万千，深感生活之艰难，命运之多舛。可以说，过早地经历人生的重大变故，对王柏来说是一次苦难浸泡与初尝，是人生一次挣扎和超越。

风雨多经志弥坚，北山初渡路犹长。从此，王柏抖擞精神，高视睨步，决定走出一条自学之路，开辟新的人生。

他"年长以壮，谓科举之学不足为也，而更为文章偶俪之文；

① 余秋雨《摩挲大地·黄州突围》，华夏出版社，2008年5月第1版，第84页。
② 施新、何晓云《北山四先生四书学通论·王柏》，沈阳出版社，2017年12月，第47页。
③ ［元］脱脱等撰《宋史》卷四百三十八·列传第一百九十七《儒林八·王柏传》，中华书局1977年版，第12980页。

又以偶俪之文不足为也，而从于古文诗律之学，年长以壮，谓先生三十左右"①。

而立之前，王柏一直在茫茫学海中探究人生坐标，探求从学之道。他明白，人生要成就一番事业，必须弃俗归正，必须有好平台，必须研究正学。与蝉说冰难理喻，和蛙道海岂能懂？

在科举盛行的宋代，王柏摒弃仕途、走学术之路，常人往往很难理解。他父亲长期从政，人脉多多，朝中有人，条件优越，不须费力即可谋得一官半职，而他却没有选择这样的道路。王柏对当下局势有着很深的了解：北方蒙古人已攻入河北彰化一带，成吉思汗率兵定都北京，大宋王朝正风雨飘摇、险象迭生。而朝廷政治昏暗，奸臣当道，正直之人难以为国做事。再说，王家世代为官，英杰辈出，尽忠朝廷，而在王氏后人中，以学问立身的则少之又少。王柏思量：我何不开个先例，另辟蹊径，走自己的路？

走自己的路，或许很迷茫。近十年的自学，王柏像大海航行的船只，颠颠簸簸迟缓前行。寻寻觅觅、凄凄惨惨，人生何时有机运？乙未年（1235年），三十九岁的王柏遇到了人生的一个转折点。该年九月初六，王柏"结拜船山杨公于兰江大安途中"。奇怪的是，这次出行似有一双命运之手，让他"不审所向，屡迷屡复"。迷途中得知，婺州名儒何基隐居于北山盘溪专研朱学，他喜出望外、如获至宝，并决定于当年冬天虔诚地前来拜师。

北山冬季林木萧瑟、寒气逼人。一路上，王柏虔诚地祈祷，希

---

① 施新、何晓云《北山四先生四书学通论·王柏》，沈阳出版社，2017年12月，第47页。

望此行顺利。北山之麓终见师长何基，他兴奋地说："我昔问学，莫知其宗，有过孰告？有偏孰攻？渊源师友，孤陋莫通，有概其慕，天俟其逢，得公盛名。于船山翁。"[①]

何基对曰："尔奋愤砥砺，志向远大，亲为恭行。如今初有成就，会之真吾友也。望其不忘初心，奋其终身。"言毕，当即授予其"立志居敬之旨"。

"居敬，以持其志；立志，以定其本。立志乎事物之表，敬行乎事物之内。"

此后，何基还为王柏作《鲁斋箴》，勉以质实艰苦之学。王柏拜见老师，聆听教导，如醍醐灌顶，大有所获。师徒此一见面，奠定了朱学在婺州传承的百年之基，也让北山四先生之链初见雏形。

"自是，王柏发愤奋厉，致人百己千之功，有见有疑，必从北山就正，弗明弗措，而盘溪之从游日密矣。"[②]

从那之后，王柏在朱学研究领域如插上翅膀，逐日追虹，一日千里，扶摇直上。其中也经历了中年丧妻等人生不幸，但他都以超常意志战胜了。眼下，还有什么样的困难能遏止他为学术而奋发的斗志？还有什么力量能阻挡他探究朱学的步伐？他要活成熠熠生辉的一束光源，探明前路，引导后人。他倾心研古，著书立说，在发奋中频频出版专著，取得了卓越成果。后来，他写诗道：

---

① ［宋］王柏《鲁斋集》卷十九《北山行状告成祭文》，影印文渊阁《四库全书》本，集部第一千一百八十六册，第279页。

② 施新、何晓云《北山四先生四书学通论·王柏》，沈阳出版社，2017年12月，第56页。

龙蛇笔底盘枯藤，

两卷风骚泣鬼神。

此是玉成衣钵处，

他年出语定惊人。①

道出了王柏对事业追求的渴望与憧憬。

事业上的成功，好事接踵而至。五十五岁那年，王柏受婺州太守赵汝腾之聘为丽泽书院院长。丽泽书院，自吕祖谦兄弟相继物故，书院弦歌几绝，需一位能干山长予以振兴，方能除师帅之耻。他接受聘请后，对书院进行大刀阔斧地整顿，培训师资、规范课时、严肃纲律，使书院再次走上正途，重振了雄风。事后他作诗一首：

几年丽泽道方亭，

别驾重来路竟成。

由是之焉知所止，

安而行处坦然平。

疾徐先后将观礼，

作屏经营岂为名？

万里修程今放步，

胸中坱了白分明。②

---

① ［宋］王柏《鲁斋集》卷三《和玉成书秋台诗卷韵》，影印文渊阁《四库全书》本，集部第一千一百八十六册，第 45 页。

② ［宋］王柏《鲁斋集》卷三《新堤行借山长韵呈韦轩》，影印文渊阁《四库全书》本，集部第一千一百八十六册，第 32 页。

分明的胸中壔子，让王柏明辨了时局。当王柏年至花甲，南、蒙战事风起云涌，大宋王朝国力不济、疲于应付、接连退却。长期执鞭任教的王柏毅然向金华参知政事提出参政"上庙堂书"四千言：

"保蜀则鞑不敢轻寇，盖彼果有入寇之谋，岂不虑蜀兵之尾其后……可以绝其粮道，可以断其归路；二曰防淮……；三曰史嵩之创坚壁清野之画，今日不可复行；四曰战、和、守，因时制宜。"①

读此文句，一个"忧"字跃然纸上。他忧天忧地，忧社稷；忧家忧君，忧朝廷，秉承了先贤忠君爱国的气质，聚积了古代知识分子对国家统一、维护稳定的渴望。他，虽未军旅操戈，但有剑气豪情；他，虽未金殿直诉，但心中忧国忧民，一腔热血胸中沸腾。

上书，释放了王柏心中之闷。然而，无官无职，献策属于僭越。虽不致引发朝廷不满，但能否采纳，也并不由己。而对于王柏来说，该何为仍何为！他以一个文人的骨气，一个教授的正气，一个探索者的勇气，用惊人的毅力探究理学的疑难之问，以一位师长之身份教诲子弟，启迪后人。这一切皆来源于何基先生的教诲与指引。

会之擎大炬

会之性叛逆，敢疑古典籍。著作八百卷，耗尽一腔血。

在制度森严的封建社会，谁对经典书籍提出质疑，可谓大逆不道。

---

① 影印《永乐大典》卷一万四千四百六十四第一百五十一册，中华出局1964年版。

王柏生性叛逆，敢于怀疑一切。在他眼里，文明没有禁地，经典没有永恒。数十年来，他对经典大胆提出质疑和梳理，有力地推动了当时理学的发展，使其成为四先生中承上启下的中坚人物，理学领域的一面旗帜。

中国国家博物馆原馆长詹福瑞在《八婺大地煌煌巨著》一文中说："我们不能不瞩目金华，因为这里出现了两位经学大师，金华因为他们而成为当时全国学术文化的重镇。一位是东莱先生吕祖谦……另一位著名经学家王柏也是金华人。"

王柏是公认的儒学大家，述其一生有两大贡献值得后人传颂。

其一，钻研儒学，弘扬开拓。十三世纪中叶，大宋王朝虽渐趋衰弱，然华夏儒学文化方兴未艾，宋朝廷也极力倡导学术自由。此时，吕祖谦、朱熹和陆九渊各自创立学派，朱熹将"明天理，灭人欲""格物致知""理一分殊"的哲学理论核心推向社会，为巩固封建统治提供了理论依据，理学也因此名闻全国。

朱熹乃江西人氏，是理学的创立者和集大成者。但是，理学在宋代曾几度受制、几经兴衰，直至朱熹逝世下葬那天，其学术还被判为"伪学"。朱熹死后，理学开始备受朝廷推崇，甚至被奉为国教。在朱熹弟子中，能传其学者起初有蔡元定、蔡沈、黄榦、陈淳等人。其中，嫡系黄榦是他的女婿，朱熹曾以"吾道之托在此，吾无憾矣"的手书付于黄榦。后来，黄榦传学于北山何基，何基传于王柏。然而，王柏一反老师循规蹈矩之学风，在传承的基础上，大胆离经叛道，走出了一条弘扬理学的新路。

在封建时代，开拓新路要有勇气。王柏是一位无畏者，他承袭朱（熹）理学"理一分殊"的理论，重"分殊"甚于言"理一"。他认为，"统体一太极者"即"理一"。如以《易》言，《大传》曰，"易有太极"，此为易之理一，极生两仪、四象、八卦，又为六十四卦，三百八十四爻，每卦每爻备具一太极；四十九策之中，每揲每变各具一太极，即所谓易之分殊。

王柏潜心研究朱熹精深的哲学理论，探索哲学意义上的人和人性奥秘，不管是在丽泽书院任教，还是在外讲学，都日旰忘食、孜孜不倦地琢磨着这一重大哲学命题。为让学生听得懂，又以人之身体来比喻，四肢百骸，疾痛病痒，莫不相关，犹理一；而每个人的病痛，又有所不同，这叫分殊。我以为，这实际上讲的是普遍性与特殊性的哲学思想，与当下辩证唯物理论的描述颇为接近。

探索无止境，思想永无垠。王柏强调要把"理一分殊"认识论用于学术，主张"由传以求经"，重视儒学经传。他坚守自然环境与人和谐统一，主张不得无故毁坏草木虫鱼等生物，应"立法定制、品节禁戒""著书立言，开导劝止"，有效地丰富了朱熹理学的理论，因而受到后世封建统治者褒扬。

著名史学家全祖望在《北山四先生学案》中说："勉斋之学，即传北山……北山一派，鲁斋、仁山、白云既纯然得朱子之学髓，而柳道传、吴正传以逮戴叔能、宋潜溪一辈，又得朱子之文澜，蔚乎盛哉！是数紫阳之嫡子，端在金华也。"

全祖望之评价，对北山四先生学说作了精辟的诠释。

其二，质疑典籍，力矫正学。人之品格与成就，总与其生活的那方土地紧密相连。或许是王柏少孤独立，无奈学子早立志；或许是婺江之水向西走，天生一副顶逆骨；或许是婺州之城立岩头，头顶逆流不屈服。

奇特的金华地理环境和人文习俗培育了王柏雄肆豪放、好高骛异、桀骜不驯的性格，也造就了他怀疑经典之头脑，练就了一双睥睨古籍之眼睛，锤炼了一副善于演说之口才，铸就了一身敢于挑战权威之胆识。王柏的怀疑品质，是对儒家学说长期顶礼膜拜的中国人的一种反叛。这种反叛，才使得中国文人士大夫保持了一种纯真之天性，坚持了一种不卑不亢之品行，隐显了一腔骨子里的嶙嶙傲气。

中国的儒家、文人，总是与经典裹挟在一起。他们对经典常常奉若神明，唯经是从。而圣人之道则以书而传，亦以书而晦。王柏认为，其因是汉代以来的经学各主其传，训诂之义各是其说，穿凿支离，诡受以饰私，故有执其词而害义者，有袭其说而诬义者，使圣人之道反而晦蚀残毁，不得大明于天下。

王柏敬重典籍，忠诚史实，而历史传诈，又让他深陷于痛苦之中。他常常仰坐案前，面对窗几，目注天空，疑苍天、疑大地、疑古人，千万典籍谁是真？君主传、臣民传、史册传，谁家之传是真经？百思而无其解。

他认为《诗》三百篇非一时代之作品，亦不尽于周公所定，孔子所删。周公时《诗》不满百篇，孔子所删乃周公以后相对庞杂的部分。经秦焚书之后，今之所谓"三百"，是否周公、孔子之旧，更值得怀疑。他推崇四书，但对四书及朱熹的相关集注也产生了不少疑论。他疑《大学》《中庸》出于《子思》二十三篇，疑《论语》出于古《家语》，疑《孟子》是自著之书……其疑经的目的是为了发展儒学。老师何基曾劝他，对经典只能传而不作疑，但他尊师而不盲从，敬师而不跟风，活出了一个古代文人敢于离经叛道的精神。

千圣皆过影，良知乃吾师。追求真理、质疑经典，穷尽毕生精力，王柏谱写了绚丽光彩的一生。

他自学扎实艰苦，善于独立思考，不拘泥于旧说。每遇疑难，就向老师请教，常因一事问辩往复十多次。

精神到处文章老，学问深时意气平。他从《诗经》到《尚书》，从《论语》到《孟子》，从《大学》到《中庸》等，对春秋、秦汉时期著名书卷，篇篇提出质疑，卷卷都有自己的独到见解。

他毕生奋笔疾书，汪洋恣肆，写出《书疑》《鲁斋清风录》等八百册书卷。八百卷啊！能撰写如此之多著作的人，在中国历史上寥若晨星。这不是王柏文辞的铺张，而是心血的流淌；这不是故弄的反叛，而是责任的凝聚；这不是著书的竞赛，而是豪情的畅涌；这不是典籍的抄袭，而是文魂的探究；这不是博学的炫耀，而是使命的担当。

在华夏史册里，有谁能像他那样对《四书》如此认真地细阅精读？有谁能像他那样对《诗经》的来源、文序、文气进行如此深入的钻研？有谁能像他那样对古文典籍进行如此深入的辨析论证，并提出质疑？八百书卷，王柏写尽了千百砚艰辛的墨水，倾注了千百个不眠的夜晚，释疑了千百道困惑之难题，付出了千百腔的心血肝胆。

天天辨析，月月释疑，近五十年呕心沥血，矢志不渝，质古疑典，条分缕析，专注立说，从一而终，最后终成大业。他如四十立志的公孙弘，更似唐代的玄奘高僧，"冒越宪章，私往天竺"，为探明中国南北法学的差异，以求法学思想的统一，西行求法直探源典，历时十七年，跋涉五万里，历尽艰辛，从印度带回六百余部佛经，为中国的佛教事业做出了巨大贡献。王柏是理学界的玄奘，没有勇气与底蕴怎么能行？没有无畏的献身精神怎会成功？

难怪乎，至今港台、日韩、欧美等东方文化研究的学者，仍然对王柏作持续深入地研究。台湾著名学者程元敏先生著有数十万字的《王柏之生平与学术》。2017 年，浙江省政府将"北山四先生及四书学研究"列为全省哲学社会科学课题，由施新、何晓云两位教授领衔进行专题研究，并取得成果。

四贤齐传承

四贤传朱学，相承两百年。千载大演奏，组合成金链。

中华民族的崛起，不禁使人们常常思考一个问题：世界上有"四大文明古国"，为何仅有中华文明得以延续至今？带着疑问，我四处查询，如今我深深地认识到，中华文明之不绝，其缘可循。

首先，历代统治者对汉文明的认知与倡导。汉文明以汉字为载体，每字一含义，一字一乾坤，有其独特的生命。历代统治集团十分重视汉文明的运用与传承：秦始皇力排众议统一汉文字，汉武帝罢黜百家，独尊儒术，各朝还修编史书，实行科举考试等，此乃中华文明延续之根本。

其次，外族文化难以入侵与同化。中国历史上，二次遭受他族文化入侵，但最终都被汉民族同化。忽必烈起初欲用蒙古文取代汉文，后行之不通，遂摒弃前嫌，提倡汉文；清朝满族吸纳汉文化为正统，让汉文明与满族文明相互补充、相辉互映。

再次，华夏人口众多，分布广袤，代代皆有精英不惜以生命传承创新。孔子不惜成丧家之犬，推广周礼；司马迁忍辱负重，毕生著《史记》；四大发明、四大名著让华夏文明大放异彩；以范钦为代表的十大藏书家，不畏艰辛收藏典籍，为后人留下宝贵的文明财富……有这批贤士英杰，泱泱中华文明方得千年传承。

传承要统一意志，要有锐意进取的创新精神，传承也是艰苦的积累。北山四先生秉承这一理念，为中华文明传承谱写了又一曲震撼心弦的篇章。

儒学的传承与婺州有缘。何基是婺州朱学传承的开山人。他出身于官宦之家，从小身体羸弱，平时寡于言笑，九岁才开始接受师训，从小不喜举子而独钟理义之学。当时，人们对官府里的廉洁之士常常称赞有加，何基却说，廉洁是士大夫分内的事，不必过分褒扬，表现出对儒家内圣外王思想的天然爱好和内外兼修的自觉追求。

何基之父曾任江西临川县丞，那时，恰巧朱熹的女婿黄榦为临川县令，二人同县为官。何基在父亲授命下，拜黄榦为师，精研四书。黄榦叫他"为学先立志"，要有"真实心地，刻苦工夫"。不久，何基便得学知精要，二十七岁返回金华北山。临别时，黄榦叮嘱其"但熟读四书，使胸次浃洽，道理自见"。临别之教，成了何基终身服膺、递相授受的为学之法。

遵循黄榦的为学之法，何基一生隐居盘溪老家，精修四书，反复诵习，潜心理学，以致很少有人知道他的行踪和学问。他一生不事科举，不受俸禄，无论州郡延聘或朝廷诏命，皆辞不受。五十六岁被婺州太守推荐入朝，送来聘书，他不屑一顾，缴回照牒，坚不应聘，并赋《缴回太守赵庸斋照牒》诗道：

> 闲关方喜得幽栖，
> 何用邦侯更品题。
> 自分终身守环堵，
> 不将一步出盘溪。

以诗言志，至死不渝。为传承朱学，他放弃高官厚禄，终生守守盘溪，展现出古代儒家对儒学的誓死追求。

四先生传承朱学的主将王柏，不仅自己倾全力研究朱学，为使后继有人，六十八岁收授兰溪人氏金履祥为徒。金履祥为寻名师辗转三折，二十二岁初登门庭问为学之方，拿出《读论语管见》求教王柏。王不赞成金务求新奇的学风，告诫金："'集注'之书，虽曰开示后学为甚明，其间包涵无穷之味，益玩而益深。求之于言意之内，尚未能得其仿佛，而欲求之于言意之外，可乎？"① 要求金先潜心研读《四书集注》，而不是好高骛远、标新立异，求《论语》的"言外之意"。

王柏又把何基老师之名言赠予金氏，望其孜孜践行。王柏收金氏为徒后，两人成了忘年之父。就是这一交，纵使金华历史上诞生了师

---

① ［宋］王柏《鲁斋集》卷九《金吉甫管见》，影印文渊阁《四库全书》本，集部第一千一百八十六册，第143页。

徒三代同传朱熹理学一门的先例，在金华文化史上具有里程碑意义。

朱学传至金履祥也许是天意。据载，公元 1232 年，金履祥出生时，父亲金梦先恰巧在县城办事，夜晚梦见家塾堂壁上挂的那幅虎画，虎纹鲜艳，虎身蠕动，尾巴翘起，活现一只真老虎在屋中腾挪啸叫。金梦先顿时惊醒，自言道："维熊维罴，男子之祥，吾殆得男也耶！"后据梦之意取名金履祥，排行老三。

金履祥曾过继给堂伯父为子，伯父得子后，他又回到父母怀抱。他从小写得一手好文章，然而就在科举道路一帆风顺时，人生志向发生了重大改变。

"反自晦其所为之非，且悼其所志之未定，益折节读书，屏举子业不事。取《尚书》熟习而说详解之，然解之后卷，即觉前义之浅。"①

为此，他本人也觉有些奇异。说来也巧，这年，他认识了王柏族弟王相，经介绍成为王柏弟子。从此，他感到习理学胜于科举，有用之不尽之力量，取之不尽之源泉，享之不完之意蕴。他遵从师训，博览群书，"其于学也，于书无所不读，而融会于四书，贯穿于六经，穷理尽性，诲人不倦，治身接物，盖无毫发之歉，可谓一世通儒"②。

业不伟杰篇非名，皆是世上普通人。金履祥早年即有大志，发愤自勉，涉猎广博，凡天文、地理、礼乐、兵谋、阴阳无所不通，并强调实用。在教学之余，常步履室外踏勘山岚地形，见家乡儒源村三面群山怀抱，溪流多汇集于此，便断言"儒源村往后必成湖泽"。果然，八百年后，中华人民共和国成立，预言成真。1950 年，此地

---

① ［明］徐袍编《宋金仁山先生年谱》重修金华丛书本，第 335 页。

② ［元］金履祥《仁山先生金文安公文集》金华丛书本卷五《上刘约斋书》。

筑造水库，儒源村淹没水中，老百姓称他为"神人"。

又如公元 1271 年，宋与元的襄樊之战正处关键阶段，履祥满怀经武大略，赴京城向朝廷进献"牵制捣虚"之奇策，"请以重兵由海道直趋燕蓟，则襄樊之师将不攻而自解"，但朝廷未纳其策。到了国事危急，才想起金的高明之策，晚矣！

因金履祥之才学和影响，恭宗德祐元年（1275 年），朝廷召金为国史馆编修，金婉言谢绝，铁心朱学。他继承王柏之治学风格，由博返约，关注现实，并将触角深入史学，用史学观改变历史。他一生精力都用在讲学上，著作颇丰，最终成为一代名儒。

传承是艰辛的，成就一番事业总要几经周折。

许谦是婺州理学的第四代传人。他祖上曾经风光显赫，九世祖延寿曾任刑部尚书，八世祖也曾职任太子洗马，祖父饱读诗书，乃乡里名人，可谓世代业儒。但后来，其家境日贫。许六岁时，过继给中过进士的堂叔父许觥为子，起初几年也得风得雨，可佳境不长，十岁父亡，家存万轴书卷也焚烧殆尽。他惧怕老来学业无成，便废寝忘食地苦读，但无名师指点，成效不佳。

一晃到了三十二岁，听闻金履祥在兰溪讲学，即拜其为师。金履祥语之曰："士子为学，若五味之在和，醯盐既加，酸咸顿异。子来见我已三日，而犹夫人也，岂吾之学无以感发子耶？"谦闻之，惕然，请不拘常序就弟子列。[①]

拜师金履祥，世事多跌宕。两年后，金病逝，许谦受命为老师

---

① 施新、何晓云《北山四先生四书学通论·金履祥》，沈阳出版社，2017 年 12 月，第 138 页。

编次录成《资治通鉴前编》，报答了师恩。三十九岁时，许再次被人推荐入仕，但仍然坚辞不受，表达了自己弘扬儒学之决心。他与前师何、王、金一样，把传承的职责和使命看得如此崇高与伟大，看得如此庄严和神圣。

许谦知晓前三位老师在朱学研究上硕果累累，修成了一代大师，要想超越传承，谈何容易？况且，他与履祥相比，可能少了一些先天的灵秀；与王柏比，少了一些叛逆的天性；与何基比，又少了一种天然的禀性。

许谦知难而进，要在弘扬传播朱学方面笃志前行。他秉承师训，不负众望，重视训诂传注，风格谨守，教学得法，招收学生达一千多人，使得四书学大行于世。

元仁宗皇庆元年（1312年），廉访副使赵宏伟推崇许谦学识，命人在金陵修整舍馆，迎接许来讲学。许谦觉得，赴京讲学乃传扬朱学的好时机，于是便风尘仆仆地奔赴金陵，不遗余力地大讲朱学，前后用了近半年的时间。

这一讲，讲出了婺州朱学的深度与风采，讲出了婺州地方的口碑与名声，许谦也因此成了传播朱学的功臣。自此后，婺州传承朱学之盛况传遍全国。

由于许谦的传承接力，"北山四先生"的地位得以正式确立。

朱熹理学进一步发扬光大，有力地推动了理学的发展，婺州一派成为华夏理学正宗和全国文化重镇。因此，婺州被后世称为"小邹鲁"①

① 邹鲁即孔孟之乡，是儒学的发源地。

浙江等处承宣布政司金华知府刘苣等官臣在《请四子从祀孔庙疏》中奏曰，四先生讲学"其规模益宏大，其涵蓄益深远，开门讲学，远而幽、冀、齐、鲁，近而荆、扬、吴、越，不惮千里皆来受业，四方之士以不及其门为耻。当时中外名臣，荐者百数，至以其身之安否为斯道之隆替。观其所体验，所著述，盖尽得何、王、金之蕴而益充之。然则继履祥者许谦也。是四子者，皆亲接黄榦之传，以上续朱子之统，寥寥三百年余"①，四贤的学术成就受到后世推崇。

纵观北山四先生之承续，自黄榦（1152 年）、何基（1208 年）始，到第四代门徒许谦逝世（1337 年），传承的是一脉儒学，拜教的是一师同门，活动在一地婺州，前后经历宋、元、明三朝，共延续一百六十多年，是中国历史上传承朱学时续最长，研学最深，影响最广，也是对本地贡献最大的圣贤。

为写此文，我再次打开《中国哲学史》，寻找师徒几代传承一脉的故事。四位贤人乃中国儒学史上一个师徒情深的传承链，一个颇具活力的传承链，一个光芒四射的传承链，更是一个卓有成就的传承奇迹。他们是"中国学术发展主链上承前启后的重要一环，是金华儒、释、道历史文化传承中的核心内容，在中华文化史册上有着不可磨灭的影响"②。因此，这一金链组合已成中国历代师生学习的楷模。

四代师生之推进，百年之演奏，千年之传承，不懈之精神，中

① ［清］王崇炳编《金华征献略》卷十七，续修《四库全书》，史部第五百四十七册，第 275 页。
② 施新、何晓云《北山四先生四书学通论·序言》，沈阳出版社，2017 年 12 月，第 2 页。

国文化史上还有哪曲大剧有如此的壮观宏大，如此经久不衰！

不知是偶然巧合，还是人之品格使然，四位贤人有很多惊人的相同之处：

他们都自幼聪慧，秉性正直，奋发自勉，抱负宏远；他们都少年失亲，富家变贫，命运跌宕，噩运浮沉；他们都生于危难，上书直言，呈献奇策，赤胆忠心；他们都朝廷器重，委以重任，婉言而拒，无官而轻；他们都一生执教，专心学术，忘年收徒，托付终身；他们都布衣终老，老而无禄，清贫一生，无怨无悔；他们都著作丰厚，徒孙众多，影响深远，青史留名。

于此，具体的学术观点已不重要，让人反复缅怀与敬慕的是他们始终执着，不畏艰难，至死不渝的不灭之精魂。

许久以来，我常自问：为何四位贤人有官不做，有力不借，有名不要，有福不享，甘愿坐冷凳，钻古籍；耐清苦，研朱学；甘受累，勤著书；献终身，无怨悔，这是何种精神支撑？要不然，凭着他们的才华皆可科举高中，凭着自身智慧可成一方要员，为何要如此而为？为的是朱学后世延续，金华儒学兴旺，中华正脉传承！这是苍天的赋予，历史的使命。此乃：

舍弃官禄传朱学，

付之终生不恋我。

千年儒道谁传者？

四贤金链放天歌。

写到这里，一个长期在外的故乡游子，从内心感到欣慰与自豪。我想，假如没有四先生，宋代以后金华能诞生如此之多的英雄俊杰吗？假如没有四先生，金华还能持续地沐浴他们发出的璀璨光泽吗？假如没有四先生，金华在外名声还有如此的异彩风光吗？

光焰永不灭

婺州真荣幸，四贤安然眠。书院齐林立，香火照天庭。

北山四先生已时越千年，江南"小邹鲁"可否安在？他们所传承的学说与笃学精神还在浙江大地延续发光吗？

酷暑季节，我踏上八婺专访之路。古时云：金华乃金星与婺女星争华之地，神话多焉。此地春秋时乃属越国，秦汉为乌伤县，属会稽郡。隋开皇十三年（593年）改置婺州，元朝至正二十年（1360年）为金华府，下属金华、兰溪、东阳、义乌、永康、武义、浦江、汤溪八县，故有"八婺"之称。

我驰游于古婺之地，想象之中的宋元气象已荡然无存，见到的是如此一番景象：古村新，风貌变，青山绿水正苏醒；左高速，右高铁，交通便捷今非昔；高楼立，企业新，快速发展难置信；庠序多，童趣真，书声入耳天籁音……八婺大地让人悦目赏心、荡气回肠。因交通便利，我从钱塘江畔到婺州境域，一天访遍四贤之乡。

东阳八华书院乃许谦讲学之地。公元1314年，四十五岁的许谦从京城讲学回乡后便在书院开课。明代的八华山荒无人迹，山半之处人烟稀少，更无书院。一位大学者能屈膝躬身在寺庙内开讲高深的理论，这实在让我由衷地敬佩。后来，东阳百姓为纪念他，在寺庙之侧兴建规模不小的书院，供奉许谦的塑像。后几经毁坏，旁侧寺院的一位比丘尼艰辛化缘，使贤人之像得以重塑。这使我深为感动。

炎日当空难阻我对四贤的崇敬之行。沿着传承链之脉络缓缓向上追溯：兰溪纯孝乡桐山后金村地处建德交界，是金履祥诞生地。这位大儒家为这片黄色土地增添了无尽的光辉。高大书院内悬挂着一块块赞誉其平生功业的匾额，四周墙上记载着他为儒学奋斗的一生。桐山后金村至今居住着一千多位金姓村民，他们一直小心翼翼地呵护着这个书院。1955 年，书院之顶被飓风掀翻，村民们立马组织抢修，迅速恢复原貌，使院重放光彩。

文化的力量深入人心，金氏的影响力绵延不绝。几百年来，这里钟灵毓秀、才人辈出，中得科举二百多人，方圆百里被誉为"才子之村"。

在依依不舍中告别后金村，我又匆匆赶往何基隐居的金华婺城区后溪河。此地背依青山，民居三千；别墅成排，花木遍地；莺歌燕舞，热闹非凡，已无当年丝丝之幽静。

何基祠坐落于村正中，至今保存完好无损，塑像匾额陈列齐全，载记遗志醒目赫然，书香延绵，千年不断。

百年精髓，一脉相承。尤其是十九世纪末二十世纪初，何基后裔中诞生了三位中国现代史上颇具影响的人物：被誉为与梁启超齐名的中国新史派奠基人，著名史学家、教育家、暨南大学校长何炳松；与李政道同船赴美留学，获哥伦比亚大学博士学位的史学家何炳棣；

获哈佛大学博士学位，任职上海市副市长的何德奎。此三人，世称"何氏三杰"。他们的出现，让金华为之一振，让尖峰山再放光芒。

遗憾的是，何基书院早年已毁。村长信心满怀地告诉我，村里已选好地址，不久将开工重建，何基在天之灵将得到告慰。

夜幕降临。我顺道拜访了婺城区王五元村的王柏之墓。王柏后裔不愧是敬贤子孙，他们获知王柏古墓被毁，便自筹资金，将墓迁于该村，安放于一个占地一千多平方米的公园内，丁酉年（2017年）还举行了盛大的祭奠仪式。金华人有种啊！这是一片神圣土地，从来不缺孝子贤孙，列祖列宗心中记，敬老爱幼乃本分；这是一片神圣土地，从来不缺勤耕苦读人，文武状元县县有，名篇名著响神州；这是一片神圣土地，从来就有侠士武将，国难当头有义士，危机之中敢亮真！

故事竟如此凑巧，在撰写该文时，我忽闻金华五百滩公园已竣工。五百滩乃大诗人李白造访之地，留下了"闻说金华渡，东连五百滩"的经典诗句。当地政府开辟公园后，竖起了金华历史上著名的宗泽、王淮、陈亮、朱丹溪、胡大海等人的雕塑，他们中有宰相、将军、大臣、状元、文豪、名师、名医等，各界俊杰六十多人。特别是在显著地段，立有何基、王柏等四先生群像。

宽阔的大草坪，青草茵茵、绿树葱葱，白玉雕琢的"四先生"气定神闲，或立或坐，似乎正在谈古说今。先师何基端坐于中，王柏、金履祥列其左右，许谦坐于左侧，四位贤士背靠林荫，面壁南山，眼光深邃，面容慈祥，犹如当年在丽泽书院面对群生教书育人，亦像立于尖峰山顶，向世人宣示着一种至深的理念和精神。

四先生不仅传承朱熹理学与吕祖谦"东莱文献之学",又是朱熹"四书学"的开创者。他们阐释、发挥中国传统文化的著作,已经成为中华主流文化的经典,为传承中华文明做出了卓越贡献。师徒四人筚路蓝缕,燃起了一股儒学烈火。这烈火从宋代燃向元代,从元代燃向明清,光焰照亮了江南,映红了中国。

在五百滩的大草坪上,我仰视四先生群像,倏然吟出《浪淘沙·四先生赞》:

> 四贤朱学传,火燃百载,师徒互接缀金链。震古烁今如亘焰,弥新不衰。
>
> 质疑古典籍,世人谁敢?独有会之长雄胆。雄文千卷烘"邹鲁",精魂犹在!

多少疾呼震撼过,总有一日感朝廷。四先生是黎民心中之仰慕,金华之骄傲,浙江之荣光,华夏之庆幸。他们的事迹已被历代所记载,他们的精神已被后人所颂扬,他们的形象已经供奉名院、名殿、名广场。元代初,建正学书院供祀北山四先生;明成化四年(1468年),奉旨重建崇正学祠,明宪宗赐"正学"匾额,继续供奉四先生,并成当时最重要的游学书院;清代雍正二年(1724年),经朝廷裁决,金华四先生终于从祀孔庙,齐齐进入文化名人之最高殿堂。

殊不知,在华夏历史上,共有一百多位先贤先儒入祀孔庙。其中,浙江籍即有八人:宁波余姚的王阳明、黄宗羲,金华有吕祖谦、陈亮与金华四先生等六人。可见金华四先生在中国儒学史上有着崇高地位，此乃任何八婺先人不可撼动，亦不可比拟也！

此时哗！我忽然觉得，是婺江的神山圣水养育造就了浙中盆地的人杰地灵，是金华人的不屈精神仍在中华文明大厦中闪烁辉映。她是东方天际至今仍在熊熊燃烧的一团不灭之火，光芒照耀着寰宇，照耀着古今！

完稿于 2018 年 8 月 17 日

本文原载于 2018 年 11 月 5 日《金华日报》第 11 版。

落日与辉煌

一

很想到威尼斯看看，做了三十年的梦，而今终于实现。

那天到威尼斯，天公作美，正巧赶上不涨潮，乘船半小时后就登上水城。当地人说："你们来得正好，不下雨，不涨潮，否则城里涨水一米多，还得换长靴，那可麻烦啰。"我们是幸运的，老天爷仿佛特别关照东方客人，清晨还是雨雾蒙蒙，八时就已云消雾散，艳阳高照。

我们是来寻景、寻美，更是来寻历史、寻经验的。

威尼斯兴建于公元四世纪，正是中国陶渊明写《桃花源记》的年代。时代已经遥远，历史有些陈旧，人物也有些模糊。我沿着时光隧道，慢慢地走进这座梦幻似的水城。

一个民族的兴起，总有背后深刻之原因，不是民众的苦难深重，就是文化的再次复兴；不是百姓自发奋起，就是国家开拓创新。

四世纪中期，威尼斯地方有钱人和渔民为逃避酷嗜刀兵的游牧民族，纷纷逃往亚德里亚海的这个小岛。他们不甘贫穷，不甘落后，不甘沉沦，不愿闲着，身居小岛，放目海洋，日出远航捕鱼，夜归谋划经商，硬是靠自己图强奋发，把一个小岛经营成八世纪亚得里亚海的贸易中心、中世纪地中海最繁荣的贸易之城。

威尼斯的风情离不开水。蜿蜒的水巷，流动的清波，飘逸的游船，绵绵的细雨，她像一个漂浮在碧波上浪漫的梦，很有诗情画意。我怨自己在威尼斯逗留时间太短，对这个水城了解不深不透，只是朦胧地感到威尼斯很美、很精、很酷、很独特，有很多值得品味和引人注目的地方。

这是个建在水中的城市。在很久以前，威尼斯有着肥沃的冲击土壤，人们在这建房，先在水底打下一个个木桩，铺上木板，然后再盖房。因此有人说，威尼斯城上面是石头，城下面是森林。据说，仅白教堂一幢建筑就打入了一百一十八万个木桩，木桩越多，地基越坚固，不然稍有疏忽，房屋就会倾斜以至倒塌。而眼下，斜房已成威尼斯城一大景观。

此地建筑成本很高，钢筋水泥、木材瓦片等一切材料都要从大老远的陆地运来，工序多，运费贵，成本高，每幢房子等于用黄金铸就，价格高得几乎等于如今建造的磁悬浮列车。

威尼斯的人和事都与水有关，处处离不开水，事事沾上水汽。人在水上行，船在水上走，料从水上运，桩在水里打，屋在水上建，会在水上开，音在水上传，事在水上成⋯⋯一切从水开始，一切在水中绵延，一切又在水中消逝。

我曾在远离陆地的海岛蹲过，对海上生活也有了解。湿润的气候，舒适的温度，多变的天空，不尽的海浪，腥味的空气，朴实的岛民给我留下深刻的印象。威尼斯人经过几百年的欧洲风情洗礼，已与其他海岛岛民大不相同，在朴实的骨子里糅进另一种西方人的气质。

威尼斯的人是用水做成，他们柔情似水、温情似雾、激情似瀑、怒情似涛，性格中有水，水中有性格。多少年来，他们凭着自己的聪明和时运，硬生生地在这个小岛上建起一座世界名城。

近两百条曲折迂回的海沟组成威尼斯水巷，曲曲折折、弯弯绕绕，形成一个典型的水上迷宫。不管你走遍大江南北，游遍世界各地，都难以见到威尼斯这样有特色的水城；不管是杭州西溪湿地，还是苏州小桥流水，都难以与威尼斯水城媲美；不管是阿姆斯特丹水巷，还是巴黎塞纳河，都没有威尼斯水城壮观，如此吸引人。

这里的水巷数不清，这里的小桥如繁星，这里的海水绿如蓝，这里的广场很精致，这里的油画很逼真，这里的打扮很妖艳，这里的弹唱很撩人，这里的人们很好客，这里的一切很迷人。

世界上没有一个城市的用地如此紧缺，一分一厘都要计算。世界上没有一个城市的土地不可扩展，而威尼斯的扩展连海水都在抱怨。世界上没有哪个城市的土地真正有寸土寸金的价值，值钱得连城里人都不敢相信，这就是威尼斯。

八世纪的威尼斯，是商人的淘金地、冒险家的发迹地、穷苦人的沮丧地、富豪们的享乐地。在这黄金贸易通道上，一批又一批商人赚了一笔又一笔钱财，都想在威尼斯占有一席之地，于是激烈争夺的土地战开始了。起初，土地价格不太高，威尼斯建设发展到顶峰时期，创造了土地出让的天价。为节约用地，政府规定，房前屋后不许多留空地，房房连体，一墙两用。为采光，屋正面开设多窗，窗户特大，下方上圆。一幢十几米宽的房子，有十多个门窗，颜色白黄相间，很有特色。于是，奇观出现：青瓦顶，白灰墙，黄门窗，连体墙，高六层，无缝隙，绵延数公里的建筑群，势如长城，一望无垠，蔚为壮观，这就是威尼斯的智慧和力量。

二

威尼斯的名气实在太大，大得人们分不清威尼斯在意大利，还是意大利在威尼斯。大得人们不知道它是个国家，还是个城市。大得欧洲人想把它驱逐出这块土地。名气大吸引人，人们从世界各地纷至沓来，有欧洲人、美国人、中国人、巴西人、南美人等，成群结队，蜂拥而至，期待如饥，观望似渴。人们上岛看教堂，看广场，看水屋，看特色，更看婀娜多姿的水巷。

水巷碧波荡漾，妙趣横生，影随船走，人随船行，穿梭如织，笑语欢歌。游客们争相租船，每小时近两百欧元。给我们撑船的是威尔士先生，个子高挑，黄发高鼻，热情好客，游览中不时地用简单的中国话与我们交流，这使我们感到几分亲切和幽默。

"这是马可·波罗的故居。"

"那是由著名设计师达庞德先生设计的里亚托廊桥。"

威尔士先生不时向大家介绍着。

上午十时许，随着船老大的引领，我们走进马可·波罗故居。它是一幢五层楼的连体房，前后环水，大门朝西。一进屋，墙上挂着马可·波罗肖像，一股旅行家独有的气势扑面而来。我从肖像中领略到当年一个典型意大利人的风采：长长的脸颊，高耸的鼻梁，下颚挂着一缕浓密又黝黑的大胡须，明亮又深陷的眼睛闪烁着智慧的光芒。按中国相书说，眼神深奥是机智灵敏，有谋略和有胆魄的人。

世界著名旅行家和商人马可·波罗于1254年出生在威尼斯一个商人家庭，父亲尼科洛、叔叔马泰奥皆为威尼斯商人。

在马可·波罗小时候，父亲和叔叔常到东方经商，到过元朝大都，朝见过蒙古帝国的忽必烈大汗，还带回了大汗给罗马教皇的亲笔信。父亲回家后，小马可·波罗天天缠着他讲东方旅行的故事。那些故事引起马可·波罗浓厚兴趣，他暗暗下定决心，要跟随父亲和叔叔到中国去看看。

1271年，马可·波罗年仅十七岁，父亲和叔叔拿着教皇复信和礼品，带着马可·波罗与十几位旅伴一起向东方进发。他们从威尼斯进入地中海，然后横渡黑海。地中海的奇异风光让马可·波罗大开眼界，体味大海的另一种美妙与澎湃。黑海的风暴使他经受了人生的首次考验，这在他性格里增添了坚毅与忍耐。

后来，他们经过两河流域来到中东的古城巴格达，再从此地到波斯湾的出海口霍尔木兹，准备从这里乘船驶向中国。然而，就在这时，意外发生了。在一个镇上，他们购买食物时被强盗盯上，这伙强盗掳掠了他们，并将其分别关押起来。幸亏他们足智多谋，半夜里，马可·波罗和父亲机智地逃出。当他们找来救兵时，强盗早已逃之夭夭，其他旅伴也不知去向。

旅行既刺激销魂，也耗时无奈。马可·波罗和父亲在霍尔木兹候了两个月也未遇上开往中国的船只，只好改走陆路。这是一条充满艰难险阻之路，即使有雄心的旅行家也会望而却步。他们硬着头皮从霍尔木兹向东，越过荒凉恐怖的伊朗沙漠，跨过险峻寒冷的帕米尔高原，一路跋山涉水，克服疾病和饥渴的困扰，躲开强盗、猛兽的侵袭，终于来到了中国的新疆。

一到这里，马可·波罗便被新疆之景所吸引：美丽繁华的喀什，盛产美玉的和田，一望无际的大漠，悬于空中的雪山，还有处处花香扑鼻的果园，这些在威尼斯从未曾见过，父子俩一边欣赏旅行带来的硕果，一边匆匆赶路。

他们向东，再向东，穿过塔克拉玛干沙漠，来到古城敦煌，瞻仰了举世闻名的佛像雕刻和壁画。他们常常带着满身汗，沾着一身泥，马不停蹄地向前，经玉门关见到万里长城，穿河西走廊，终于到达元朝北部都城。

此时已是1275年夏天，年轻的马可·波罗心情激动地朝见了忽必烈大汗，呈上教皇的信件和礼物。之后，父亲向大汗特别推荐了他。大汗非常赏识精干聪明的马可·波罗这种向往东方，誓到中国的意志和信念，特意请他们进宫讲述沿途的见闻和险遇，并携他们同返大都。

适应新环境是马可·波罗到中国后的首要之事。他千方百计利用暇时学习蒙古文和汉语，较快地掌握基本会话和用语。事后，他借奉大汗之命，一刻不停地巡视各地，走遍中国的山山水水，先后到过新疆、云南、江苏、浙江以及北京等十多个省区，中国的辽阔与富庶让他十分震惊。他还出使过越南、缅甸、苏门答腊，每到一处，总要详细地考察当地的地理和风俗。几年的巡视和查访归来，他整理成文，专程向忽必烈作了呈报。

忽必烈为展示其帝王之胸怀，特任命马可·波罗为扬州总督，管理地方政务，让他输入西方的管理经验。在三年任职期，他认真考察扬州各地，多方了解人情世故，尽其心力，为民而劳。

马可·波罗说："扬州是如此广大，兴旺发达，周围有二十四个城市，这些城市个个都非常富庶发达，我要为扬州百姓做点实事。"

我想，一个外国人在中国任职会有双重压力，既要给母国争光，更不能在他国丢脸，两种力量驱使着他勤奋、尽职，尽到了一个地方官员的责任。

马可·波罗对中国江南感情至深，乐而忘返。他在《马可·波罗游记》中盛赞中国繁盛昌明：发达的工商行业、繁荣热闹的市集、华美的丝绸锦缎、宏伟壮观的都城、方便的驿道交通、流通的佳质纸币等，都让他心悦诚服。他盛赞江南之地，尤其是对杭州情深意长，满怀激情地称赞杭州为"繁华之城"，并详述道："杭州人面容清秀、仪表堂堂。杭州盛产丝绸，居民们浑身绫罗，遍体锦绣。当地物资丰富，有大赤鹿、野兔等。城中有很多屠宰场，宰杀家畜不计其数，以供富人达官们享用。一年四季，市场上摆满种类繁多的蔬菜瓜果。杭州的住宅，建筑华丽、雕梁画栋，人们对装饰艺术和建筑富有想象力。西湖里有很多游船和画舫，每一只画舫都油彩斑斓、五光十色，船身两侧均有窗户，便于游人倚窗眺望，饱览沿途的湖光山色。"

可见，马可·波罗对杭州情有独钟，观察极其细致入微。

我细细地读着马可·波罗对杭州的描述，被其对该城情深义重的赞美所感动。可以说，他是首个对杭州做出如此高评价的外国人，是首个把杭州推向世界的人。因马可·波罗深情而大力地宣传，使杭州人也了解了威尼斯水城。从此，世人常常把杭州比作东方威尼斯。二十世纪以来，两城互动日益升温，交流不断深入，威尼斯成了杭州人旅游的首选。

乙酉年（2005年），杭州六公园景点改造，政府为马可·波罗铸造了雕像。每当我路过该公园时，就会情不自禁地举目瞻仰马可·波罗铜像，从内心久久地敬佩这位有国际主义情怀的旅行家。

马可·波罗在中国待了十七个春秋，思乡之情渐增，他思念亲人，思念祖国。1292年春天，忽必烈大汗委托他护送一位名叫阔阔真的蒙古公主到波斯成婚，他向大汗提出在完成使命后转路回国，大汗欣然答应。

1295年末，马可·波罗回到阔别多年的故乡，此乃一个时代的象征，消息引起威尼斯的强烈反响和轰动。他在游记中记述了在东方最富有的中国的见闻，这对当时闭塞的欧洲是振聋发聩的一声巨响，激起了欧洲人对东方的热烈向往，这对以后新航路的开辟产生了巨大影响，也导致欧洲人文科学的广泛复兴。从此，威尼斯也再次走向繁荣，拿破仑因此在威尼斯豪华的露天广场举行百桌盛宴，庆祝辉煌。

三

辉煌乃暂时，灿烂在瞬间。十八世纪后，蒸汽机的发明，轮船代替帆船，飞机超越火车，新航路开通，欧洲商业中心渐渐移至大西洋沿岸，威尼斯商业中心的地理优势丧失，从此开始衰弱，走向没落。

苍山如海，残阳似血。七百年后的威尼斯啊，已满怀哀伤。富人寥寥，穷人多多，叹息桥发出阵阵悲吟。人们留恋昔日的荣耀，哀叹今日的惨状。我透过威尼斯昔日的歌舞升平，嗅到水城黄昏之来临。昔日有上百万人口，当下仅有六万之人。海水上升，气候变暖；收入减少，物价上涨；城市下沉，住民离去；繁华已逝，盛世不再，水城渐入黄昏。当下，威尼斯人年年都为本城举行隆重"葬礼"。

相较于当下的威尼斯，七百年后的杭州却更加灿烂辉煌。可曾见得：

当年，钱镠精心描绘且又首创的杭城之规划。如今，已成缩小之版本，人们向往的唐宋之风早已光大发扬。城市规模逐年扩大，南起富春上游，北至下诸湖畔，东盈大海之滨，西接天目山麓，土地面积今非昔比，已囊括整个大钱塘。

当年，苏东坡花九牛二虎之力方修得短短之苏堤。如今，中河早整治，河中鱼翔竞自由，河岸两侧树成荫，已成赋闲新宠之地。"吴酒一杯春竹叶，吴娃双舞醉芙蓉"。

西湖已西进，水面拓展数百亩，湖水直逼三台山。水之幽，桥之妙，亭之秀，阁之古，景之奇，妙趣横生。

湿地重放彩，幸逢复兴年。上万民工战犹酣，六年重塑水之国，繁华城中有奇观。

当年，张择端《清明上河图》描画的繁华之貌。如今，城市人头攒动，商店摩肩接踵，公园人山人海，人口年年猛增，从元代上百万猛发展至当下上千万，重现"暖风熏得游人醉，直把杭州作汴州"之景象。

当年，黄公望所创作的《富春山居图》之意境。如今，已践行画圣之愿，钱江两岸日新月异，百舸争游；高楼林立，日月齐辉；街道纵横，高架似网；店铺如星，生意兴隆，一派繁荣兴旺。

当年，白居易《琵琶行》中怜悯底层民众苦楚。如今，钱塘已时移俗易，人们住别墅、开名车，网上购物，无感支付；全民参保，幸福安康，城隍山麓一派安详。

当年，岳飞精忠报国，遗梦边塞，壮志未酬。如今，千年国运乘势起，一剑龙渊图鸿业，江山一统指日待。杭州已非七百年前之杭州，中国也非过去之中国，中华大地已在一夜之间天翻又地覆，沧海成桑田，天上变人间。是什么神奇之力之推助？是何种鸿蒙之声之召唤？乃钱江大潮的澎湃之力，苍天加持的冥冥国运，一大政党的久久引领，亿万人民的切切心愿！

时间不早了，我在威尼斯海岸披着落日往回赶路，在一望无际的大海中航行，心中又浮现出威尼斯当年的篇章：如潮的人流，如雷的吆喝，如涌的市场，如梭的船只，如狂的经商，如雪的银子，如醉的梦想，拿破仑的赞赏等等，都已随风飘去……

然而，马可·波罗思念的中国，正如一轮朝阳喷薄而出，霞光万丈，复兴之力势不可当！

2022 年 1 月 28 日

积道山之蕴

◎ 神韵之山

◎ 不倒之树

◎ 不竭之井

◎ 聪慧之人

◎ 神奇之气

浙中金华有座山，名叫积道山。它海拔不高，却似泰山平地而起，独立雄伟；它名声不显，却千年传承，底蕴深厚，独具神韵。

少年时代，我随老师远足登过此山。记忆历历在目，四十年来魂牵梦绕，怎么也挥之不去。

农历金秋十月，我约朋友新仁等六人[1]重登积道山，再次探寻了那片神奇的山山水水。

神韵之山

万物皆有因，因果总相应。

相传，盘古开天，人间洪水泛滥，水土大量流失，百姓生活艰难。此时，有位火神将军祝融，生得顶天立地，力大无穷，与炎帝共管南方土地。为治洪水，他每天从遥远的天边来回挑山筑坝。一次，将军挑山刚走一程，"咔啦"一声巨响，扁担断了。霎时，地动山摇，地面被炸出两条深沟，

---

[1] 新仁六人：作者与金新仁、杜鹃、朱汝宝、程睿等。

深沟顺着山体延伸，又变成了两条江：义乌江和武义江。扁担两端的两座大山正落在江的两岸，便是如今的尖峰山与积道山。

传说毕竟是传说，山川河流的形成自有其规律。二千五百万年前，地质新生代第三纪，以块状断裂痕为特征的地壳运动，经频繁的火山与岩浆活动，在浙江金华一带形成了如今的积道山。积道山是浙南仙霞岭的余脉，经过几千万年的风化雨淋，终成如今之貌。清《康熙府志》有云："连屏拥翠，石磴萦纡，绝顶坦平如掌。"恰似远在大西洋彼岸南非开普敦的桌山，山险顶平、灌木丛生、神韵悠长。而对于金华百姓来说，桌山虽然比积道山魁伟，却少了一层积道山人文的丰厚底蕴；桌山虽然观光游人如潮如涌，却少了一份积道山牵肠挂肚的情缘；桌山虽然旅游设施十分现代，却少了一段积道山悠悠的历史续延。

积道山拔地而起，横空出世，山势雄奇，虎视浙中，上接苍天浩瀚之气，下启南山北岳之神，中聚金衢盆地之韵，东接义东（义乌、东阳）青山之水，西润金兰大地之禾，与尖峰山遥遥相对，恰如天将护守神门，共扶婺州府之繁荣。

有宋代诗人杜旟《登松溪积道山》诗为证：

高山环拱一山尊，

一水盘旋万水奔。

日映楼台三里廊，

春藏花柳数家村。

白云洞府身堪托，

碧汉星辰手可扪。

况是重阳无十日，

好携佳友对方樽。

这正是：积道之山山有道，不显之岳岳不群。

不倒之树

山不在高，有仙则名。水不在深，有龙则灵。

上苍造物，奇绝万象。千百年来，积道山以其独特的神韵，吸引了一批又一批僧尼到此念经修道，聚集了一批又一批莘莘学子来此读书励志，同时也发生了一串串奇异的故事。甚至于这里的一草一木，也值得一看，一读。

我们的汽车在杭金衢高速上奔驰。省城高速可直达积道山，转至金温高速路段，即可清晰地看到积道山。隔畈远远望去，山顶那棵硕大的树迎风招展，昂然挺立，格外引人注目。童年时，母亲领着我仰望这棵树说：这是积道山的标志，是百姓心中的旗帜，是远离故乡的人的寄托。金华人看不见这座山、这棵树，就会哭泣。

树是有神韵的，百年千年的老树就神了。中华大地上有许许多多大树、奇树和神树——黄帝陵有几千年的古柏树，山西洪洞县有棵大槐树，古都杭州还有明朝的香樟树。各地或把树当作神明供奉，或为大树建造纪念馆。

积道山的这棵大樟树，春季不与百花争芳斗艳，却在和煦的春风中迟迟换装，把片片厚叶还归大地，肥润万物；夏天不学杨柳摆姿弄舞，无限风情，而是挺直树干，无畏干旱，撑起如伞的枝叶，为人们遮风挡雨；秋天不羡橘子黄、柿子红、栗子展笑脸，默默无闻地坚守天职，迎接冷雨的摧折；冬季不讥笑落叶植物的胆怯退却，敢于用自己巨大的身躯挡住霜雪，承诺和保护小草的企盼。

在潘住持的引领下，我们来到香樟树下。这棵树有十多米高，四肢伸展，繁茂如盖，两人合抱不过来。我仰望着这棵金华百姓心中之树，顿生几分神秘之感。住持说，某年一个伸手不见五指的夜晚，狂风大作，暴雨如注，天似乎就要塌下来。闪电过后，一个闷雷，拦腰打断了主树干，压坏了院墙，惊醒了山神。自此，积道山失去了顶天树。远远望去，树变小了，标志模糊了，多少人为此心痛，多少人心生思念。这也许是天与人作对，天与物纠结。

从此，香樟树与雷公结下了"不解之缘"。年年春夏之际，雷公常常光顾，闪电不时袭身，大树屡屡遭殃，伤痕累累，但枝如铁，干如铜，始终昂首挺胸，傲视苍穹。可谓，狂风暴雨吹不倒，雷霆万钧轰不动，始终蓬勃兴旺，欣欣向荣。

积道山的不倒之树，不传而扬，名播四方。观光之人越来越多，人们越传越神。年轻人以树证婚，中年人寄托思念，老年人祈祷平安，不倒之树已成奇观。

不竭之井

有些事不知是天意安排，还是偶然巧合，至今我们仍难以置信。

　　人们都说，积道山顶有口不竭之井，我们慕名前往观瞻。一了解，此井竟是积道山天圣禅寺住持潘氏托梦所得。多年前，因一场浩劫，积道山天圣禅寺被夷为平地。多年后，潘氏领众人重建寺院。因用水困难，他想在山顶觅得一地挖口深井，却又犹豫不决。夜晚，寺院的定光佛托梦于他，此处有泉水，水在十米下，挖掘不宜深，深了有洞穴。梦醒后，他请来打井队，按托梦之意挖了井，果然水源丰富，清泉如涌。从此，天圣禅寺再也不用为水发愁。这或许是日有所思，夜有所梦，或许是偶然的巧合，也或许是一种传言，我们姑且不去论辨梦之真假。然而在三百多米高且又独孤的山顶，确有一口年代不久，十八米深，水源丰富的不竭之井。

　　我站在水井边凝神观察，只见井口严严实实地用四块长条水泥板覆盖着。两位壮汉搬开水泥板，我弯身探视，发现井口离水面只两米，水位高且水面宽，井中之水如玉液琼浆，晶莹透澈。我打量此井，百思不得其解，水源何处来，又到何处去？四周寻找，皆无果而终。

　　自古井水之源有四：一谓在洼地，二谓在平地，三谓靠山边，四谓依树林。积道山之井不像趵突泉生于齐鲁大地，汲平原之水；也不像虎跑泉，井居山脚，依山傍林，清泉徐徐；更不像净寺之井，有济公护佑，甘泉不竭。积道山之井，孤身单影，立于山巅，上无大谷之依，下无低洼之靠，何来之泉，哪得天水？

　　如今井在寺旁，寺处井边，泉井造福一方。一井之水，可供半百人之用，此乃天圣禅寺之福也。

聪慧之人

山以人显，人以山彰。哪里有灵气，哪里就出名人。

百丈瀑之水，养育了国师刘伯温；仙华山之气，烘托了开国文臣宋濂；雁荡山之峰，托出了状元王十朋。积道山是一座不寻常的山，不寻常之山必然孕育聪慧之人。

据说，北宋景德年间，天台山一化缘和尚，见积道山像如来佛神座，断定是难得的佛家宝地，便在这里兴造寺院。寺院开建后，大量砖瓦运不上来，他在金华府贴出榜文："九月重阳节，釜山飞瓦日。山顶搭戏台，速来观奇迹。"重阳节，得道和尚端坐于山下石头上，双手合掌喃喃道："若要观飞瓦，上山自带瓦。"众人听罢，纷纷携砖瓦上山，不到一个时辰，砖瓦全上了山。正在人们等观飞瓦时，得道和尚仰天大笑说："乡亲们，砖瓦已借众力搬上了山，这不就是飞砖飞瓦吗？"大家顿然大悟。

此虽为传说，却不乏古人的聪明与智慧。类似如此聪慧之人，积道山麓还有许许多多，有的慈悲为怀，行善助人；有的学业有成，为国效力；有的练就武功，劫富济贫；有的竭尽心身，弘扬传承。

即便当今，积道山的奇人异事也颇多。小时候听长辈说，天圣禅寺有个明悟师智勇双全，能卜阴阳，观天象，预测灾害。他居山顶之高，食山中之物，吸山谷之灵，能观气象之变，识自然之规，知天下之事。他常年记录积道山的阴晴雨雪、风霜雹雾等天气变化，竭力研析自然界的规律，每每预测金华一带的天灾地害，尚能准确，更是让"积道山戴帽，风狂雨暴"的谚语在金东盛传。为此，当地百姓亲切地称明悟师为"大仙"。

明悟师不但有智慧，而且有气节，武功高强。二十世纪四十年代，金华沦陷。一天，明悟师在澧浦湾塘一带见三个东洋兵为修炮楼强抓民夫，为所欲为，他十分愤慨，一个箭步冲上去，抠出了一个敌兵的两颗眼珠。几天后，一小队敌兵气势汹汹地来到竹安寺，残忍地枪杀了八个和尚。明悟师胆大机智，赤手空拳，一连打死七个敌兵，大长了中国人的志气。

我想，这是中国僧人道士的一种气节，一种义举，一种担当，更是一种悠悠长存的民族精神。历史上，从少林寺的十三棍僧救秦王，到全真教丘处机义助成吉思汗，保一方平安；从白莲教的王聪儿举义旗，到拜上帝会苏三娘的锄强扶弱；从五台山鲁智深的扶危济困，到许世友将军受革命情怀感召而出走少林，无一不展现出这种气质和精神。而正是这种坚毅不屈的精神，才奠定了华夏民族伟大复兴的坚实根基。

神奇之气

积道山常年云雾缭绕，古刹坐顶，山置云中，气运融融。它聚万载之韵，积千年之精，独领风骚于浙中。

明《万历府志》有载："天圣寺在十九都积道山巅，旧名圣道庵。宋景德二年（1005 年）赐今号。"天圣禅院距今已越千年，是金华最悠久的寺院之一。据传此地有三佛，定光佛、傅大士佛和慧光佛。

定光佛影响最大，俗姓徐，金华澧浦湾塘人，出家祥符寺，经常化缘于金华一方。饥饿时亦常买猪头肉食用，百姓呼其为"猪头和尚"。徐定光成佛后，人们在积道山立位祭祀，故积道山也称"猪头山"。

这是一座神奇的山，一片神奇的土地。此地钟灵毓秀、人杰地灵、豪杰辈出。北山、南岭挟持着一条滔滔的婺江，由东向西流，天生一副叛逆骨，折射出金华人倔强的性格；黄牛、水牛耕耘着一片肥沃的土地，不要恩宠不恋家，劳作之余喜相斗，彰显了金华人英雄的气魄；人手、佛手飘散着一股百里之清香，它鲜进寺院难居庵，偏偏要进百姓家，表达了金华人博爱的胸襟；火腿、羊腿凝聚着先贤报国的智慧，它不怕侵蚀不惧烂，献身自我壮将士，弘扬了金华人保家卫国的情怀。这种现象，这种奇事，不就是金华人独特性格的反映吗？不就是金华大地、积道山麓的神韵之气吗？

于是乎，南方孔庙落户金衢盆地，黄初平（黄大仙）成仙于尖峰山下，骆宾王撰檄文死不足惜，宰相王淮成于积道山麓，贯休草书自成一体，陈亮学术独树一帜，淑妃银娘降生于汤溪。还有那，叔侄登科一门户，五十进士一个族，状元宰相一姓氏……他们都曾吸吮过积道山之气，都曾渴饮过金华江之水，都曾饥餐过婺江两岸的五谷，都在故乡接受了启蒙教育，苦读诗书，充实自我，养精蓄锐，经纶满腹，意气风发，走向全国，干出了一番番轰轰烈烈的事业，唱出了一曲曲争相传颂的《祝酒歌》，写出了一篇篇出自肺腑的《三家村札记》，谱出了一首首感人的《大堰河——我的保姆》。

我徜徉于积道山顶，俯视金衢大地，浮想联翩，感慨万千。历史已经飘过，甲子又将轮回，改革之风唤醒了这片土地，但童年时的痕迹已荡然无存，记忆中的印象已无影无踪。

故乡变了，变得很陌生。西去的婺江仿佛宽了几许，江上的船舶许许多多；家家的农田都种上了树苗，金东盆地成了天然的鸟窝；泥墙黑瓦变成了白墙红顶，小洋房多得一撮撮；人们驾小车，穿西服，存款多如金窝窝。

故乡变了，变得有神韵。婺城稠城永康城，高楼大厦鳞次栉比；高速高铁高架路，交通如网汽车如梭；小件小包小生意，义乌商城举世瞩目；金东金西金义区，大气开放又奏新歌……

神韵之山告诉我，此地何缘出名人，此地何因出奇人，此地何故变化快，皆因婺江之水不东流，奇异佛手不开掌，勇猛犍牛不服输，文化浙商有性格。神韵的山、神韵的地、神韵的水，孕育出勤耕苦读、善于开拓、永不言弃、自强不息的积道山精神。

从山顶下来，已过午时，人们已饥肠辘辘。我回头凝望这座山，渐渐感悟到，看云看雾看日出，各有胜地；听水听雨听风声，山外有音；话人话事话古今，此地有神韵。

2010 年 12 月 1 日完稿

本文原载于 2011 年 2 月 25 日《浙江日报》第 22 版。

中 华 奇 庄

华夏的历史天空，闪烁着几颗耀眼的城市之星，有长安、洛阳、金陵……然而在京杭大运河畔，还有一颗不为世人所熟知的璀璨之星，至今仍在散发出夺目的光芒，它叫台儿庄。

台儿庄，在常人眼里也许仅仅是个抗日的战场，内涵不深、底蕴不厚、悠情不长。史实告诉我，它确因驱寇而扬名，但它在历史上商贾云集、人文荟萃、蕴涵渊深，乃华夏一古城。它因古运河而生，与中华共命运，几经磨难，百折不挠，凤凰涅槃，如今已被联合国世界遗产组织确认为"二战"摧毁城市中，继波兰华沙后全球仅有具备重建资格的第一个历史文化名城。

名出传奇

一座名城的兴起，总与民族文化紧密相连，总有许多传说、传奇与之相伴。

据考古发现，远在新石器时代，台儿庄就有人类繁衍生息，建有村落。它夏属徐州国，商属偏阳国，秦汉属东海郡，东晋时并入吕县，明洪武年又改归峄县。那里是华夏的发祥地，史传轩辕黄帝之陵就在风光迤逦的黄丘山；那里是中华的战略地，历代霸主竞相逐鹿，繁荣与战火轮番交替；那里是深邃玄妙之地，神奇的故事一个又一个在此滋生。

传说，远古时台儿庄东南山住着一位白衣女，未婚而孕，离奇产下一四爪白蛇。她一时惊慌，使刀砍去一爪，小蛇化作白光隐遁而去，在长白山化作俗人拜师学艺，二十年后返乡探母。白衣女疑儿寻仇，遂躲于山中。白蛇四处寻亲，不见其母，绝望中咬破手指，在母住洞口写下"望母山"，后抑郁而逝。白衣女见字方知误会其儿，于儿住处写下"探儿庄"三字。

此虽为传说，然名出有因。千百年来，台儿庄送走无数个风疾雨骤的岁月，也迎来无数个波谲云诡的年代；送走无数个波澜壮阔的事件，也迎来无数个惊心动魄的争战。古老之梦从这里酿成，新的传说又在此延伸。

台儿庄亦称台家庄、台花庄。明崇祯十二年（1639 年），扬州道河防碑载曰："南自清河县起，北至台儿庄止，此三百里之内尤为灌薮。"这便是"台儿庄"最早之记载。

台儿庄的兴起与大运河息息相关。公元 614 年，隋炀帝为促进华夏南北货物流转，在吴王夫差开凿"邗沟"基础上，开掘贯通南北的大运河。后因运河徐州段黄河常淤塞口，遂开泇河。

《明史·志·卷六十》记载："决沛县四铺口太行堤，灌昭阳湖，入夏镇，横冲运道。化龙议开泇河，属之邳州直河，以避河险。"

万历二十八年（1600 年），工部尚书刘东星奉旨开泇河并通航，后工部右侍郎李化龙又将泇河改道，自李家口引水，下至邳州直河口，全程二百六十华里。遂避黄河之灾，台庄逐成鲁南交通枢纽、水旱码头。明清时年，漕运货粮四百万石，漕船七千多艘，商船近万艘，人口由几千猛增五万之众，营造了"商贾迤逦，一河渔火，歌声十里，夜不罢市"之盛景。

时至康乾盛世，乾隆帝四次南巡。

一日，龙船行至台儿庄，忽听唢呐声声、人熙攘攘，乾隆得知一农家兴办喜事，便唤刘墉送去贺礼：三枚铜钱、一联喜帖。

帖曰："三文铜钱贺喜，嫌少莫收，收者爱财。"

主人见此惶恐不安："不收，欺君！收罢，贪财！"

正在踌躇之际，私塾读书的孩童跑出说："姥姥莫急，我来应对！"说罢持笔写下"一间茅屋待客，嫌贫莫来，来者贪吃"。

刘墉将对联呈于乾隆，皇上问道："此联出自何人之笔，竟有这般智慧！"

刘墉答："乃出一稚童之手。"

乾隆愈惊，连呼："神童！台儿庄果然人杰地灵，连童子都如此出奇！"

当即封该童为七品官，并御题台儿庄为"天下第一庄"。孩童为族人争光，父辈抬着他满街游行庆贺，外乡人便称此庄为"抬儿庄"。

如此这般的故事与传奇，在台儿庄不胜枚举，它或滋生于远古，或发生于当今，或来自于民间，或源从于宦政。一个小小的台儿庄，竟有这么多的奇妙故事，这么深厚的历史文化，这么难舍的帝王情缘，真让人惊叹不已。

汪塘云贾

台儿庄的奇，不仅是其得名，还因其奇迹般地崛起。

壬辰年（2012年）初春，我与周斌怀着憧憬之心，在子明先生和晓明女士引导下，郑重其事地走近这座令我向往已久的历史文化名城。汽车在西门外停下，一座雄伟壮丽的古城楼尽收眼底，"台儿庄"三个遒劲有力的大字镌刻于气宇轩昂的城门上，四只红灯笼拥簇着巨匾——"天下第一庄"。它昭示世人，这座城门屡毁屡建，虽经受诸多危难与沧桑，仍不失当年的雄姿与豪气。它有山海关之势，函谷关之险，嘉峪关之高，恰似雄狮盘卧于运河之畔。

从楼门进入，映入眼帘的古城竟是那样的昌盛繁荣！

三条古大街呈"川"字形排开，左大街是台湾街，明清建筑，沿街而立，延绵数公里，直至东门；沿运河的是月河街，依水而行，水埠相挨，曲折延伸，对岸风光一览无余；中间为大衙门街，乃台儿庄主干街。

我信步于琼楼玉宇的衙门街，人行景随移，渠水街边潺；十里不嫌长，皇族迎面来；满眼古色香，美色胜长安。街两侧的楼宇鳞次栉比，错落有致，蜿蜒环绕，古色古香。

中国著名的八大风格建筑齐齐会聚：晋徽派、江南派、鲁南派等建筑风格应有尽有，让你目不暇接；日升昌、参将署、正升园，历历在目；文汇楼、泰和楼、正和楼，楼楼相抱；扶风堂、保寿堂、中和堂，堂堂相映；广济桥、复兴桥、至尊桥，桥桥相连；泰山庙、关帝庙、妈祖庙，庙庙相应。真可谓，玉砌雕栏席不暇暖，曲水漂舟百看不厌。

华夏内外的名楼古屋与之相比，真有相形见绌之感：承德避暑山庄过于整齐划一，似乎少了点灵秀之气；丽江民居古城过于平民世俗，似乎少了点贵胄之韵；梵蒂冈大教堂过于奢侈豪华，似乎少了点庶民之味；坎昆度假胜地过于浪漫风流，似乎少了点凝重之风。唯有台儿庄精琢于工，取其于中，存尚于庸，四方趋同。我粗观台儿庄建筑，其雄伟，其瑰丽，其典雅，其秀美，其古朴，无不彰显了它的灵慧，它的内涵，它的品位，它的气度。

繁华原为穷僻壤，熙闹前头是冷幽。自古来，台儿庄土地肥沃，但地势低洼；气候适宜，但洪水常顾，人们只能筑台而居。百年挖地取土，遂成十八个大小不等的水汪塘和曲折逶迤的十里长渠。百姓将明沟暗渠与运河接通，"汪"渠相连，随"塘"而居，风生水起数百年，形成纵横交错、城水相依、以河代路的北国水城。

历史上的台城啊，熙攘而不紊兮，四海商贾相汇聚；河汤激潺湲兮，洳河南北喜通联；寻死生契阔兮，朝暮吟唱两情长；百舸齐争流兮，河忙物畅辟财源；黎民以昭明兮，万邦协和乃时雍。

台儿庄为鲁南商贸重镇，富庶殷实，约台之民，商贾过半，豪富一时，莫盛于此。由此，明末清初产生了财富"四大家"：台、花、郁、马，康乾时又出燕、尤、赵、万。晚清还有陈、王、袁、骆"四小家"。家家财富达几十万至上百万银两，四大家中尤以万、郁两家名声最大，影响最广，也最具特色。

万氏是台儿庄较早发家的商贾。康乾年间，山西万姓青年走出溪口来台儿庄淘金。他开设万顺昌商号，组织储运，业务逐渐兴旺。

一日，官府漕运管带因病滞留客栈。万氏略通医术，为其调治愈痊。管带感谢说："本官船专跑杭州兹购丝绸瓷器，去时多空船，可捎带货物，定能赚钱。"随后万氏投身贩运，获利丰盈，渐成台庄富户。后家业传至万邦俊、万邦彦一代。弟邦彦因痴迷诗书耗尽家财，兄邦俊遂言："如此境况，兄弟不如合力重营，如何？"邦彦应允。邦俊擅长经商，善于开拓，兄弟俩重操祖业，苦心经营，财资达越四十万两白银，故称"四十万"。

台儿庄商贾的成就，亦是历史上晋商、徽商、浙商成功的写照。他们以诚立业、以拓弘业、以恒经业，衍逸出华夏商帮绵绵不绝、薪火相传的经商之道，至今熠熠生辉。

北方商人毕竟有气魄，万家富达后，在黄金运河段轻轻松松地盖了个"扶风堂"，却把江南的大批宅院比了个落荒。他们万里商海驰骋收敛成了一个宅院，宅院建筑风格又是那样的富丽堂皇，没有局促，没有掩饰，没有诡秘，也没有避世，处处隐现了一代商人的豪放与风光。

我赴台儿庄采风，下榻于此，细观晋派建筑，其楼宇之豪华，用材之名贵，雕刻之考究，制作之精细，内涵之丰富，风韵之古久，不禁由衷赞叹！

还有院内那棵四百年的古银杏，更让我惊奇。

堂主说："此地原有两棵银杏树，年年结果。其中一棵抗战时被日寇炸毁，另一棵竟八年不结果。"

"后来怎样？"我追问。

主人欣慰地说："日军投降后，该树又喜结硕果！"

　　我仰望此树，它雍容华贵，形如巨伞，繁茂欲滴，一树遮院，树梢还筑有一喜鹊之窝，仿佛灵性之鸟也有正义之感。这让我感慨连连，台儿庄真是人奇、事奇，树也奇。人有节气，事有正气，连树也有骨气。

　　奇外无奇更出奇，一波才动万波随。台庄的另一大富商是郁家。相传，郁家先人有位妇人早年丧夫，因生活所迫携儿带女迁居山林，数载后重回台庄，借钱造了个小码头，生意愈做愈旺，建起商铺数十家，曾有"花半营，郁半街"之称。

　　及至乾隆年间（1736—1796 年），郁氏家业传承于郁仁澍一辈。郁公聪明性直，饱读诗书，善于经营，富甲一方，曾被朝廷列为候补知县。然而，不幸不期而临，大媳妇因与夫争闹上吊身亡。此媳妇乃朝中王爷之女，状书告至皇上，自杀成了谋杀。一夜间，郁家成了朝廷重犯。为避满门抄斩，当夜，郁家驾船分路散逃，有北上南下，有隐姓埋名，族人各奔东西。若干年后，逃散郁家后代又重新相聚，唯独南下一支杳无音讯。

　　戊子年（1768 年）春，郁家码头来了一位学识渊博、沉着稳重的男子，他面对运河，目瞩码头，思绪万千；他找来族人，追寻往事，研析历史；他二度寻访，再探旧事，孜孜寻求，终于发现台儿庄郁氏的历史竟与族人流传的"先人来自大陆运河一个码头"的故事那么相像、那么贴近、那么吻合。他断定这就是郁氏的宗，霎时，他百感丛生，眼睛湿润，就似失散多年的孩儿寻觅到母亲。

　　原来，当年郁氏南散的一支族人，经苏州绕上海，在茫茫的海上漂啊漂，数月后竟辗转于台湾！从此，一代又一代郁氏族人面对大海，思念先人，情思无限。

站在郁家码头，我抚摸着新立石碑，默读着碑文："……既睹运河古城之重建，堪称伟业；复喜陆台交流之再启，可谓盛事。斑斑旧迹，切切乡音。今兹重游，会郁家码头之重现，不胜欣喜。人不忘家，性之本也。"

一腔游子之情油然碑上，我等无不为之感动。此位寻根者，便是台湾政坛风云人物，新党主席郁慕明。几百年来，郁氏族人为寻根，先人传说记心中；为寻根，漂洋过海觅祖宗；为寻根，三到台庄探真情；为寻根，运河之畔泪相逢……

兰婷韵事

我们这代人在年轻时，饱受文化饥荒的折磨，对知识格外渴望。我曾在十五月下阅读过《易经》，在海风呼啸的岛屿偷阅过《道德经》等奇书，鬼谷子、介子推等奇人奇事仍留印于心中。来到台儿庄才知，奇人奇事遍华夏，台庄韵事更奇多。

在悠悠的古运河畔，有一座秀美华丽、青墙黛瓦的两层楼宇。门口矗立着一个雕工精细、奇特少见、气势不凡的木楼牌。她像一位亭亭玉立的女子，在诉说着百年的辛酸与不幸；她离河咫尺，却难以随航而去；她离城一步，却难有常人自由；她面南而坐，却难遂心中梦想。这便是中国唯一至今保存完好的古代青楼。

青楼是中国历史上一种奇特的现象，是中国封建制度的产物。

我查阅了沉睡的历史，蜡黄色的书页告知我，中国的青楼或娼妓经历了五种形态：夏朝有巫妓，西周有奴妓，魏晋有家妓，唐代有官妓，明清有娼妓。台儿庄的青楼始于明，盛于清。那时偌大的台城来往客商达十万之众，弹丸之地有青楼三十多家，"兰婷书寓"即是那时名声最大的一家。"天上人间面河开，千船竞帆河中来。商贾达官争相趋，一夜幽梦付九天"，此乃对兰婷书寓的最佳诠释。

我怀着忐忑之情来到此地，门口木杆上，杜甫"花径不曾缘客扫，蓬门今始为君开"的诗句引人注目。忖不到青楼老鸨还真机敏，会经营，竟将杜老夫子在成都草堂写的诗句移花接木，巧妙地用在青楼门庭，勾起人们的无限遐想。

迈进这座神秘而有传奇色彩的青楼，亮丽典雅大厅内，正见老鸨身着大红罗裙，面带笑容，向人们谄媚招呼："客官，您来了，楼上请……"话音落下，我已移步于书寓厅堂。只见宫灯旖旎，霓光四射，摆设考究，布局得体，之字形楼梯交错而上，黑黝黝的大理石地面油光锃亮，"一曲霓裳惊夜月，十分春色艳朝霞"的书法对轴映衬着一幅栩栩如生的仕女满堂图，悬挂于厅堂正中，将堂内装点得静谧优雅。可见，此地当年是何等热闹非凡。

从厅堂右转进入边厅，一阵袅袅之音传入耳内，回眸一望，纱幔低垂的小厅里，一位容貌绝佳的霓裳女子在抚琴弹唱。朱唇轻启，歌声如铃：

"一根紫竹直溜溜，送与哥哥做管箫。箫儿对着口，口儿对着箫，箫中吹出鲜花调……"歌声倾吐了无依无靠女子对郎君的表述与期盼。

我刚侧耳细听，却已曲止影消。正在疑惑间，厅内灯光又起，一女子从垂缦中舞出，两只长袖随舞飘起，似白鹭展翅，如仙鹤驾西，人们恍如来到当年的青楼，定睛细看，才知是幻影模拟。

踏循青楼，看着间间闺房与件件青楼遗物，我心绪茫茫。

岁月悠悠，演绎了数不清的风流韵事；思绪漫漫，有数不清的雅士一咏三唱：杜牧"十年一觉扬州梦，赢得青楼薄幸名"的低吟，白居易"同是天涯沦落人，相逢何必曾相识"的感慨，柳永"衣带渐宽终不悔，为伊消得人憔悴"的笃志，秦观"两情若是久长时，又岂在朝朝暮暮"的情愫，都为青楼留下了涓涓吟唱。

还有记不清才情俱佳的女子在青楼演就了侠骨奇情的篇章：苏小小鄙视权贵傲骨铮铮对爱情忠贞不渝，柳如是劝钱君宁为明朝鬼不为清代官之气节，李香君失夫婿不愿为人妾坚守贞操与道义，赛金花侠义游说瓦德西立地和谈遂成安宁，小凤仙慧眼识英雄成就了高山流水觅佳音等，皆佐证了自古佳人多侠义，从来烈女出风尘的襟怀。

"不因俊俏雅为友，正为风流始读书"的故事，也在兰婷书寓演就。

明末清初，兰婷书寓来了位才貌双全的少女，观其容，疑似大家闺秀；听其言，应是素质不凡。但问身世怎也不说。

老鸨说："不表身世休走人。"

少女答："宁为妓，无相告。"

然后，老鸨强留她，取名"金枝"，意为非寻常之女。

既强留，金枝姑娘道："接客时须对对，吾出上联，客对下联，对不上付钱勿悔。"

老鸨想："这样既可赚钱，又可誉名，一举两得。"便一口应了。

告示一出，客人纷至沓来，竞出高价、欲占金枝。

一日，一书生走进青楼，金枝姑娘出上联："白面书生，胸中无才空想贵。"

书生绞尽脑汁，无辞应对，但姑娘的卓越风姿与不凡才气留下难忘印象，因此他苦读诗书，重登青楼，对出下联："红颜佳人，腹有诗书气自华。"

姑娘想，此小伙可托身，遂取出四颗猫眼石赎身，嫁于小伙。明亡后，姑娘坦露身世，竟是被崇祯错杀的袁崇焕之女。立志发奋的书生也于康熙年间（1662—1722年）中了进士。

这故事让我十分惊叹，原来在那靡靡之青楼，也有忠烈正气之奇女，也有由劣变好之男儿，也蕴九转功成之故事。人世间，白含蕴着黑，好预示着孬，祸孕育着福，物物轮回也。

在青楼的时间虽短暂，留下的思索却很久远。青楼中的仿真表演仍在我脑中闪现，青楼中的斑斑辛泪仍在我心中萦绕。

青楼！你是罪恶的源头，激情的葬地，冲动的坟场，女子的牢房，放肆的苦疆。你腐蚀了几多青春，空耗了几多人生，流淌了几多泪水，破灭了几多幻想！不管是阿姆斯特丹橱窗里的呆呆痴脸，还是巴黎红磨坊内佳人的悠悠苦楚；不管是泰国曼谷暗巷里的幽怨女子，还是澳门赌城门口眉史们的望洋兴叹。她们望着静静的水城，悠悠的运河，滔滔的大海，熬啊熬，等啊等！熬到了日落，等到了天明，熬去了豆蔻年华，等到了美人迟暮、人老珠黄……

青楼里，善与恶、正与邪、强与弱、黑与白、忠与奸都粉墨登场、纷纷逞强，谱就了人世间一曲曲奇闻异章。

台庄血战

风流韵事常与腥风血雨相伴，繁华之乡更是兵家必争之地，这便是台儿庄的奇点、奇谲与奇观。

奇地必多事。早在远古时代，这里就发生过黄帝战败炎帝的战争。春秋时，它属偪阳国，曾有过抵御十三国诸侯联军的"偪阳大战"。明代天启二年（1622 年），闻香教首领徐鸿儒竖旗起义。咸丰十年（1860 年），"北汉王"刘平率军攻打台儿庄，此地伤痕累累，弹洞村壁，斑斑历史值得后人孜孜追怀。

当我二次去台儿庄时，正值初夏季节。印象中，过了长江的台儿庄应是干燥凉爽、气候宜人，而此地却霏雨绵绵、雾迷河畔、闷热潮湿，恰似杭州的梅雨季节。这或许是地球变暖，湿润气候北移之故！我轻轻地踏走在衙门街，就如漫步于江南之镇，青青的石板路，诙谐的铜雕塑；深深巷中酒，悠悠茶肆人；侃侃说鼓者，悠然弹琴女，不是江南胜似江南。一时间，一股诗韵涌上心头：

> 奇异出台庄，
> 细雨溢芬芳。
> 满地是诗句，
> 流来皆文章。

翌日拂晓，曙色熹微，我独个漫游于台庄。古城安详宁静，没有一点喧嚣，没有一丝作响，只有夏雨淅沥沥地下着，仿佛在倾诉台儿庄遭难的历史。

二十世纪三十年代，这里是金戈铁马、同仇敌忾、痛击日寇的沙场。在那阴霾笼罩的岁月，日军狂嚣："三个月拿下中国。"顿时，中华大地阴云密布，战火烧向半个中国。为遏制日军板垣与矶谷师团沿我平汉路南侵，妄图控制华北，国民革命军第五战区司令李宗仁将军奉命阻击，扼守要塞台儿庄。

于是，一场台庄大战在鲁南大地打响。台儿庄战役何以成为壮举，扬我中华之威？乃李宗仁等一批将士在"亡国论"甚嚣尘上之时，为提振抗日信心、壮我军威、誓雪国耻的一次义举。

人们或许记得，1938年春，蒋介石为抗日调兵遣将，将川军调属一、二战区，但皆被友军歧视而拒。

李宗仁却主动收留，说："世上没无用之兵，只有无为之将。诸葛亮扎草人做疑兵，川军总比草人强。"

川军归属李氏麾下后，众将领及王铭章师长激动地说："天下之大，却无我容身之地！李将军收留我军恩高德厚，我师将以死报恩。"

收编后，李氏竭力为川军解决后勤所需，将士们感激至极。

在抗日誓师大会上，王铭章师长豪壮地说："川军兵力薄弱，武器窳劣。但身为军人，牺牲为天职，誓与台儿庄共存亡。"

在风萧萧兮易水寒，壮士去兮不复还的悲壮声中，将士们举着亲人赠予的抗日锦旗，如荆轲刺秦王，告别易水，壮别乡亲，义无反顾地奔向台儿庄战场。

我从史料上得知，台儿庄战役的首战在滕县。日军在仅八平方公里的滕县扔下三万多发炸弹，一时城墙被毁，尸横遍野，一片焦土，滕县城成了守军的孤城。王铭章率众将士英勇奋战，前仆后继，与日军展开殊死搏斗，子弹打光，拼刺刀。雷弹用完，肉搏战。

在日军强大火力压制下，122师逐渐失势。危急关头，王师长电告孙连仲军长："急盼援军，敌兵屡登城垣屡被击退。吾决心以死据守，以报国家，以报知遇。"

这时战士们要求突围，可王铭章毅然放弃。他想：为人活着，苦苦而乐；为己活着，乐乐而苦。吾师前半生，无奶没娘，被人遗弃。今被信任，死无足惜。

他果敢地组织全师与日军血战，终因寡不敌众，全师将士壮烈牺牲。

此，堪称民族英雄史可法"城存与存，城亡与亡"的绝唱，张世杰"碧血涤波情未尽，不变崖石伴海潮"的悲鸣。此刻唷！鱼鳖为之惊骇，雄鹰因而涕下，河水因此沸腾。

这也使我深切地感悟：一个人胸怀仗义，才能激发巨大潜能；一族人身处绝境，方会齐心浴血抗战；一民族凌辱至深，必然爆发地裂山崩。

众将士殉国后，李宗仁十分悲痛地说："若无滕县死守，焉有台儿庄大捷？台儿庄之战果，实为滕县先烈之造成也。"

毛泽东为此赠挽联："奋战守孤城，视死如归，是革命军人本色；决心歼强敌，以身殉国，为中华民族争光。"

滕县一战，日军损兵折将，梦中惊魂不已。师团长矶谷廉介狂骂部下："一群蠢猪！打了几天，还未突破第一道防线，你们居然输给中国的杂牌军，丢尽皇军的脸面，耻辱！"

狂妄的叫嚣映衬了中国军人的神勇与雄风。

我边走边细心地观看，渐渐萌生出几分欣慰与感慨。此时，雨越下越大，恍如老天爷也有感应，水柱成了一帘帘水幕。

看！台儿庄大战进入高潮，以运河为线，池峰城 31 师等部队各守一地，布防形同背水一战。日军集中优势兵力展开强攻，数回合后，尸填水巷之岸，血满古城之窟。

池峰城师渐支撑不住，请求暂时撤退，孙连仲回电："必须死守阵地！士兵打完了自己填进去，你填过了，我来填进去，不能过运河一步！"

多么坚定的将令，多么豪迈的声音！大海翻滚是为了展示无际的雄浑，大漠狂沙是为了显现弥天的壮美，梅花怒放是为了彰显御寒的坚贞，人生卓绝是为了绽放生命的精彩。

池峰城在孙将军手下效力多年，他生性刚直勇猛，虽是常胜将军，却从军坎坷，九次任职九次撤职，大半生处于疑用之中，时有"冯唐易老，李广难封"之叹。当下，家国破、山河碎、金瓯缺、月未圆、心难安，今日遇知恩，乃人生福运。上峰令吾死守阵地，是信吾智、知吾能、晓吾力、赞吾勇、用吾当。使命重大，关乎民族生存，决不能后退图生。取舍方见智慧，执着成就雄梦。为此，他炸毁唯一退路凤凰桥，置于死地而后生。

看！清真寺内，一片火海，围墙炸毁、古树炸断、房屋炸塌，无土不沃血，无墙不饮弹。前线战士牺牲了，炊事兵组成敢死队冲锋，"性命都放下，银圆算什么"。人人手持大刀，见敌就砍，见车就炸，勇猛异常。日军万万没有料到，血战数日，已筋疲力尽的中国守军还能如此威武英勇。旅长陈钟书少将出征前与同僚说："日寇欺我太甚，此番出征，已对家中做好安排，誓以死战报国。"最终英勇献身。

人们还在黄人钦连长身上发现致新婚妻子遗书："倭寇深入国土，民族危在旦夕。身为军人，义当报国，万一不幸，希汝另嫁，切勿自误。"

他们的品质是那样的纯洁和高尚，他们的意志是那样的坚韧和刚强，实乃炎黄子孙的伟大气节，华夏儿女的性与本。缅怀英雄，苍天落泪，大地戚容。台儿庄一战，打破了日军不可战胜的神话。他们不愧是抗日之精英，民族之灵魂。这里已不再有辛幼安的沉郁悲凉，而是展现了将士们的壮气豪雄。

"李孙坐镇庄生风，桂冀勇将驱倭熊。百万将士齐血战，不教日寇胡肆中"，观览至此，我由衷地被中国军人这种大无畏的牺牲精神所震撼。

长久来，我对齐鲁大地有一种特殊的情感，那不仅是少年时就烂熟于心的"地雷战"故事，而是对历史上邹鲁黎民创造精神的深深敬佩；那不仅是家乡土地里流着南下将士的血汗，而是在浙江大地上还埋葬着他们的忠肝烈骨；那不仅是我反复观看了《铁道游击队》影片，而是对这片热土上诞生的"华夏三圣"的切切仰慕；那不仅是这里有让国人扬眉吐气的壮举，而是对雄主杨广在古运河边千年呼唤的悠悠回叹。

我，从钱塘江畔走来，跨过长江，越过黄河，来到这片深沉的土地，竭力地挖掘埋掩在古泇河边的历史风采。

时间不早了，该是人们洒扫庭除的时分，天幕也渐渐收起。我匆匆地行走在昔日的抗日战场。

"三千人家十里街，连日烽火化尘埃。伤心几株红芍药，犹傍瓦砾惨淡开"，此场景让我酸楚、纠结又郁闷。怀着这一情感，我又一次观看《血战台儿庄》影片，其悲壮的故事、惨烈的场景、感人的情节，无不令我热泪盈眶。没有先烈的鲜血，哪有抗日的成功？没有志士的献身，哪有今日的温馨？

在李宗仁纪念馆，我默默地审视着张张凝留着历史沧桑的照片，心中渐生纷呈。李将军出身底层，了解民瘼；一生戎马，雄武知兵；危难之中，不辱使命。然而，他一生却迂曲扒中透行，上方存疑心，手中少权柄；同僚不撑持，友军常掣肘；拳脚难施展，心志难遂行，但他对抗日有一颗放不下、关不住、比火热的心。他曾说，我出身行伍，弒人无数，难以立德；我读书寥寥，才疏学浅，难以立言。但我知人知兵，可沙场立功。先哲王阳明曰，人生"三大难"，吾得其一，今生足矣！

因是，他在关键时刻挺身而出，勇于担当，英武果断，组织了一场彪炳史册的驱倭大鏖战。人民纪念他，历史不忘他，李将军是一个真正的男子汉。

历史已经碾过，寻绎仍在进行。或许是冥冥中注定，台儿庄与台湾还真有一番缘情：二百年前郁氏族人为避难逃往台湾；1938年李宗仁率雄军驱寇凯旋台儿庄；2008年台湾郁氏重寻台儿庄祖根；2009年台儿庄成大陆首个海峡两岸交流基地……

台儿庄的历史奇遇，让我激动满怀：

台庄台湾皆姓台，
日月长城蒂相连。

千里灵犀不点通，

两岸子孙本同源。

古城异彩

台庄多奇事，凡事有奇缘。因果相报应，皆自上苍来。台儿庄已隐八十载，沉睡的该苏醒，久卧的要起来。

台儿庄运河两岸，山水相间，地阔天长。那儿是美丽的北国水乡，那儿是沃野千里之粮仓，更是大兴开发的好地方。二十一世纪初，商人们目光开始聚焦，一些房地产商三番五次走进台儿庄，有考察，有探访，有的还签订了协议书。古城向何处，台城向何方？苍天在叩问，大地在彷徨！

2008年春，一位当地执政者走向这片神秘的土地，幢幢残墙破屋让他感叹，片片荒凉废墟让他感伤，一个保存完好的古朴码头，让其勾起重建古城、传承文化的梦想。他向商贾厉声喝令："住手，停止台庄房产开发，古城要重建，台庄要复兴！"

从此，古城重建拉开了序幕。成立机构、抽调人员、出国考察、四处取经。学华沙、仿庞贝，知难而进。没有样本，走访耄耋之人，寻踪台儿庄望族，挖掘运河文化，整理历史文献，设计古城蓝图；缺少资金，四方问计，多方讨教，五十万吨煤炭做启动，谁建谁经营，自负盈亏。留古、复古、承古、用古是原则，"原址恢复、原物恢复、原貌恢复"，修旧如旧，古城还原，为人类保存传统文化基因。

经一代人几年奋战，一座美轮美奂的古城重放异彩。

夜幕降临，我与张小健、李建先生乘坐运河摇橹船，游弋于金碧辉煌、精美绝伦的古城水巷。船儿悠悠划行，一幅壮丽多彩、气势如虹的古城夜景徐徐铺排。

"问渠那得清如许，为有源头活水来"。首闯眼帘的是一尊高大的河神塑像，它稳稳地安立于安澜水闸旁。河神原是书生，名谢绪，为朱元璋"佐助真人灭虏"而被封为"金龙四大王"和"黄河之神"，并兼管运河。运河之水从安澜水闸引入水城。几百年来，每年二月初二在此举行河神节，接受人们顶礼膜拜，盼河神：一保漕运畅通，二保饮水方便，三保鱼肥虾多，四保百姓平安。此谓百姓对河神的期盼！

游过"千里走单骑"，穿出壮阔的连环桥洞，"迎驾石舫"扑面而至。康熙之年，台儿庄富绅为迎康熙六下江南捐资建起此石舫。康熙、乾隆凡至台儿庄，皆从此船登岸。迎驾舫雕工精细，通体圆润，风格独具，是一艘上好的古石船。它凸显了鲁南人民精湛的石雕艺术与聪明才智。

船舫漂荡在水巷之中，摇船姑娘深情地唱起《美丽的台儿庄》，并热情地讲述台儿庄的故事。

我问："前方光灿夺目，何景也？"

姑娘说："那是妈祖庙，妈祖是台儿庄人心中之神，幼年即神通广大，能乘席过海；二十岁升天化为海神，后奉为船家保护神。雍正年间（1723—1735年），福建商人在台儿庄兴建妈祖庙，其规模之大，豪华之至，人气之旺，香火之盛，为北方妈祖庙之最。"

姑娘还告知："过去台儿庄还汇聚世界五大宗教，中国的七十二座庙宇，它是台儿庄精华，瑰中之宝。"

我停足于金光灿灿的妈祖庙前，陷入了沉思。

史上曾有"梁武帝舍身兴佛法""武则天奉佛为大教""唐宪宗敬虔迎佛骨"等多次大兴佛事之举，都在王朝兴盛时而为，堪称盛世兴佛，社会之运。信仰与佛教紧密相连，自由信仰是民族之幸。

东坡居士当年在徐州府任职，也常到台儿庄踏青敬佛，留下了匆匆行迹：

> 赏花归去马如飞，
> 去马如飞酒力微。
> 酒力微醒时已暮，
> 醒时已暮赏花归。

一首连环诗句让人品读千年，诗之神韵至今仍幽幽回荡在古城上空……

总览台庄古城，它蕴含了江南的灵气，北方的霸气，西部的骨气，边塞的刚气，由之形成了自己得天独厚的贵气。

台儿庄之夜的诱人，不仅仅是这些传说和故事，我还深深地迷恋于台儿庄人用智慧之手描绘出姹紫嫣红的春天。千万只幽幽闪烁的大红灯笼，高悬于雕梁画栋的屋宇楼台。

此景啊！就似一场盛大之灯会，花灯排铺，流光溢彩，交相辉映，如火如荼。

此景啊！就像一条百里之龙灯，翻滚起跃，盘旋腾空，伸展自如，巧夺天工。

此景啊！就如天上一方之瑶池，色彩斑斓，流泉粉蓝，分外妖艳，闪耀苍穹。

千万盏形状各异的霓虹彩灯，披挂于圆拱各异的座座桥洞。这些霓虹灯，一会儿如彩色带，欲欲如仙，飘逸在古城的屋顶；一会儿如呼啦圈，圈圈炫红，萦绕于古色之桥洞；一会儿如风火轮，威风八面，灼热如虹飞走古城。

千百条波光粼粼的大小水巷，流淌于纵横交错的古城之间。犹如蟒蛇，蜿蜒曲折，潜伏于绿丛草间；犹如蛟龙，游走自如，时腾时伏，似鱼得水伏在渊；犹如炊烟，当空飞舞，氤氲袅袅，若隐若现半空间。

千百幢形态不同的美伦屋宇，镶嵌于透迤迂回汪塘十八洞。一幢幢南北交融，中西合璧的建筑沿巷而立，如同犀牛翘角，竞相攀登，好一派百屋争俏的风采。

一声声清脆悦耳，佛、道、基、伊众信徒的击盂唱和之声，如同天籁，环绕水城，好一个幸福安康之局面。

一座座码头驳岸，相互依偎甘愿让客人轻轻踏踩，如同登云之梯，直冲云天，好一腔蓬勃向上永不服输之情怀。

如此壮观的画面，如此奇特的景色，如此优雅的画卷，如此美妙的春天。我质疑是身置台儿庄，还是进入天间。

这夜景哦！即使那古欧建筑互融合，蓝天碧草相拥簇的华沙亦难以比拟；即使那丁年占城破土立，原汁原味呈于世人的庞贝亦难望项背。可惜：

威尼水市已落荒，

古城庞贝欠坊昉。

难觅环宇纯古邑，

欲领世眼少经幢。

东方故园一奇陬，

亦水亦城台儿庄。

亥夜时分，我载着运河的蒙蒙水汽，伫立于船头，仰望着五颜六色、绚丽多彩的夜空，一幅台儿庄生生灭灭、盛盛衰衰的历史画卷在心中泛起。

台儿庄形成于秦汉，发展于唐宋，繁荣于明清，兴旺于今朝，几度兴盛，历经衰颓，浴火重生。这是台儿庄禀赋中不凡与血性的延续，这是一个民族苦难史的缩影，这是炎黄子孙魂魄之体现！

盛与衰，荣与辱，顺与逆，誉与毁，无数次的天灾，无数次的相残，无数次的裂分，无数次的欺凌，无数次的崛起，中华不倒，壮心不已，生生不息，造就了华夏子孙的铁血强汉，千般烈火铸就了中华民族的不屈情缘。

一路水巷一路歌，风情万种台庄情。台庄是这般的迷人，让人这么地留恋。"梦也绕，魂也牵，梦中的水乡不曾改变"，我与同行久久地沉浸在水乡姑娘《台儿庄，不想与你说再见》的美妙歌声之中……

2012 年 8 月 1 日于杭州

本文原载于 2012 年 9 月 5 日上海《解放日报》第 8 版。

西 湖 天 下 景

◎ 天上掉明珠

◎ 仙人点姻缘

◎ 州官作画图

◎ 十景夺天工

◎ 英杰映古湖

◎ 西子一湖春

湖，像眼睛，折射了山川的心灵；湖，像明镜，映照了历史的绵亘。一汪碧水，一眸深情。

天下有口湖，置身喧闹，湖中有湖，至今仍赢得亿万百姓青睐与热捧；天下有股水，清澈透明，空灵澄碧，世世代代与中华文化相交相伴；天下有个景，游人如潮，人山人海，人们趋之若鹜，游兴与日俱增；天下有首诗，诗而接诗，词叠如瀑，历代文人为之动情，倾心歌咏。这便是钱塘江畔的华夏明珠——杭州西湖。

天上掉明珠

西湖明珠自天降，龙飞凤舞到钱塘。

钱塘州郡是个诗情画意又多情多义之地，在此诞生了许多绝世大卜的文学艺术家——初唐书法四大家褚遂良楷书力透纸背，堪称一绝；贺知章以一首委婉动听，春意盎然的《咏柳》诗唱响诗坛；明代大画家黄公望以醋畅的笔墨，恢宏的气势描绘出《富春山居图》，从而使钱塘镂金铺翠，华美绝伦。

我佩服杭州先人的智慧和创新，他们总能把一个个西湖故事说得自然天成，其故事与景点衔接得天衣无缝，让人身临其境。

西湖有个古老传说。很久以前，天河东边石窟住着条玉龙，西边住着只金凤。

金凤与玉龙来到一座仙岛，看见一块金光灿灿的石头，如获至宝，欲将此石雕成明珠。玉龙用爪子抓，金凤以尖喙啄，几年后，圆润光滑的一颗珠子诞生了。该珠光华辉耀哪里，哪里就百花齐放、万木长青、五谷丰登，金凤玉龙无比兴奋。

一日，明珠之华引起天庭王母娘娘注意，她欲占有该明珠，便派天兵天将其窃取。玉龙金凤得知明珠被盗，十分着急，找遍山山水水也无音讯。

一年，王母娘娘邀众神仙为其祝寿，共欣赏明珠。明珠拿出来的刹那间，光芒照耀大地，神仙们被震住了。金凤对玉龙曰："岂非明珠之光？""沿此光定能找到明珠。"玉龙说道。

他们来到天宫，见到久违之珠，即对王母曰："此乃吾辈雕琢之珠，应物归原主！"王母听之，即用手护珠曰："吾乃天庭王母，怎偷你宝珠？"言毕，遣天兵将他们赶出天宫。

金凤玉龙见此景，一个腾空欲夺，王母死死护住明珠。三者抢夺间，明珠从天宫掉落人间。玉龙金凤急忙追逐而去，护着明珠掉落人间钱塘湾。

此时，奇迹发生，明珠变成一口碧绿之湖。为护明珠，玉龙化身玉皇山，金凤化为凤凰山，从此万古不渝地守护在此。

传说是美丽的，寄托人们对西湖的美好想象。我站在宝石山巅，俯瞰这颗明珠，她三面群山怀抱，一面辽阔及海，一条古老火山通道，由西向东延伸。

我对西湖有着深深之情，年少时便远涉百里前来瞻仰心中之湖。近年来，为研究西湖形成，收集大量资料认真析研，探其究竟。

据南宋《淳祐·临安志》载："旧传西湖本通海，东至沙塘河，向南一岸皆大江也。钱塘旧治武林山，游云逼江，则今之湖因与江通也。"钱塘县初乃山中小县，在秦代，钱塘为随波出没之海湾，与烟波浩渺的钱塘江水连成一片，西湖尚未形成，潮涨时，江水淹没得迷迷茫茫，潮落时，是一个荒凉的浅海湾。

司马迁《史记·秦始皇本纪》道："三十七年十月癸丑，始皇出游……过丹阳至钱塘。临浙江，水波恶，乃西百二十里从狭中渡。上会稽，祭大禹……"秦始皇巡视江南，赴会稽途中，曾系舟于临江悬崖，这一"秦皇缆船石"即在宝石山。

过两百多年，东汉光武帝时，西湖雏形始成，江与湖藕断丝连。此时，走出一个人，他官虽小，却有干大事之气魄；虽无名声，却有大车以载之胸襟；虽无钱粮，却手一挥，彻底把江与湖隔绝。此人即东汉会稽郡议曹华信也。

《水经·浙江水注》中的《钱塘记》曰："防海大塘，在东县一里许，郡议曹华信乃议立此塘，以防海水。始开募，有能致一斛土者，即与钱一千。旬月之间，来者云集。塘未形成而不复取，于是载土石者，皆弃而去，塘以之成。故改名钱塘焉！"意思说，为筑海塘，凡能送土石者，给钱银一千。消息一出，百姓拼命搬运土石。石料已足，华信又贴告示："塘疑修不成。"众人纷纷离去，华信趁机取石修成塘堤。

华信是个智慧官，略施小计，不花分钱，修成钱塘堤，但也遭受世人非议。

当下，华信筑造之堤挡住大潮，使涨沙渐远，构成三面云山一面城的杭州格局。郡议曹华信乃西湖第一功勋也。

节同时异，物是人非，人们已不再遭受凶猛海潮的侵袭，可尽情享受钱塘湾的绮丽风景。

有一年，有关部门发现了湖滨路上的钱塘门旧址。我专程观览，目注埋掩地下的千年乌砖，它记录着多少历史故事与情怀。

此地，曾是海鱼跳跃、白浪滔天之水域；此地，曾是秦皇始下江南的缆船之处；此地，曾是迎送帝王妃艳进出之大门……过去的已烟消云散，唯有西湖东堤依旧昂然。如今，人们已不记得郡议小官，他如飘荡于空中之尘埃。然而，历史不能忘记这位为西湖立过首功的普通人。他忍辱负重，为修西湖东大堤承受"欺骗百姓"的百年骂名；他煞费苦心，一心想着钱塘风貌的长久盛兴。没有他哪有后来的苏堤和白堤？他功勋卓著，却在钱塘无一立锥之地，其貌其功其声无影无踪。试问，后人是否应为其立传树碑，彰其丰功？

这不正是：

凡人愿记名人功，

人微做事被言轻。

今劝世人班功赏，

俊杰小吏水端平。

仙人点姻缘

西子处处有传奇，断桥孔下姻缘起。

西湖是出名人奇人之地，也是爱情之都。中国有四大爱情故事，牛郎织女、孟姜女哭长城，另外两个许仙和白娘子、梁山伯与祝英台均发生在西湖。

很早就听说过《白蛇传》的故事，相传是由八仙之一吕洞宾点化而来。

阳春三月三，西湖边柳枝嫩绿、桃花红艳，吕洞宾到断桥卖汤团凑热闹。一小孩吃了他的汤团，三天不进食，老人要讨说法。吕仙听后哈哈一笑，把小孩抱上断桥，双脚倒拎，大声喝道："出来！"汤团从嘴巴里吐出，落在断桥水下面。

恰巧，一条白蛇和乌龟从湖心游来，它们得知汤团是颗仙丹。已修炼五百年的白蛇从湖底钻出，一口抢吞了汤团。吞下仙丹，白蛇化成人形，取名白素贞。

乌龟未抢着仙丹，与白蛇打斗未果，无奈遁入佛门，听如来讲经。一天，它偷走袈裟，化身法海来到金山寺，害死方丈自做主持。

金山寺香火不旺，法海便在城内散播瘟疫，促人来烧香。可不知，一郎中名叫许仙，医术高超，一帖药即能治好瘟疫，让法海坏主意落空。后来，他得知许仙妻子是白蛇——新仇加旧恨，法海怎能容忍？他将许仙骗到金山寺关押。白娘子千辛万苦救出许仙，不料自己却被法海镇压于雷峰塔下。

该故事弘扬了自由婚姻、人性解放及知恩图报的理念，它一直影响着人们。

我不禁感慨，《白蛇传》的故事如此完美，打动多少人心！故事的背后，我也看到仙与人的悖论：成仙者想变人，做人者却想成仙。不管仙与人，心中总牵着一个"情"。两者为爱而生，为情而死。仙与人都走不出这一帘幽梦，此是生命本体的大人性。

为恋情，年轻女子以死相搏，不惜性命；为衷情，性情中人可两肋插刀、敢做敢拼。殊不知，南朝有位才貌出众的苏小小，因家道中落，跟乳母贾氏一起生活，后被卖入青楼。她身虽在烟花之地，但卖艺不卖身。她个性风雅大方，凭着过人的才智成了有名的"诗伎"，常从容自如与文人墨客吟诗作对，受到众人推崇。

一次，苏小小遇到一富家子弟阮郁。在言谈中，阮郁深深地被小小的才情和美貌吸引，而苏氏也对阮公子心生爱慕。

苏小小和阮郁陷入爱河，结成了夫妻。阮父乃朝中宰相，听闻儿子迎娶风尘女子，心中恼怒，便写信设计，说父突染恶疾，望儿速归。阮郎到家即被软禁，强迫其迎娶门当户对的女子。

而苏小小在杭州等啊等，一天天过去，迟迟不见音讯。

邻居说，阮郁已变心，苏小小不信，仍痴痴等待郎君归来。她常写诗寄托思念："妾乘油壁车，郎骑青骢马。何处结同心？西陵松柏下。"饱受思念之苦的小小常出门散心。一天晚上，看到一位神形颇似阮郎的书生。两人言谈中，小小知晓，书生名鲍仁，因盘缠不足而正发愁如何进京赶考。苏小小心地善良，对曰："奴家赠你盘缠助你赶考，祝蟾宫折桂。"鲍仁感激不尽："诚谢小姐鼎力相助，日后定当报答。"千年前的小女子，能给一位素不相识且处于困境之人无私捐助，这是一种怎样的情愫，值得赞赏。

书生走了，苏小小继续等着阮氏郎君。后来，鲍仁金榜题名，找小小报恩。可惜，她已积郁成疾，香消玉殒，飘逝而去。鲍仁在贾氏告知下，按照苏小小遗愿，将其归葬西泠桥旁，报答了往日之恩。

感人的故事总能引起共鸣。白居易任职杭州，听闻凄美故事，写下《如梦令·苏小小》："苏小小，向来道，无人知。惟闻此夜梦中语，梦筝声里曲初成。一弦一柱思萦怀，倚窗听雨怨风哀。水边浦上多离别，肠断春江欲尽时。"后来，李贺一首《苏小小墓》把此才女推向文人墨客缅怀、追忆的高潮，其实不乏李商隐、刘禹锡等大诗人的名句。

一段时间，我因撰写《百年印社何辉煌》一文，到孤山采风，路过苏墓，总不免投下哀怜目光。一次偶然，遇见一位北方男子千里迢迢赶来杭州，在苏墓前摆下水果糕点，点起明烛炷香，面向墓碑正襟危坐，痛哭了一场。对此，人们不感到骇然吗？我想，这或许是苏小小的遭遇引发他的共鸣，或许是跨越千年的心灵感应。

一位小小女子，从毫无名声到千年流传，从普通人的同情到文人的追思，最终葬于寸土必争的西湖之畔，得到如此尊贵的长久安享与敬仰，让多少人羡慕与向往。

苏小小何以引起这么多大文人的追崇，不仅仅是她对爱情的忠贞不渝，对偶遇困顿者的无私资助，还因她的辈分大过唐宋所有文人，同时也包含男性对一位弱女子的怜悯与同情。她是一个追求人生自我价值和合理人性的人。

苏小小的故事影响了多少年轻人。在西湖这片土地上演绎了一曲又一曲的爱情之歌。王宣教暗助陶师儿逃出虎口，二人成为终身伴侣；孟丽君洗尽冤屈与皇甫少华喜结良缘；柳浪为织十景缎巧遇闻莺，历尽劫波成佳偶；史量才凭一曲《高山流水》携手沈秋水，二人琴瑟和鸣，等等，一代又一代人诉说着男女相恋之情。

州官作画图

吾在钱塘拓湖渌，大堤士女争昌丰。

人世间的情爱，也昭示和吸引了许许多多墨客和官人。

十一世纪七十一年的一天，一位三十六岁的年轻人，头戴幞头，腰束革带，脚蹬革履，意气风发地站在东堤上。他面朝湖水，诗情荡漾，写下许多佳作。两年后，他吟下千古绝唱："水光潋滟晴方好，山色空蒙雨亦奇。欲把西湖比西子，淡妆浓抹总相宜。"他就是后来中国文坛的大文豪、著名书法家、画家，北宋枢密副使苏东坡。

1071年，苏东坡因反对王安石新法，遭到排斥，调任杭州通判。其间，他和太守陈襄制定规划，疏浚六井，解决了杭城子民饮水之难。

1089年，苏东坡第二次贬杭任职太守。他心情复杂，怅然若失，百感交集。他想，余因"乌台诗案"，刚从黄州回朝任礼部尚书，转眼又被贬杭，何罪之有焉？苏东坡从政一生，冤屈频生，三十三年间任转偏僻州郡，八任州太守；被贬十二年，三起三落，历尽艰难，深得同情。这次来杭，也许再也回不了京城——安心此处即故乡，抖抖风尘，那就为百姓做点事吧！

几个月来，他发现西湖淤塞已很严重，拯救西湖乃当务之急。他后来回忆："熙宁中，臣通判本州，湖之葑合者，盖十二三耳；而今者十六七年之间，遂塞其半。父老皆言，十年以来，水浅葑横，如云翳空，倏忽便满，更二十年，无西湖矣。"

"杭州之有西湖，如人之有眉目，盖不可废也"——面临如此严重之威胁，东坡即向朝廷呈请《杭州乞度牒开西湖状》，提出六条举措，关键为三条：一、放水溉田，每减一寸，可溉十五顷；每一伏时，可溉五十顷；二、西湖深阔，则运河可以，取足于湖水；三、天下酒税之盛，未有如杭州者，岁课二十余万缗。

东坡边向皇上奏请，边实地考察，建议再拨五十道度牒，凑成一百道（一百道度牒可换一万七千贯钱）。如银两不够，将自己字画拍卖，凑齐所需钱粮，事可成也。一个封建州官为民办事，遇钱粮不足，毫不犹豫地将自身家产拍卖，迄今为止也是一种高尚的情怀。

粮草备齐，夏季开工，雇佣二十万人，开始了浩大的筑堤工程。东坡虽心有不平，但他为向朝廷表示忠诚，仍夙兴夜寐、不辞劳苦，他卷起袖子，亲力亲为，指挥疏浚，与民共劳。历时半年，疏浚之淤泥筑起五华里长的湖堤，并架起映波、锁澜等六座孔桥，堤上种植杨柳、桃树，如飘忽在湖面上的一条条彩带，美艳绝伦。

长堤筑成，东坡自我欣赏地写下"六桥横截天汉上，北山始与南屏通。忽惊二十五万丈，老葑席卷苍烟空。昔日珠楼拥翠钿，女墙犹在草芊芊。东风第六桥边柳，不见黄鹂见杜鹃"的诗句，以此为乐，聊度人生。

有人说，一个大文豪做平常人做的事，乃中国文人的悲哀。孰不知，屈原没有流放磨难，哪有《离骚》与《九歌》；韩非不因于秦，哪有《说难》与《孤愤》；苏轼不经黄州困苦潦倒，哪有《赤壁怀古》大江东去的豪情与气概。苏轼筑堤，居易挖井，乃上天之安排焉。

人世间有些事常常是张冠李戴。

一提白堤，人们便以为乃白居易所筑。其实，非也！白堤旧称白沙堤。雍正《西湖志》曰："白沙堤……自断桥起迤逦经孤山至西泠桥止，径三里余。"白居易在《钱塘湖春行》一诗中写道："孤山寺北贾亭西，水面初平云脚低。几处早莺争暖树，谁家新燕啄春泥。乱花渐欲迷人眼，浅草才能没马蹄。最爱湖东行不足，绿杨阴里白沙堤。"他还发问："谁开湖寺西南路？草绿裙腰一道斜。"并自注云，"孤山寺路在湖洲，草绿时望如裙腰"，此说明白堤不是白氏所修。

白居易在杭任职时，发动州民兴筑过钱塘湖堤，以灌溉农田。称"白公堤"。但几经沧桑，堤迹早已泯灭。白氏在杭勤政爱民，受民爱戴，离杭时子民不舍，扶老携幼，拦路奉酒，洒泪为之送别。他写诗作别："耆老遮归路，壶浆满别筵。甘棠无一树，那得泪潸然。税重多贫户，农饥足旱田。唯留一湖水，与汝救凶年。"后人为纪念白居易，在孤山南麓建白公祠，把白沙堤称为白堤。

西湖有四堤，曹堤、苏堤、白堤、杨公堤。杨公堤乃重庆丰都人杨梦瑛在杭任职时所筑。堤上亦有六孔桥，与苏堤六桥合称"十二桥"，名闻天下。

此正所谓：

曹苏白杨筑湖堤，

千年一脉西子系。

州官一任绘图画，

自有子民送酒鸡。

十景夺天工

自古绣林成十景，湖上春来似画图。

西湖自东汉形成雏形，历经三国、隋唐和宋代的不断完善，格局初定。

西湖地处南北交汇，夏季炎热，冬季阴冷，但却很养人。它风光旖旎，景点开放，文化深厚，城市优美，春秋宜人，人们可以无拘无束地在这里疗养栖身。

中国历史上绝大部分的文学名家都到过西湖，对西湖情有独钟，尤其受林逋隐士影响。一些外国友人也纷至沓来，韩国文人金昌翕，日本智宗禅师及尾藤二洲等人纷纷到杭隐居或察访，马可·波罗更是对西湖赞赏有加，等等，其来者数量之大，影响之广，持续之久，任何一个园林和文化景观都无法比拟。

西湖大卜景，游者尤愚贤。深浅随所得，谁能识其全。

我认为，西湖是个博物馆。不，博物馆之内涵无其广博，之物象无其真切，之排序无其爽畅，之感念无其真挚，之吟味无其久远——杭州西湖，不是博物馆胜似博物馆。

不是焉，西湖以水招人，以柔引人，以艳惹人，以诗感人，以傲羡人，三山半落青山外，一水中分阮公墩。此地仙气缭绕，如诗如画；庭庙林立，玉砌樨阑；岛桥亭楼，玲珑剔透；人文典故，传奇迭出；名紫薇垣，精美绝伦。

西湖十景源自南宋山水画家祝穆《方舆胜览》一书，其中三潭印月和雷峰塔给世人留下别样的魅力与风情。

春分时节，我约金涛先生乘摇橹船专程观览甚具神秘感的印月三潭。摇船者是位船娘。我问她："干此行有几年？""八年。"我又问："你最喜欢是何景？""三潭印月。它看似简单，却巧夺天工，可望不可入，可近不可触，游人常倾慕，天地一网罟。"

一刻许，船儿驶入印潭旁。果不然，雷峰立夕照，三潭印湖影。三景成对视，深情款款中。

三潭印月乃十景精华所在。传说是鲁班兄妹雕刻的石香炉压住黑鱼精而成。

一年，山东巧匠鲁班和妹子在钱塘边雕琢石器。忽然，黑鱼精作祟，一阵黑风刮来，深潭喷出大水，杭城一片汪洋，兄妹俩逃上宝石山。

此时，湖中钻出一个黑丑后生，滚动斗鸡眼上了岸。他看上了鲁妹，伸手便拉，欲与其成亲。鲁班一榔头隔开其手，喝道："滚开！"黑后生嬉皮笑脸曰："我皮三尺厚，不怕大榔头！嫁吾好说话，不然水漫城。"鲁妹想：再涨水，民命难保，便对后生曰："不谈嫁与否，先办吾嫁妆。"后生很开心："啥嫁妆？""高高山上高高岩，将其凿成大香炉。"黑后生拍起大腿："天上黑鱼王，落凡立庙堂。做个石香炉，是件好嫁妆。"

黑后生吹起一阵风，宝石山上一悬崖滚将下来。鲁班们凿了七七四十九天，悬崖变成一只大香炉。香炉有三只形似葫芦的炉脚，其上凿有三面透光的圆洞，显得格外通灵。鲁班对黑后生曰："嫁妆已成，劳你搬下山！"黑后生把石香炉吸在后面滚啊滚，滚到湖中央，黑鱼精被罩于倒扣的香炉之下，闷得透不过气，只好拼命往下钻。越钻，石香炉越往下陷，黑鱼精终于被闷死在湖底，石香炉也陷入淤泥，只在湖面上露出三只炉脚。

关于此，人们已信以为真，但这三座"炉脚"，实际上是苏东坡率人立于湖心的石塔。

从此，西湖留下一个奇妙风景。人们在石塔三面透光圆洞里点燃烛火，湖心即映出几个月影，这便是号称"西湖第一胜境"的三潭印月。

三潭印月是个圣洁的景致，乃西湖之魂。清代弘历有绝句：标意恒沙转法轮，见身非实是真身。无心古镜波心印，不向拈花悟果因。

游毕三潭印月，已是巳时时分，我们匆匆赶路，直奔雷峰夕照景。

西湖的艳丽、傲岸与奇崛应算雷峰塔。它是众多古塔中最为风流倜傥之塔，得到历代文人的青睐和追捧。元人有诗曰：烟光山色淡溟濛，千尺浮图兀倚空。湖上画舫归欲划，孤峰犹带夕阳红。雷峰塔是杭州之缩影，在它身上发生过许多奇异的故事。

北宋开宝五年（972 年），吴越国王钱弘俶崇奉"佛螺髻发"，以祈祷国泰民安而建造了雷峰塔。也有人说，这是为黄妃得子而造，故也称黄妃塔。

据载，建塔时曾有释迦佛螺髻发舍利藏于塔底，造塔砖中也内藏经文，以此祈福辟邪。

相传，西湖之郊有户人家，子女患病不愈。得高人指点，"峰塔下镇压着白娘子，若取一塔砖供奉，或可化解。"老人取来塔砖供奉后得愈，家事也顺。故传塔砖有"辟邪""宜男"之功效。为此，百姓争相窃砖，破坏了塔身。

雷峰塔历史上曾遭遇过两次大火。清代以后，仅剩塔身立于西湖之滨。

二十世纪甲子年（1924年）九月一天，雷峰塔终轰然倒塌。塔倒时，群鸟惶然惊飞而出，绕塔盘旋。塔顶冒出灰烟，高达数尺。塔身瞬间分成两半，向两侧外倾，随之两半又速即合拢，向塔心陷塌。一时间，黄雾弥天、阴雷震地，湖水震荡、鸟盘不散。

鲁迅先生为此写过《论雷峰塔的倒掉》，以犀利笔触揭示了民国时国民之奴性。

我以为，雷峰塔倒塌之因有三：其一，当年国民私利性和封建迷信所导致；其二，雷峰塔筑造之时，墙砖藏有经文，"经""金"同音，百姓误为金砖，争相窃取，塔虚而倒；其三，政府无力保护和修葺。有此三者，怎有不倒之理。

可喜的是，一百年后，雷峰塔历经沧桑，凤凰涅槃，获得新生。

那一年，在雷峰新塔方案论证时，我也与会其中。建筑专家们各抒己见，众说纷纭。我认为，方案之塔与原塔比，体积稍大，与夕照山不相匹配。但时过境迁，已成后话。

新建之塔，以南宋塔为依据，复原宋时砖身、平座、五层楼阁式，既有江南古韵，又具世纪风采。

我登于塔中，察看新塔，兴致渐浓。一进基塔，汉白玉的石栏杆，维护着古塔遗址。八角形塔身，层层盖铜瓦，转角设铜斗拱，飞檐翼下挂风铃，风姿优美，古色古韵。二层之上，皆有外挑平座。层门洞有《古越造塔图》和铜板线刻壁画，展现当年钱王造塔之盛况。

然而，引我意兴乃三层。室内八块诗刻二十三篇，为历代诗人赞美雷峰塔之佳作。南宋诗人陈允平《扫花游·雷峰落照》词，将雷峰夕照前世今生娓娓道来；尹廷高七言绝句乃雷峰夕照主题诗中名篇，流传广泛；乾隆六次下杭州，次次诗赞雷峰塔。但他写尽西湖天下景，有名诗句少丰丰。后来者茅盾先生诗意兴，又将宝塔赞一通。我虽非诗人，却也频生雅兴：青山披诗句，湖水闪词光。满堤是诗星，出手皆华章。人们对同一物象如此青睐，诗诗相接，诗思如瀑，一景作百诗，诗意冲天来，只有西湖有此诗境。

在诗词的世界，西湖是一抹悠远的意境，是文人的寄托，墨客的聊赖，雅士的放情。诗人们诉说着寻常百姓的烟火与深情，表达了湖山碧水都是趣的幽声之韵，抒发了壮心不已志在千里的激越情怀，感悟了对人生哲理、宇宙探索的深刻之理。

我看完塔内壁画，饶有兴趣地凭栏观景。首先，让我眼睛一亮的是东边胜景：万幢高楼如万马奔腾，自钱塘奔来，越过海湾浅滩，以排山倒海之势压向西湖湾。忽然间，伍子胥引弓射潮，怒涛渐渐退去，巨浪归于平静自然。

转身西看，云雾苍茫，堤岛相连；隍阁巍峨，落日熔金；玉宇琼楼，风月无边；碧波粼粼，湖光潋滟；五湖十潭，风光无限；景似团簇，胜似天间。

千帆过尽皆是客，洗尽铅华换人间。绕塔南览，乃群山连绵，

宛如一幅气势澎湃的画卷，把雷峰塔紧紧拥在怀间。南屏晚钟响起
国泰民安的乐曲，宽宏净慈寺见证了宝塔千年兴衰，也护佑了钱塘
一带子民平安。

啊！雷峰塔乃神秘之塔、患难之塔。一千来年几次遭难，数次
重兴，屹立不倒。一个宝塔折射了一部悲壮的中国史，块块砖瓦皆
承载着文化精魂和血脉。悠悠塔史，挟裹了几多文化盛典和承传！

三潭印月和雷峰塔只是十景一隅。西湖十景蕴育国风，我对十
景特钟情，独坐窗前细思量，且将景名撰诗文：

平湖秋月雷峰映夕照，
柳浪闻莺南屏响晚钟。
断桥残雪远融虎跑泉，
花港观鱼戏弄双峰云。
曲院风荷印出三潭月，
灵隐问禅六和听涛声。

我常绕湖而行，地处柳浪闻莺旁钱王祠的钱镠是杭州城的第一
设计和建造者。他出生时相貌奇丑，红光满身，父亲甚嫌，将其遗弃。
幸亏祖母怜悯收留，抚养成人。钱镠自幼学武，擅长射箭，从戎入伍，
南征北战，战功赫赫，一统江南，成了吴越之王。他功成名就，不
计前嫌，善待父母，报答生育之恩，至今让人们肃然起敬。

我谢别钱祠，浮想联翩，心胸荡漾。待到来年有一天，我要把
西湖的诗词汇成长长的诗卷，永久地让人们讴吟歌咏；要把西湖的

故事编成一帧帧图册，让后人长久地赞扬称颂；要把西湖之水溶作陈玄之墨，写就一章赞颂湖山的美篇，给后嗣研思铺垫；要把西湖之天变作千年寿纸，绘出一幅美妙绝伦的仙图，给世人久久观览；要把巍巍的群山，化作彪炳史册的英雄好汉，让其风骨永存人间。

英杰映古湖

赖有岳于双少保，人间始觉重西湖。

西湖是崇德举善奋发向上的地方，在此举办的文化艺术活动数不胜数，西湖子民常年浸泡在文化渲染之中，文化少者，耳闻目睹可成博学人；才情低者，一浸湖水可成智慧人；胆气缺者，岳庙一拜可成世间无畏人，此天之资也。

西湖不仅是文化之邦，更乃豪杰之乡。西湖有三杰：岳飞、于谦、张煌言。他们乃华夏之英、钱塘之豪，顶天立地、风骨犹存。其事迹，铁骨铮铮、可歌可泣；其精神，如山似柏、永世长存；其影响，如雷贯耳、震撼天地。

三杰名声最大乃岳飞，其次是于谦，张煌言人们知之甚少也。此因何由矣？几百年来，杭州已树起一位精忠报国的大英雄，宏大的岳庙、感人的故事、闪光的精神，足以盖过所有英雄。明代土木堡之变又诞生了杭州籍的英杰于谦，人们为其造大墓、立碑文，名声浩荡。平心而论，张煌言为国之功，难比岳于两杰，其文采可说不分伯仲，而在生死抉择面前，煌言不输鹏举与廷益。然则，同是三杰者，名声大不相同，我要为他扬名颂功。

清明一日，我怀着对英烈崇敬之情，专程到南山路一号张煌言墓地祭奠英雄。

张煌言之墓，地处风景秀丽的太子湾，树木参天，绿荫遮盖，乃属风水宝地。英雄长眠于此，也是天意安排。但墓之规模不可与岳飞墓同日而语。

我仰望墓碑，思绪万千。一个惨烈的场景在青山上空升腾、重演。

康熙三年（1664年）九月初七，杭州城弼教坊的刑场上，百姓缟素呜咽，一片悲壮。五人身着大明服饰，下轿步入刑场。一位身形瘦长的男子，在四名清军羁押下，凌然立于刑场。他放眼吴山，一片苍茫，高声而吼："我今适五九，复逢九月七，大厦已不支，成仁万事毕！"随后以身许国，舍生取义，慷慨赴难。

顷刻间天地变色，乌云翻滚，暴雨如注，民众哭声震天。在场清军官员不禁仓皇失色。友人冒险将其尸骸收敛，葬于西湖南屏山下，圆了他"国亡家破欲何之？西子湖头有我师。日月双悬于氏墓，乾坤半壁岳家祠。浙将赤手分三席，敢为丹心借一枝。他日素年东浙路，怒涛岂必属鸱夷！"之愿。

张煌言浙江鄞县人，号苍水，出生于官僚家庭，饱读诗书，弱冠中举。此时，明朝已经穷途末路，清军南下，连破扬州等城。张煌言眼看大明将去，奋然弃笔从戎，投身于反清复明运动之中。

1650年，张氏奉明太祖后裔鲁王朱以海监国之命，举起复明大旗，组织招募义军。他治军严明，秋毫无犯，深得民众拥护。后与郑成功联手，开始一生中最辉煌的四跨长江之战。

永历八年（1654年）正月，张煌言与张名振首次渡过长江，冲过江阴等清军防域，在金山登陆，大获全胜，直逼南京。张煌言每到一地，安抚百姓，军民相拥，父老争出持牛酒犒师，出现多年来所未见的盛况，让清朝统治者大为恐慌，急忙向江南地区增派兵员。

后来，由于明军内部心不齐、力不拧，复明希望昙花一现。张煌言腹背受敌、孤军奋战，清两江总督致信张氏投降，被他严词拒绝。

后因叛徒出卖，张氏被清军牛擒，并招来已降部下劝降。众人流着眼泪说："张大人，我辈久跟官长，南驱北战，可今日明朝大势已失，无力回天，一起投降吧。"

张煌言听了怒斥道："一帮忘恩负义、贪生怕死之徒，天理难容！"

清军官员说："只要张大人愿降，富贵功名立马可得。"

张煌言凛然道："父死不能葬，国亡不能救，死有余辜。今日之事，速死而已。"言罢拂袖而去。清军深知张煌言坚贞不屈，再劝无用。不久，张氏在杭州弼教坊被满门抄斩。

豪杰气吞白凤髓，高怀眦饮黄羊血。英雄被害，精神永存。我钦佩张煌言以一介书生之力，扛起反清复明大旗，力挽狂澜，誓死血战，无惧无畏的精神；我敬佩张煌言在戎马倥偬中还拿起战笔，愤怒挞伐清军之罪，抒发为国的壮志豪情；我敬佩张煌言被捕后慷慨陈词，痛斥叛军，视死如归的激情和骨气。

然而，我也感叹，张煌言独臂擎天，外遇强敌，内缺将才，独木难成林的困境；我感叹，南明小朝廷相互掣肘，内耗不断，力量抵消，难成大事的宿命；我感叹，关键时刻，友军不配合，内部出叛徒，功亏一篑之窘况。

张煌言明知明朝大厦已倾，无可挽回，他仍义无反顾地抗清复明，骨子里流的是西湖英杰热血，展现的是民族脊梁气节。

张煌言铿锵有力的《满江红·萧瑟风云》至今响彻在西湖天空：

谁讨贼？颜卿檄。谁抗虏？苏卿节。拚三台坠紫，九京藏碧。

燕语呢喃新旧雨，雁声嘹呖兴亡月。怕他年，西台恸哭，

人泪成血。

在我心中，西湖是豪杰，吾自横刀向天笑，去留肝胆两昆仑；西湖是文人，挥毫落纸如云烟，举樽一饮诗百篇；西湖是恋人，身无彩凤双翼飞，免教生死作相思；西湖是侠女，巾帼如男偏仗剑，云游天下向苍茫。西湖是个大舞台，人生精彩尽在其中。

西子一湖春

最爱湖东行不足，更待月黑看湖景。

自古以来，描写西湖文章太泱滟，我已无能为其添风采；书写西湖楹联太丰富，我已想不出新句加冠冕；歌颂西湖诗词太绮丽，我已找不到好的词章显烨然；西湖故事实在多，多得让我无法剪裁与编撰；西湖文化太厚重，重得令今人难以超越与承载。

可记得，数不清的文人墨客和帝王将相向往西湖，他们有为情而来，有为义而往。李白六首西湖诗，句句抒发满腔情；梅妻鹤子

林和靖，长居孤山成小隐；史称怪才徐文长，挥洒激情作长诗；杭府都头除民害，西湖之畔悼武松；康熙五次到杭州，欣然题字飞来峰；西子湖头有我师，秋瑾之愿葬西泠；国学大师章太炎，革命一生彰其功；画印杰人吴昌硕，开创印社新途征……

西湖的兴衰与时代紧密相连。清末以来，国家内忧外患，西湖亦遭灾殃，湖滨路、南山路景区受破坏，园地被豪强侵占，苑不像苑，湖不像湖，西湖失去昔日风采。

二十世纪七十年代初，一位外国政要游览西湖后评价："美丽的风景，破烂的城市。"一石激起千层浪，难道曾经"山外青山楼外楼，西湖歌舞几时休？暖风熏得游人醉，直把杭州作汴州"的西湖已沦落到如此地步？政要之语刺痛了国人之心，当地政府毅然提出重振西湖、改造西湖；还景于民，还湖于民的决策，让西湖得以重生。

八十年代后，政府第二次对西湖景区进行大刀阔斧整治和修缮，强行搬迁景区违章建筑，敢于得罪强横无赖，不怕钉子户胡搅蛮缠，一律按古风宋韵整顿提升，重现湖山风韵。

2002 年，鉴于西湖湖面蚕食不止之状，又决定西湖西进，挖掘金沙醇浓、三台韵泽、燕南寄庐等三十多个被淹没的历史名胜古迹，大大扩展湖域面积。

西湖之水靠山溪汇集，雨季水患，夏季缺水。流水不腐，户枢不蠹，湖水之质令人担忧。为改善水质，建造了小南湖、浴鹄湾等水闸，把钱塘江水注入西湖，一月换一次。如今，西湖已完成全面修复整顿，重现宋代风貌。其水，波光潋滟，洁净无瑕；其景，灿若云星，独具匠心；其容，毂击肩摩，车水马龙，目不暇接。它是中国最美艳之湖，最热闹之湖，最有文化之湖，最含古韵之湖。2011年，杭州西湖作为世界第一例"文化名湖"申遗成功，被列入世界遗产名录。

当下，人们轻松愉悦、心情欢畅地环湖行走时，可知否，当年政府如何力排众议，抽调资金，强行治理的艰难？当下，人们随心所欲，任意进入景区时，可知否，当年地方官员揣着为民情怀，决意为来杭游客免费观景提供方便？当下，人们在享用G20峰会带来的恩惠时，可知否，西子国宾馆等几十家饭店为接待世界各国元首并举行国宴的辛勤付出？

生活在杭州是幸运的，佛界说是前世修来的福分，故而要感恩。感恩世世代代的杭州开拓者和一代又一代的引路人。

我住在西湖之畔，仰望心中的圣湖。西湖给我清纯灵气，教我做事融会贯通，做人低调谦逊；西湖给我持久勇气，教我勇于挑战，承受曲折，追求梦想；西湖给我永久力量，教我踏着崎岖走，指向要专一，心志不彷徨——这才是杭州人的模样。

西湖之畔，寸土寸金，挤满了古迹名胜。在古老南山路上有一座百年历史的中国美术学院。它离湖咫尺，风格独特；融贯中西，灵气四溢。学人们日日负气含灵，自在如风；创新引领，名作灿若繁星，使其成为全国首屈一指的书画名苑。

这里走出一批批书画艺术大家：国画家黄宾虹的笔墨创新终成一代大师；巨幅民族英雄《岳飞》油画使吴大羽一举成名；人民英雄纪念碑群雕让刘开渠开启雕塑新里程；百年巨匠书法大师沙孟海令后人引以为傲，等等。他们饮过钱塘江畔甘甜之水，在吴山脚下谒拜过尊敬师长，他们胸有丘壑，志存高远，追梦远航。

每当春天，我常在清晨漫步西湖，欣赏湖堤的桃红柳绿，观瞻天空的云卷云舒，深吸湖面的隽永灵气，揽抱保俶塔的多姿风韵。

西湖的早晨很美，犹如一幅栩栩如生的诗意画卷！

一轮红日从高楼林立间放射出奇光异彩，城郭银光闪烁，湖面波光粼粼，一派生气盎然。一艘清洁船载着保洁员来了，它轻快地游弋在湖面，每张纸屑都逃不过他们的火眼金睛。没有他们，就无西子的如玉碧水；没有他们，就没有映日荷花别样红。往前走，只见一名男子拉着五彩斑斓的纸鸢，在微风中摇曳，活脱是雄鹰在空中翱翔，如梦如幻——风筝是有生命的。一帮精神矍铄的老者挥动长笔，精神抖擞地蘸着湖水，大地作纸，在撒捺中寻找一生的成就与归宿。

西湖早晨美，西湖的夜色更是繁花似锦、美奂绝伦！

夜幕降临了，湖面四周华灯齐放。对岸城隍阁和雷峰塔柔和之光如同迷人的眼睛，温情脉脉注视着美丽的古城；保俶路、南山路似西子两道弯弯月眉，让人勾起无限遐想。

西湖夜色，如同一幅流动的诗篇，吟唱了夜幕，激活了湖山，写尽了人生，抒发了情怀，委婉动人、诗意盎然。那不是一湖幽光送诗篇，画阁初晴暮卷帘吗？

西湖夜色，如同一个飞舞的精灵，飘逸的仙子，妩媚的身姿，流光又溢彩，为茫茫夜色带来勃勃生机与光焰。

西湖夜色，如同一曲优美的乐章，轻快的旋律，深情的音符，舒缓的节奏，让整个西湖的夜色充满温馨与梦想。

赫然间，一阵喷泉音乐随风飘来。一排金灿灿似稻穗般的泉水喷涌而出，随着音乐翩翩起舞，才将风雨洗青苔，一树杏花湮梦开。

一瞬间,水柱遁逃无影无踪,一团火焰急速而来,忽而左摆,忽而右舞,它象征着青春的火焰。

流水淘沙不暂停,前波未灭后波生。蓦然地,晴空一鹤排云上,便引诗情到碧霄——水柱冲天而起,它是复兴的呼唤,民族的崛起。紧接着,音乐声慢慢减弱,渐行渐远,真乃千淘万漉虽辛苦,吹尽黄沙始到金。

喷泉经江水潺潺、击波斩浪、大海怒涛、锦水汤汤、回归自然等几个片段,最后戛然而止,完美收场,让人心旌荡漾、回味悠长。

啊,西子是一湖激情澎湃之水,是一湖如歌如诗之水,一湖含情脉脉之水,一湖风骨犹存之水。这汪湖水饱浸着中华历史文化的根魂,散发着不尽的光辉。它顺着时光的河流奔腾向前,浩浩荡荡地涌向世界。

文行于此,我激情满怀地吟出《浪淘沙·西子放彩》词一首:

钱潮出东海,狂飙冲天。三面裹挟斗群山。千年无策世人叹,谁来断拦?

四君手共牵,围截筑瑛。空灵湖山上云端,无声诗卷画中来,明珠又彩。

2024 年 5 月 17 日

乾阳小传

余乃王彦超三十六代裔孙，王姓，名国益，字乾阳，取其名受父母之命，意寓为国谋益，替民而忧。省察既往，实愧其名也！

　　追踪往昔，余之先祖为北宋开国功臣大将军兼中书令，"杯酒释兵权"中大将军之一王彦超也。先祖自山西迁江南，谓称义乌凤林王氏，后出宰相王淮、名儒王柏、状元王龙泽、英烈王祎等将军、尚书数十人，为本族争辉，致族繁旺，名震四方。故名臣刘伯温赞曰："江南旺族，海内名家"焉！

　　先祖阴德开慧根，明之后辈照途程。览余今世，生之壬辰（1952年），弱冠远乡；疆海从戎，婺域入政；大学四载，初悟思辨；赴职省城，转辗府署；一生夙公，风雨兼程；与世同行，图强自新，故遂有今日兮！

　　呜呼！凡成事者，必赖其志，百折不挠，不懈方胜。

　　乾阳数十载从政，致力政事。期间，或访民搜闻，行新闻记者之责，为民生意愿而呼；或入行"省组"，察官员施政之绩，为选贤能者而劳；或下派邑城，行历练补缺之实，为夯实根底而勉；或入调委办，差遣于行省之枢，为枢纽运转而务；或从行人社，与黎民共谋生计，为利民丝发而忙。余终身躬干官署，未敢懈怠也！

　　因职所致，余屡与众民交往，常替难者解忧纾困，办专场以助人就业，调关系以化解纠纷，讨民酬以整饬欠薪，平辖方以安抚民心，竭尽之能事，其中亦深谙百姓之苦也。故乾阳曰：乐人之乐，乐其乐；助人之助，助其助耶！

政事之隙，余累年写作，兼收并蓄；钩玄提要，探曲索隐；积年铸剑，始成微果，已出《县级党政领导班子简论》《民营企业收入分配新论》等政经专著多册，除此还倾力于长散文之探索。

余钟情长散文源于江浙肥沃之地。自古钱塘隐承于越人经商好贾之特质。尤近半世纪，浙商崛起，民企如潮，自括苍山麓单干承包至瓯江之畔"温州模式"；自浙商聚力抱团经商至气势昂扬勇闯世界，奋斗之歌感天动地，创业诗篇席卷八荒，如此大事件须由长文承载。于是欤！余读名篇，借文气，背警句，勤翰墨，斫桎梏，文思渐悟，遂刳肝以为纸，沥血以为辞，日久不息。虽无龙吟虎啸，风生水起，然长文十余篇见诸名报刊，《中华奇庄》篇几度撷誉获奖，沁染于民。当下《王国益散文选》亦已面世矣。

人生在世总怀多梦，余之另梦。书法悟道，技艺精进，让人享受书艺之美。由而专研书艺，不离不舍，终身不弃，入美院，拜名师，临古帖，究技法，细磨琢，书道渐悟，遂书法作品忝登名院佳堂哉！钱塘书法界巨擘朱关田先生曰："乾阳散文人喜读之，其书法亦为上乘。当今者，文学、书法两界打通者诚稀少矣！"此乃赞誉之言耶！

政事半世度轮光，百里辗转向故乡，遥寄青莲[①]思乡情，文星梦

---

① 李白号青莲居士，在其诗作《静夜思》中，有"举头望明月，低头思故乡"的抒情表达。

里诉衷肠。凡人皆有赤子之心，梦游天外，情思故乡。故乡是个大磁场，亦是置放心灵之殿堂。故凡家乡修祠葺庙，续谱出书，助学贫寒，解决急需，助人渡难，皆尽微薄之力，献一公德之心，此乃赤子之情也。

嗟夫！瞻前路，漫漫兮。人非蝼蚁，仅取饕食，岂忘思源，当报苍生！其必曰：萧萧民疾惦于心，悠悠国是念于君耶！

今撷集吟唱之文以示众人，尚希见宥，不可见笑矣！

作　者

2022 年 6 月 1 日

后　记

后之所记，或对前言之补充，或对钩玄索隐之深思，或对友朋相助之致谢，乃三者合一也。

人生皆有憧憬与向往，本书的创作乃我人生之夙愿。我常坐于窗前，仰望星空，心随潮涌。比身舟木，素履以往。

我从事过多种职业，不同岗位与经历，让我积累不同的人生经验，这为文学创作提供素材，打下基础。我每篇散文创作，皆致力于凡间事务的透析和悟道，皆为触感而发。有触景生情，有不平而书，有为民请愿等，可谓殚思竭虑，遇难成祥。

著文之目的，乃感化读者，影响社会。我怀着此辛辛之念，揣着一腔情愫，从首篇文作发表，到《百年西泠何辉煌》散文出品，其间经历岁月的风风雨雨，时代的沧桑巨变，使我的世界观、方法论、辩证思维以及散文的创作渐趋成熟，作品也逐露风格，赢得许多读者青睐，有的还被贤达人士和行家赞赏。如《积道山之蕴》一文，揭示了积道山的历史底蕴，宣传了婺州的人物风情，提升了当地的知名度，引来一批批观光旅游者。

　　壬辰年冬，时任浙江省金华市徐市长在风景点看到此文后满怀激情地阅批道："国益同志写了这篇文章，深深地感动了我。如果我们金华人都和作者一样，对家乡饱含深情，并付诸实际行动，何愁金华不发生翻天覆地的变化？""积道山确实底蕴深厚，是市民休闲好去处，值得深度开发。老百姓自发行动，已投入一定资金，为后续开发奠定基础。金东区要统筹规划，加强领导，有序推进。请志身同志安排资金予以支持。"

　　这位官员胸襟豁达、富有激情，其批语体现了为官一任，造福一方的情怀。其后，市政府拨专款作为启动资金，积道山旅游开发从此拉开序幕，一场声势浩大的开发运动轰轰烈烈地展开。金东区政府出资建造七级层塔慧通阁、比尼沙弥化缘重修禅寺、金色秀水两庄拔地而起、猪头山之康养依山而建、平阳海亮庠序已书声琅琅……

　　积道山如久居深闺的西施，渐渐掀开面纱，向世人款款走来。如今积道山下，游客熙攘，慕名而往，寻仙觅踪，登顶引畅想；积道山腰，石台千级，逶迤曲折，驿道筑亭，久步可借力；积道山顶，坦荡如砥，云雾缭绕，群山茫茫，一览山小，襟怀且妙远。山巅重新建起规模宏阔的天圣禅寺和梵塔，雄峻巍峨，星辰可摘；玉宇琼楼，璇霄丹阙；神韵悠悠，宛如神仙境。其夜色更是如痴如醉：悬月照苍穹，彩塔耸云中。一线牵天庭，相望两虔诚。在那月光之夜，乡贤约我为积道山夜景题咏，因此吟下古风一首：

　　　何处天边显灵台，
　　　月塔双辉时同彩。

圆通大士拂金钩，

欲钓积道一高显。

积道山已成为浙中有影响的风景区，为婺州大地增添光彩。《积道山之蕴》一文也在散文大赛中脱颖而出，荣获第四届"芙蓉杯"全国文学大赛散文一等奖。

散文是花朵，散文是投枪，她既可让人赏心悦目，也可用来为民请愿。为此，我感悟深深。

庚寅年冬，从山西迁至义乌前川的北宋开国名将王彦超园陵在该村花枝山麓落成，人们欢欣鼓舞，隆重庆典，盛况空前。可是好景不长，次年春天，铲除陵墓之令不翼而来。当地人火急火燎地找我帮助从中协调。当时，我百思不得其解，天无私覆，地无私载，难道乌伤之市容不下一个堂堂宰相之墓？其邻县为了一个西施归属相争不休，难道贵市要将已有的名人赶走不成？人们且不知，假如王彦超不迁来江南，金华焉能诞生其后裔南宋名相王淮？怎会有义乌历史上唯一的状元王龙泽？怎会有后来计不清的进士、院士？

之后，我以前川村之名给义乌市政府写了信，并撰写《前川梦吟》长散文，在《浙江日报》整版刊登。文章动之以情，晓之以理，阐明利弊，公开论说，感动了众人。有幸的是，义乌市政府眼光长远，豁达大度，敢于担当，妥善处理了此事，让一场纷争与危机随之化解。陵园得以保护，先贤得以安宁。每年清明节，祭祀先贤人潮如涌，络绎不绝，前川花枝山成了义乌一个新景点。

再拜花枝山，我浮想联翩，脑海中不禁浮现两行诗句：

生死绝地方显英雄本色，

苦难多舛酿就不俗文章。

长期写作，作品渐丰，编缀成集已水到渠成。散文集初始之名为《乾阳映梦》。一位文化人说："王先生创作多年，撰写近百篇散文，短者千字文，长者万言书，眼下从中遴选的十几篇散文，篇篇皆情感至深，可谓力作，'映梦'之说已难概括文作全貌，应改为《王国益散文选》。"我听后，即采纳其谏改为后名。这些散文反映与描绘故乡的昔日与今天，讴歌中国各地变化与奇人异事，记述异国他乡悠悠故事。文稿寄送人民文学出版社，得到了该社编辑的充分肯定，认为文章纵向谈古论今，横向放眼寰球，对家、国、世界的美与文明有所追寻与索骥，对历史、文化、人物有着深入心灵的观照。作者对故乡的赤子之爱，对第二故乡的责任与担当之爱，对世界的人性之爱，以及由热爱而生发的情思与文采，由长期笔耕磨炼出的文字功底，都能给人留下深刻的印象。

我十分感谢出版社对本书的肯定和信任，给了我动力与希望。今天，散文集出版面世，实现了久久之愿。为此，我要向对拙著提供过鼎力襄助的童禅福、黄仁柯、徐朱琴、孙金国、王树森、李健等先生深表谢意、铭感不忘！

此外，我还要道谢夫人刘春娟和女儿王冠，她们千方百计地腾出时间，保证我写作和研习书艺，从而方有当今的成果。

王国益

2023 年 10 月 6 日